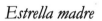

Estrella madre

Estrella madre

GIUSEPPE CAPUTO

LITERATURA RANDOM HOUSE

Papel certificado por el Forest Stewardship Council®

MIXTO
Papel procedente de
fuentes responsables
FSC® C117695

Penguin
Random House
Grupo Editorial

Primera edición: mayo de 2021

© 2020, Giuseppe Caputo
c/o VicLit Agencia Literaria
© 2020, de la presente edición en castellano para todo el mundo:
Penguin Random House Grupo Editorial, S.A.S., Bogotá
© 2021, Penguin Random House Grupo Editorial, S.A.U., Barcelona

Printed in Spain – Impreso en España

ISBN: 978-84-397-3893-0
Depósito legal: B-20.667-2020

Impreso en Egedsa(Sabadell Barcelona)

RH 3 8 9 3 0

Yo sentía tu luz atravesarme
como una flecha de oro envenenada.
SILVINA OCAMPO

Contenido

El escudo y el espejo

En el vidrio que me separa del cielo —a veces lo llamo ventana—, ha estado desde hace tiempo la foto de mi madre. Desde mi cama la estoy viendo, borrosa, rodeada del mundo negro, mientras pienso en el sueño que acabo de tener: amanecía, como ahora. Mi madre y yo andábamos por una calle oscura. Entre el polvo, en la mitad del camino, aparecía nuestra cama —es esta misma cama en la que ahora duermo solo—. Al acercarnos, sin embargo, mi madre se lamentaba: "¡Esa cama no es!", gritaba, y seguía caminando —al igual que la ruta, su cara estaba polvorienta—. "Estoy perdida, quiero descansar". Yo le seguía el paso, confundido, y nuestra cama quedaba atrás. Entonces un viento fuerte, la cola de un huracán, empezaba a lanzarnos piedras —piedras y peñones mientras el sol salía entero—. "¡Cuidado!", le advertía yo, en cuclillas, cubriéndome la cabeza con las manos. Pero para cuidarse ella, mi madre empezaba a correr: corría y corría y se alejaba de mí. Las piedras nos rozaban. Y yo la llamaba: "¡Mami! ¿Para dónde vas?". Desde muy lejos, ella me llamaba también: "Rápido, ven, corre" —había abierto los brazos para mí—. "¿Qué haces allá?". En el sueño pensaba: "Mi madre ha encontrado un escondite, por fin un techo que nos va a proteger". Aliviado, corría hacia ella —y el viento, furioso con ambos, nos seguía lanzando piedras: una y otra se estrellarían contra mi cara—. "Corre", continuaba, y yo corría. "¡Ven rápido!". En cuanto llegaba a su lugar, ella se escondía detrás de mí. "¿Qué hacemos?", le preguntaba yo. "¿Para dónde vamos?". Mi madre decía: "No sé", protegida por mi cuerpo. "No sé. Quédate aquí, no te muevas". Desperté hace poco, justo cuando una piedra iba a darme —y en el sueño alcanzaba a pensar: "A mi madre no le caerá: entre el ataque y ella, estoy yo"—.

Durante un tiempo, y así como en el sueño, yo fui el escudo de mi madre.

Una vez me pidió, mientras señalaba una puerta —el recuerdo es muy viejo: estábamos caminando por el centro de la ciudad—: "Entra y dile al señor que no voy a poder pagarle. Te espero en la esquina". Entonces abrí la puerta y le dije al señor: "Que dice mi mamá que no va a poder pagarle". Me insultó. Me dijo: "Sinvergüenza". Nos dijo: "Descarados". Y después, con más rabia: "De tal palo, tal astilla". Yo me quedé quieto, esperando a que gritara lo que quería. "¡No vuelvo a prestarle plata! Dígale eso: ¡que no vuelva a pedirme plata!". Nos insultó más tiempo. Después me dijo: "¡Váyase!", y nombrando a mi madre agregó: "¡Dígale que al menos dé la cara!".

La busqué en la esquina. "¿Cómo estuvo?", me preguntó. "¿Se puso bravo?". Quise decirle: "No, ni tanto", pero le dije: "Sí, muchísimo" —quería un beso suyo—. Mi madre me dio el beso, yo me la conocía: si en los recados me trataban mal, ella me hacía cariños.

Seguimos caminando hasta otra puerta. "Pregúntale a la doña si nos puede prestar plata. Dile que le agradecemos cualquier billete o cualquier moneda. Te espero en la esquina". Otra vez abrí una puerta y otra vez hablé por ella: "Buenos días, doña. Pregunta mi mamá si nos puede prestar plata. Le agradecemos cualquier billete o cualquier moneda". La señora me insultó. "Pero ¿cómo se atreven?" —abrió los ojos—. "¿Con todo lo que ya deben y me siguen pidiendo? ¡Qué horror, qué pesar lo que tu madre te enseña! No vayas a volverte así". Después de un ruido de insultos, le pregunté: "¿Así cómo, doña?". Me dijo: "Así como ella". Entonces fui por mi madre a la esquina. "¿Cómo te fue?", me preguntó. Le dije: "Mal, no quiso prestarnos nada". Preocupada, me dio un beso.

Caminamos otro poco.

"Tengo que trabajar", dijo, y pidió paciencia a Dios —mucha paciencia—. "Siempre lo mismo", se quejó, "siempre lo mismo". En la esquina siguiente, y como si Dios la hubiera oído, apareció una puerta con un cartel. "Se busca personal", ponía en letras amarillas. Mi madre dijo: "Voy a entrar, quédate afuera", pero antes de entrar me preguntó: "¿Estoy bien? ¿Me veo bien?". Le dije: "Sí". Entonces mi madre se agachó —su rostro y el mío en la misma línea— y volvió a preguntarme: "¿En serio? ¿Me veo bien? Dime la verdad: ¿cómo estoy?".

Durante un tiempo, fui el escudo de mi madre y también fui su espejo.

Yo le dije: "Te ves muy bien, te espero acá". Mi madre entró al lugar; allí estuvo un rato largo. Cuando salió —yo estaba sentado en un bordillo, de frente a la puerta—, lanzó un suspiro y dijo: "Nada". Le di un beso —si en la vida le iba mal, yo le hacía cariños—. "Estoy muy cansada, eso es: se me ve el cansancio en los ojos, en la espalda... Se me está encorvando la espalda". Volví a decirle: "Te ves muy bien, pareces fuerte". Mi madre no me escuchó. "Así es muy difícil encontrar trabajo: ya estoy vieja, quemada".

Buscamos el camino a casa.

En alguna esquina, al vernos juntos, una mujer nos sonrió. "De tal palo, tal astilla", nos dijo. "No pueden negar que son hijo y madre".

Mi madre es una estrella

Llegamos a casa en la noche. Mi madre no quiso comer —ella siempre estaba con hambre, pero esa vez se acostó temprano: de la puerta a la cama caminó encorvada—. Entre las sábanas me dijo: "Si quieres comer, ve a la cocina: seguro hay algo preparado". Pero las ollas estaban vacías. Le dije: "No hay nada" —cerró los ojos—. Me quedé en silencio, mirándola, esperándola. "Pero no tienes hambre, ¿verdad?" —siguió con los ojos cerrados—. "¿Verdad que no tienes hambre?". Me habría gustado decirle: "Quiero comer", pero le dije: "No, estoy bien" —yo era su espejo—. Mi madre se fue a dormir y, como también era su escudo, me acosté con ella, en nuestra cama, para protegerle el sueño.

Después me dormí yo.

Cuando desperté, amanecía, como ahora. El cielo empezaba a reventarse —había estado blanco, de tantas nubes que tenía, y poco a poco se fue volviendo luz: de esa luz nacían naranjas y violetas—. Mi madre no estaba en la cama. Y alcancé a pensar, abrazado a su almohada: "Se fue, me dejó, quedé solo". Durante el pensamiento, sin embargo, escuché su voz: llegaba a la habitación desde el otro lado. "Tú no entiendes", decía ella. "Acá no hay nada para mí". Mi madre, como siempre, hablaba con su madre por teléfono. "Todos los días busco trabajo", la escuché decir. "Pero no hay nada, ¡quiero irme!". Empezó a llorar. Lloraba como una niñita. Y decía: "Mami, no sé qué

17

hacer", y lloraba más —mientras tanto, amanecía—. "No tengo plata y nadie me presta". Yo también lloré por ella. La llamé: "Mami, ¿estás bien?", pero hizo un silencio.

"¿Mami?".

Afuera, en el cielo, estaba naciendo el dorado: nacía muy alto y crecía en naranjas —era el sol—. Mi madre dijo: "Espérame, ya te llamo, el niño se levantó" —escuché sus pasos: fue acercándose a mí—. Es viejo el recuerdo, pero esto es claro: al tiempo que el sol se asomaba, enrojecido y redondo, ella se fue asomando por la puerta: poco a poco se asomaba el sol, poco a poco mi madre triste.

"Aquí estoy", me dijo, y le vi la cabeza entera: ya había terminado de entrar a la habitación. Al otro lado de la ventana, el sol también estaba entero —había terminado de aparecer, ninguna nube lo tapaba—. Le pregunté a mi madre: "¿Por qué lloras?". Me dijo: "No estoy llorando", y rompió a llorar. Se acercó a la cama y me abrazó llorando.

"Aquí estoy", siguió diciendo, y me dio un beso. "Aquí estoy" —después de provocarme un susto, mi madre también me hacía cariños, pero como lloraba y lloraba y la vida iba mal, yo también la consentí—.

Al tiempo que sus lágrimas me tocaban, la luz del sol empezó a tocarme —esa estrella cruzó el vidrio para tocarme—. Mi madre y la estrella se confundieron: en mi cara, revueltos, quedaron el llanto y la luz. Mi madre fue el sol y el sol fue mi madre. Y entonces fue como si arriba, en el cielo, mi madre llorara; como si abajo, en la cama, el sol me diera calor.

Desde ese día, llamo al sol madre sol, o estrella madre. En cada amanecer, brillante desde el cielo, ella vuelve a decirme: "Aquí estoy", llorando en rayos. Pero mi madre no está conmigo. Ha pasado tiempo desde que se fue. Me dijo que iba a volver, por eso la he estado esperando.

"Aquí estoy", me consuela madre sol. El día ha comenzado, pero no me paro de la cama. Prefiero quedarme arropado, horizontal y triste, pensando en ella.

"Aquí estoy", sigue la luz.

Ella no está; abrazo su almohada.

Yo soy la luna

Una tarde, por esos días, mi madre entró al cuarto después de hablar por teléfono. Me dijo: "Volvió a acabarse la plata", y se quedó mirándome. "Salgo a buscar trabajo". Tengo este recuerdo: que al tiempo que mi madre me miraba —triste, triste—, yo no supe qué cara hacer para ella. Como mi madre estaba triste, yo no podía estar feliz; si mostraba una tristeza, más triste se pondría ella. Traté, entonces, de tener la cara plana: que mi madre pusiera en mis ojos lo que quisiera, y que ella viera en mí lo que tuviera que ver.

Esa vez salió cuando empezó a caer la noche. "Estoy atrasada", me dijo. "Tú quédate aquí, no me demoro". Mi madre se despidió, cerró la puerta, y yo me quedé en la ventana, quieto, mirándola mientras se alejaba. Entonces cruzó la calle —fue más noche—, dejó atrás la casa —anocheció— y, cuando ya no pude verla, la luna llegó al cielo, se puso al frente mío. Como el sol, mi madre ya no se veía; pero el sol seguía en la noche a través de la luna —yo ya sabía que es la piedra que refleja sus rayos—. Y pensé: "Cuando el sol se oculta, sigue estando en la luna; cuando mi madre se va, ella sigue en mí".

Los rayos del sol son largos: llenan la cara de la luna, la hacen brillante cuando el mundo es negro. También es larga la tristeza de mi madre: llega hasta donde estoy, por más distancias que existan. Yo soy la cara que refleja su dolor. Yo soy esa piedra.

Esa noche, la luna estaba llena —y estaba sola y lejos como madre sol—. Pensé: "Mi cara está arriba, completa, llena de cráteres". Cuando pasan los días y el planeta da vueltas, la luna parece achicarse: soy yo tapándome la cara —no quiero que vean el dolor de mi madre, ¡qué largo ha sido su dolor!—. En menguante gibosa comienzo a taparme; en cuarto menguante me sigo tapando; en menguante apenas se me ve la cara. Y entonces soy luna nueva: mi cara está oculta por el resplandor de mi madre. Aunque no se vea, la luna está: yo también estoy cuando me oculto. Una vez me dije, llegando a menguante: "La luna no está ocultándose sino comiéndose a sí misma". Pensé en mí.

Después de estar negra, la piedra comienza a mostrarse —yo mismo me muestro—: el brillo de madre sol me vuelve a llenar la cara. En creciente me quita una sombra —me veo más—; en cuarto creciente me quita otras; me descubre casi todo en menguante gibosa. Entonces, por fin, cuando es luna llena, reaparezco en el cielo completo —es el dolor de mi madre en mí—.

Arriba, en la noche, y abajo, viviendo, yo recibo un dolor que después reflejo. Pero a veces pienso que yo tengo un dolor propio. Yo estoy lleno de cráteres. Yo soy la luna.

El sol del vidrio

Muchas veces, cuando niño, me quedé solo en la casa: mi madre salía a trabajar, o salía a buscar trabajo, y entonces me ponía a esperarla, desesperado o paciente —en la ventana pegaba la boca, que yo empañaba en la espera—. Durante un tiempo, cada vez que mi madre se iba, buscaba una foto suya para ponerla en el vidrio: como un sol en la ventana, la foto reemplazaba su cuerpo hasta que volvía.

El día que mi madre se fue volví a hacer lo mismo.

Yo la acompañé hasta la mitad de su camino; faltaban calles para llegar a la terminal, en la Avenida del Río. Mientras andábamos —ella con prisa, siempre adelante—, yo iba haciendo cuentas agónicamente: "Cada vez menos para la despedida". También lo decía en voz alta: "Una calle menos, y otra: estamos llegando". Entonces, para acabar con la cuenta regresiva, mi madre dijo: "Ya estuvo, despidámonos acá", pero los dos seguimos caminando: más tiempo juntos, más tiempo a punto de despedirnos. Yo llevaba sus dos maletas —y encima de nosotros, detrás de las nubes, madre sol lloraba en dorados—. Después dijo: "Se te hace tarde para volver a casa". Caminó más; fui yo el que se quedó quieto. Le dije: "Quería ayudarte a cargar las maletas". Ella respondió: "¡Pero si no pesan nada!". (No quiero pensar más en esto).

Apenas llegué a casa, me tiré en la cama, perdido; dormí hasta la noche. En la ventana, al despertarme, el mundo estaba oscuro, sin madre y sin sol. Entonces recordé su foto: la busqué y la fijé en el centro del vidrio —usé cinta pegante—. Esa foto está en la ventana todavía —a veces la llamo el sol del vidrio—. Con el tiempo, y por el llanto de madre sol, la imagen se ha hecho borrosa. En días tristes pienso: "La foto, cada vez, se parece más a ella". En días de amor le digo: "En la ventana, madre, te veo".

Mi espera ha sido larga. Desde que ella se fue, los días son de amor o de tristeza: así catalogo mi tiempo. Hay días que pienso, buscando el sol: "Mi madre no va a volver" —es el tiempo triste—. Los días de amor, en cambio, terminan cuando, en la cama, mientras espero el sueño, presiento que, a la mañana siguiente, mi madre va a llamarme o a aparecer en la puerta. Pocas veces tengo claridad sobre mis días; casi siempre confundo el amor y la tristeza.

Por ejemplo, cuando estoy triste, me quedo arropado y empiezo a desear: deseo dormir más, saber algo de su paradero. Entonces le digo solamente: "Te estás demorando mucho" —y en mi suspiro, hay amor—. Si hay demasiada tristeza, en cambio, me quedo mirando su cara borrosa. Miro el vestido que lleva, con naranjas y violetas —colores del sol—, y digo en mis adentros: "Un día más sin ti".

Pero cuando estoy en amor, también deseo: vivir más, levantarme, hablar con alguien. Si esto ocurre, le cuento mis sueños a Luz Bella. Le digo: "Amiga, no me vas a creer. ¡Otra vez soñé con mi madre!". Algunas veces Luz Bella me dice: "¡Qué pesado! No quiero saber nada", pero otras veces me pregunta: "¿Y ahora qué fue?". Entonces le cuento un sueño, si tuve alguno, y si no es el caso, repito uno viejo.

Mi amiga Luz Bella vive en el apartamento de al lado. Se pasa el día en su poltrona, es muy difícil sacarla de allí.

Si no está viendo la telenovela, se queda al frente del televisor apagado; la pantalla es su espejo y en ella se mira para ponerse los rulos. Solamente la he visto pararse para comer o tomar agua (también para ir de compras), y si alguien toca la puerta, Luz Bella grita: "¡Ya voy!", pero no la abre. Así es mi amiga: no le interesan las correspondencias, prefiere mirar los comerciales o ensayarse peinados. Como tampoco a mí me abría, hace un tiempo le pedí las llaves. Sin pensarlo mucho me las dio. Me dijo: "Cógelas, hombre, todas tuyas", y ahora puedo entrar a saludarla sin la espera en el pasillo. De la puerta voy directo a la poltrona: en los días tristes le doy un beso en la frente; en los días de amor, también. Si le pregunto cómo está, mi amiga tuerce la boca o muestra los dientes. Mi madre solía decirle: "Hacer tanta mueca arruga la cara".

Luz Bella también me cuenta sus sueños, aunque a veces pienso que se los inventa, quizás para acompañarme en la tristeza. Una vez me dijo: "Amigo, soñé que le hacía los rulos a la doña". Entonces yo, para hablarle a mi madre, le hablé a la foto llevado por el amor: "Cuéntame, mami, ¿te gustó el peinado que te hizo mi amiga?". Luz Bella pegó un grito: "¡Ya deja de hablarle a ese periódico!" —así es como le dice ella a la foto de mi madre en el vidrio—. "¡Pareces loco y me vas a volver loca a mí!". Al rato, sin embargo, llegó hasta la ventana un mensaje distinto: "¡Dale mis recuerdos a la doña! Que cuándo es que va a volver". Yo también me lo pregunté. Cerré los ojos para decirle: "Te extraño cada día".

Si regreso a la tristeza, me quedo en la cama mirando el vidrio sin persianas. Suele pasar que, en momentos así, Luz Bella me tira una chancleta desde su casa. La chancleta es feroz y huracanada; antes de golpearme o de estrellarse contra algo, rasga el aire sin clemencia. Mi amiga, entonces, saca el cuerpo por la ventana —media parte— y grita: "Levántate, hombre, ven a visitarme" —así es como ella me anima sin moverse mucho—. Si no le contesto, alza la voz: "A bañarse, pues, a comer algo". Y si al fin le digo: "Está bien, amiga, ya voy", Luz Bella pega un último grito: "¡No se te olvide traerme la sandalia!" —así es como le dice ella a su chancleta de plástico—.

El cielo está en el vidrio y, en ese cielo, mi madre está siempre —es el sol de mi ventana—. Ahora mismo, mientras miro su cara borrosa, pienso en los días con ella. A veces pasaba que, al abrazarla fuerte, o al agarrarme a su falda, mi madre decía: "Espérame", y me empujaba suave, y se alejaba, y volvía a la rueda del teléfono. Marcaba, marcaba… Decía otra vez, después de saludar a su madre: "¡Quiero irme! Aquí no hay nada para mí". Un día aprendí que no es bueno arrimarse al sol porque se quema y muere lo que está muy cerca. Pero yo me acerqué mucho a mi madre. En días de amor, pienso: "Nunca me quemé". En días tristes me digo: "Tampoco estoy muerto".

Ahora voy hasta ella para darle un beso —pego la boca al sol del vidrio—: no morí ni estoy quemado.

Los ladrillos de la eternidad

Dos mundos contrarios se acercan en la ventana: allí se vuelven vecinos. El vidrio, aunque no se ve, los divide: es la frontera transparente. Un mundo es el apartamento, mi casa; el otro, un pedacito de la ciudad derruida —me gusta llamarlo barrio—. Pegado a un mundo y pegado al otro, hay un árbol que aún tiene hojas verdes. Raspándole el tronco viejo, alguien escribió hace años: "Yo te amo". En ese árbol vive un mochuelo, solo.

Las paredes de la casa tienen un color que mi madre llamaba hueso. Las paredes tienen clavos, y de esos clavos colgaron pinturas —el más grande, un paisaje con montañas; el otro, un mar de noche con luces al fondo: una ciudad prendida—. En la puerta empieza la sala, que se extiende, si sigo derecho, diez pasos largos hasta mi cuarto, que era el cuarto nuestro. En la sala había muebles; ahora, tirado en el piso, hay un cojín, que a veces llamo sofá. La cocina, por su parte, a la derecha de la puerta, tiene escaparate, estufa y nevera: la nevera, por lo general, está a punto de quedar vacía. El cuarto es, sobre todo, la ventana y la cama. La cama tiene sábanas y dos almohadas, una para la cabeza y otra que abrazo (y la almohada de mi abrazo era antes para mi madre y su cabeza). Adentro del cuarto está el baño, verde de moho: en él había piedras que encontrábamos en la calle —yo las llamaba esculturas—.

Mi casa está en el corazón de un edificio descascarado, más roto que la propia ciudad; más viejo, parece, que el hambre de mi madre —ella siempre está con hambre—. El edificio tiene tres pisos, y aunque yo vivo en el segundo, prefiero pensarlo como el penúltimo: así me siento en lo alto, más cerca de madre sol. Se llama Lomas del Paraíso, y si estoy de cara al vidrio, mirando la foto, Luz Bella se asoma por el oeste, del lado de la vida. Cuando estoy en amor y quiero saludarla, saco la cabeza para decirle: "Buenos días, amiga, ¿cómo amaneciste?". Si estiro el cuello para verla apoltronada, me queda el cuerpo en los dos mundos: media barriga en la casa, la otra media en el barrio (y en la frente, todo el tiempo, la pregunta por mi madre: "Sólo dime dónde estás. Recuerda que te estoy esperando"). Luz Bella a veces responde: "Deja de gritar,

¿no ves que estoy ocupada?", mientras señala el televisor apagado —a veces lo llama espejo, y en las antenas, para mejor señal, cuelga la tapa de una olla, la corona del aparato—. Pero a veces también me dice: "¡Se me acabó la comida, tengo hambre!", a lo que yo salgo disparado a la nevera, busco leche y busco pan, y sigo corriendo hasta su apartamento: si el mío es el Segundo A, el de ella es el Segundo B (ninguno, sin embargo, tiene nomenclatura). Entonces entro con mi piyama de estrellas y arbolitos; digo, triunfante: "¡A comer!", y apenas Luz Bella se levanta de la poltrona, suena un ruido de resortes aliviados, como si el mueble llorara: "¡Por fin!". Mi amiga se alisa su falda curuba y dice, como siempre: "Cuando tenga plancha, la plancho".

Siempre duermo con esa piyama: es la que usé la noche antes de que mi madre se fuera. Ponérmela es un rezo —imagino que, a su vuelta, la saludo así: "Madre, mírame: es como si no te hubieras ido"—. Cada vez que la visito empiyamado, Luz Bella dice: "¡Lo sabía! Yo veo cosas: yo te vi en mi cabeza todo cubierto de estrellas y arbolitos". Así es mi amiga: vaticina los hechos después de que ocurren. También me ha dicho muchas veces, apenas me ve llegar con la leche y con el pan: "Tú no me vas a creer, pero en mis sueños nos vi comiendo estas delicias". En ocasiones, como si no la conociera, miro el techo y me pregunto: "¿Será capaz mi amiga, la profeta, de adivinar el paradero de mi madre?", pero pierdo la esperanza cuando escucho que comparte, animada, otra de sus profecías: "Mira esas nubes", me pide. "Puede que llueva como puede que no", dice mientras señala el cielo de su ventana.

Desde ese vidrio puede verse, absurdo y cercano, el corazón del otro mundo: la construcción, los obreros en sus andamios —cuando madre sol llora fuerte, muchos se quitan la camisa y yo los miro—. No sabemos cuánto ha pasado desde la primera pala y las primeras grúas; esa obra es la eternidad. Cuando era niño, los obreros decían que ese, el que construían, sería el edificio más alto de la ciudad, pero cambiaron los planos. Después pusieron las primeras piedras para una iglesia —cambiaron los planos también—. Ya no sabemos qué están construyendo: no hemos vuelto a preguntar.

Después de observar detenidamente —mañanas y tardes enteras— las interacciones que tiene mi amiga con los obreros, he llegado a la conclusión de que Luz Bella puede ser, según el día, ingeniera y jefe de la obra, o su más ferviente enemiga. De lunes a viernes, que es cuando dan su telenovela, mi amiga les grita: "¡Cállense!", apenas comienza el ruido. Los obreros tienden a ignorarla, pero también ocurre que a la primera queja prenden sus taladros. Luz Bella, entonces, se para de la poltrona —más sollozos de alivio salen del mueble infeliz— y, al tiempo que los insulta, hace como que les tira piedras. En una ocasión, me encontraba yo en la ventana —miraba, perplejo, ese no avanzar de la obra, o pensaba en mi madre y sus andares—, cuando uno de los obreros se quitó el casco amarillo para abordarme desde su viga: "Con todo respeto", me dijo, "su esposa es muy grosera". Primero me reí; después, poco a poco, me instalé en hondas dudas.

Los fines de semana, cuando las horas se hacen más largas sin la novela, mi amiga olvida las discusiones intensas con los hombres de la construcción; decide, en cambio, darles directrices. "Ese ladrillo está mal puesto", los regaña, y desde el trono que es su poltrona señala distintas estructuras: "Más arriba", indica. "Más allá, eso está mal".

También los apura: "Se les va a secar el cemento, ¡muévanlo, pues, échenle agua!". No pocas veces le han dicho: "¡Como mande, señora!". Las instrucciones de Luz Bella pueden confundirse con las que da el ingeniero de la obra, que dice primero: "Suba, súbalo", y después: "No, no, ¡bájelo, bájelo!", y enseguida: "Como mande", y después: "Más arriba", y de nuevo: "Como mande". Siempre escucho a uno decir: "¡Pásame el pico!", y enseguida gritar: "¡No me lo tires! ¿Me quieres matar?".

Estos obreros tienen una santa. Sobre una carretilla, en el andamio más alto, está su imagen y un cuñete con flores para ella: es santa Volqueta, patrona de la obra. Mi madre me contó su historia: un día —yo no había nacido—, una parte de la estructura se desplomó; con las vigas y pilares, tres obreros comenzaron a caerse. Abajo, sin embargo, había una volqueta con rollos de tela en su caja: la estructura destrozó la cabina —partió el motor—; los hombres, en cambio, cayeron sobre la tela. Alguien dijo: "Ni un rasguño, es un milagro", y los obreros, con vida en el cajón, gritaron: "Nos salvó la volqueta".

Hicieron un ritual para decirle adiós a la chatarra; le llevaron flores y, durante la despedida, un hombre le habló directamente: "La vida sigue, y es gracias a ti". Los demás aplaudieron, lloraron sobre ella: así la volvieron persona y cadáver. Con el tiempo, cuando la obra tenía reveses —siempre los ha tenido, esa obra es un revés—, los hombres comenzaron a rezarle a la máquina salvadora. Cuando un obrero decía: "Se está acabando la plata", otro contestaba: "¡La volqueta no lo permita!". Y si uno se quejaba de los precios de la brea, otro pedía: "Que la patrona nos ayude". Así la hicieron santa. Hoy, antes de empezar la jornada, muchos obreros rezan: "Santa Volqueta, protégenos con tu metal". Si hay nubes grises y se anticipa la lluvia, también pueden decir: "Patrona de la obra, cúbrenos con tu cemento". Pero si quieren que llueva para dejar de trabajar, alzan los brazos y ruegan: "Regálanos tu carga".

Esta mañana, frente al vidrio, mientras me preguntaba: "¿Qué hará mi madre a esta hora?", vi a los obreros discutir. Unos decían: "Hay que seguir los planos", mientras otros gritaban: "Los planos están mal". Decidieron, entonces, tumbar un muro. El obrero encargado dijo: "Santa Volqueta, guíame con tu timón", pero después, cuando sólo había piedras, otro empezó a gritar: "Nos equivocamos: ese muro iba allí". Ante ese deshacer permanente, yo he aprendido a rezarle a la santa. "¡Ay, Volqueta!", le digo. "Hunde tu acelerador". Y aunque a veces Luz Bella me secunda ("Santísima", la invoca, "mándales tus llantas, ¡ayúdalos a avanzar!"), mi amiga prefiere ser ella misma la guía de los obreros. "Ese andamio está chueco", les dice. "Muévanse, ¡están muy lerdos!". Y de nuevo: "Suba, súbalo", y después: "No, no, ¡bájelo, bájelo!", y enseguida: "Como mande", y después: "Más arriba", y de nuevo: "Como mande".

Mientras todos se contradicen, cierro los ojos para imaginarla cuando vuelva: "Madre, mira la obra: es como si no te hubieras ido".

Bienvenida

Vuelvo al cielo que hice.

Si estoy mirando la foto, el sol del vidrio, por el oriente llegan informaciones: al comienzo son palabras separadas por unos sonidos incomprensibles —*miles*, y el ruido; *personas*, y el ruido; *campo*, y el ruido: *tro-tro-tro-tru*—. Las palabras se van dando la mano. Con cada apretón, un ruido muere y en su espacio nace otra palabra, que crece en volumen. De apretón en apretón, el hombre de la radio va dando las noticias: "Hoy peor que ayer", dice, y comienza a enumerar terrores. Los terrores también se dan la mano: con cada apretón, matan a una persona y en su lugar no queda nada. "¡No, no, no!", gime y llora la vecina enferma. "¡Quítalo! Yo no estoy para oír eso". Quien la cuida, entonces, su hijo —como ella le dice rey, yo lo llamo el Rey del Oriente—, la calma: "Tranquila, te pongo musiquita". Ellos son nuevos en el edificio; viven en el Segundo C. Los he visto una vez, de lejos, cuando se estaban mudando —yo estaba en la ventana—.

Al sur de mi madre, de frente al sol, se encuentra Próspero, el vigilante, de brazos cruzados en la puerta abierta. Él cuida sus plantas y vigila todo lo demás. Si a los inquilinos nos mira con suspicacia, al resto, con ojos de búsqueda. Cuando el paso de cualquier peatón coincide con mi estar en la ventana, Próspero puede decir en voz alta, para asegurarse de que lo escuche: "Ese tiene cara de rico, no como otros por acá". O también, haciéndose el que habla con sus begonias: "Bonita vida la mía: cobrarle el arriendo a tanto zángano". Próspero está calvo y, cada vez que puede, se rasca la piel de la cabeza. Es muy suspicaz del cielo, además: "Ese pendejo se las trae", grita a veces, y con su pistola de dedos apunta a madre sol. "Está achicharrando a mis pobres maticas". Si no es con madre sol, se descarga con las nubes: "¿Qué es lo que quieren, a ver, secar a mis amores? ¡Lluevan un poquito, buenas para nada!". Es muy común que nuestro portero alce la vista por curiosidad de mis reacciones: en una actuación de indiferencia, puedo mirarlo de vuelta mientras me tapo las orejas con las manos, como puedo, también, soltarle algún consejo agresivamente: "¿Por qué no les echa agua con la regadera y deja a las pobres nubes en paz? ¡Estoy harto de sus quejas!". Entonces, Próspero saca el letrero que dice: "Se arrienda"; lo exhibe, amenazante, y dice: "Le recuerdo que debe ya dos meses, no querrá que le pegue esto en la ventana". Ese anuncio causaría el eclipse de mi madre en el vidrio.

Si no está cuidando sus flores o peleando con nosotros, los inquilinos, Próspero emprende trabajos de mantenimiento que nunca termina. Justo ayer anunció, rascándose la cabeza: "Toca cambiar el bombillo del sótano, no ha dejado de molestar". Entonces cerró la manguera mientras decía, cariñoso: "¡Ay, este viejito!" —así le dice al edificio— y caminó afanadamente hacia la puerta del garaje. Al poco rato sonó un estruendo y las luces de cada apartamento empezaron a titilar. Luz Bella le preguntó, dando gritos: "¿Y ahora qué fue? ¡Cuidado quita la luz que va a empezar mi novela!". Próspero, sin embargo, no dio explicaciones. Solamente dijo: "Mejor lo arreglo otro día", y cuando estaba afuera, de nuevo con las flores, agregó:

"Mañana reviso las tuberías, no quiero que el agua salga negra". No ha revisado nada en lo que va del día; dijo, sí, que hay que cambiar los candados de la puerta. "¡Ay, este viejito!", volvió a gritar.

En el apartamento de arriba —vendría siendo el Tercero A si las puertas tuvieran número—, sólo vive Ida con su impresionante descendencia. Hace tiempo, hasta poco después de que mi madre se fuera, vivieron junto a ella, en la tercera planta, otros inquilinos: recuerdo especialmente a dos hombres en permanente pelotera —cuando uno decía: "Tengo una idea", el otro le contestaba, enfurecido: "¡Tú y tus ideas!"— y a una mujer igual de escandalosa, Clemencia, siempre al borde de una decisión: "¡Me voy a podrir!", lloraba. "Tengo que irme de acá". Y enseguida: "Pero ¿a dónde voy a ir si en todas partes es lo mismo?", y seguía: "No hay nada peor que esto", y de nuevo: "¡Me estoy pudriendo! Me tengo que ir, ¡me quiero ir!". Cuando estaba conmigo, mi madre decía: "Eso es lo que hay que hacer: irse de acá". Las dos se fueron en tiempos distintos.

Ida no se irá nunca —eso dice ella: "¿Cómo voy a irme con esta panza y tanto hijo?"—. Casi todos los días, cuando escucha que saludo a mi amiga, Ida asoma la cabeza para decir: "Llevo más de seis años embarazada, pero nada que nace el niño". Cada vez que la oímos, nace nuestra risa. Ida se corrige: "No, no, miento. Cinco años y tres meses. ¡Ya estoy cansada!". Luz Bella le sigue la cuerda: "Qué embarazo tan largo y qué niño tan descarado. Sácalo de ahí, ¡puja!". Cuando estoy triste, pienso: "Ese bebé debe de estar muy cómodo en su barriga". Cuando estoy en amor, se lo digo.

Su panza es más grande que un sofá y cambia permanentemente de forma y tamaño. A veces es triangular, inclinada hacia la izquierda —y toca decirle, cuando camina sin fijarse: "¡Cuidado me puyas, Madrecita!"—. Otras veces puede tener relieves, como la cadena de montañas al final de la ciudad. Puede pasar que, mientras Ida camina, un cojín se le escapa de la blusa, o se desparrama por el suelo un rollo de toallas. Cuando eso ocurre, ella grita: "Rompí fuente", ilusionada, y vuela a su apartamento abrazada a la barriga. Al poco rato informa: "¡Falsa alarma!", y Luz Bella le responde: "Debieron ser los gases".

Ida hace de su hijo a prácticamente todo lo que ve y toca: por eso le decimos Madrecita. Aparte del bebé que hace años está por nacer, cuida a otro de edad indefinida —lo llama Albertico—. Nunca lo vemos ni escuchamos; sin embargo, hay mañanas en las que Ida saca la cabeza para decir: "Ese pelaíto no me dejó dormir en toda la noche", al tiempo que nos muestra, orgullosa, sus ojeras de maquillaje. "¡Pide mucha leche!". De igual forma es madre de unas ollas, Dolores y Caridad —"Lo más de juiciosas", nos cuenta, "esas sí que no molestan para nada"—, y de la poltrona de Luz Bella, a quien llama Lucecita. Mi amiga y yo somos sus hijos desde el día que llegó, aunque también es cierto que los dos somos sus madres: ella es nuestro cariño.

Todo ha nacido de Madrecita: las piedras del camino y el árbol que roza mi ventana —también el mochuelo que en él vive solo—. A veces, cuando la escucho decir en el norte: "Tú eres mi hijo, sal y disfruta la vida", yo me pregunto si me habla a mí o a las almohadas de su panza.

Madrecita dice: "¡Nació!", cuando algo comienza —el día, la noche, o la telenovela que ve mi amiga—, y dice: "Murió", para matar lo que no quiere cerca. Desde que llegó al edificio, ella ha matado a Próspero casi todos los días. Si Luz Bella pregunta: "¿En qué andará ese sinver-güenza?", Madrecita le contesta: "Murió anoche", consin-tiéndose la barriga. Así las cosas, cuando estoy aburrido y me quiero reír, pregunto desde la cama: "¿Dónde está Próspero?", para oír su respuesta. Madrecita grita: "Murió, fue inesperado", pero él se impone, rodeado de flores, para decirnos: "Acá estoy, vivito y coleando".

Al norte de mi madre está Madrecita. Se llama Ida, pero cuando estoy triste imagino que su nombre es Bienvenida: Ida —se fue mi madre—, Bienvenida —volvió—.

Máquinas sentimentales

Hay seis objetos en la casa que me hacen pensar en el tiempo —en casa, el tiempo existe por ellos—. Está la cama, que es donde dormía con mi madre, y más allá está la puerta, que es por donde ella va a entrar cuando vuelva. Entre un punto y otro está la nevera, a veces a medio llenar y a veces vacía; y conectado, en el suelo, está el teléfono rojo de ruedita: es el único servicio que pago sin demoras porque mi madre podría llamar —ella dijo que iba a llamar—. Cuando pasan días sin que suene, me siento al lado y lo descuelgo para confirmar que hay tono; apenas escucho el pito cuelgo enseguida, contento porque está funcionando, triste porque aún no se ha acordado de saludar —y pienso, preocupado, que quizás, justo cuando alcé la bocina, mi madre intentó comunicarse—. A un lado de la cama está el armario: adentro están mis camisas y pantalones, tres y tres, también el vestido que mi madre dejó —tiene naranjas y violetas como el vestido de la foto—. Finalmente, debajo de la cama está la cajita: ahí es donde escondo y guardo mi dinero. Es una caja de hojalata, y antes, adentro, había galletas: ahora hay billetes y monedas que no me puedo comer. Siempre que saco plata, por poquita que sea, me instalo en angustias muy profundas.

Cada objeto es una forma del tiempo —y más allá del tiempo está la foto de mi madre en el vidrio, ella es el principio y no tiene fin—: si la cama es el pasado, el teléfono es todo lo que puede ocurrir —una promesa, un tiempo posible—. La cajita, en cambio, es el tiempo que se acaba —cada vez más cerca el final con cada billete que saco—. En la nevera está el tiempo que renace: un tiempo que, después de vaciado, vuelve a empezar, casi siempre con remanentes del tiempo anterior —la verdura que quedó del anterior mercado—. El armario es la repetición: las tres mismas camisas con los tres pantalones de siempre —y en eso que se repite, la ruptura: el vestido de mi madre en un gancho—. La puerta es la alegría de la llegada, el tiempo que va a ocurrir: al fin la buena nueva. Si estos objetos fueran estrellas, juntos formarían una constelación, que podría llamarse El Deseo o La Esperanza.

Tocan a la puerta.

Desde la cama pienso: "Es mi madre", y salgo corriendo con mi piyama de estrellas y arbolitos ("Madre, mira: es como si no te hubieras ido"). "¿Quién es?", voy gritando, pero Próspero quiebra mi deseo. "Llegó la factura", grita desde el pasillo, y apenas abro la puerta, me extiende el recibo del teléfono. "¿Tan rápido?", le pregunto. Próspero se rasca la cabeza y, cual chepito, responde: "Ya pasó un mes, y otro mes que usted no me paga". Le digo: "No tengo un peso", y cierro la puerta. "¡Me va a enloquecer con tanta cobradera!". Mientras pongo el recibo sobre el teléfono —así no se me olvida pagar—, Próspero me grita cosas.

Al rato vuelven a tocar. Pienso: "¿Y ahora qué querrá ese pendejo?", pero enseguida se me ocurre que podría ser ella: al fin la buena nueva. Corro otra vez. En la puerta, sin embargo, no está mi madre sino Madrecita; le habla a una caja de cartón. "¡Un malcriado es lo que eres!" —mueve la mano como dando palmadas—. "Mira eso,

¡míralo! ¿Quién te enseñó a portarte así?". De la caja sale una aspiradora automática dando vueltas: el robot se choca contra la puerta y se lleva la caja por delante. Después sigue por el pasillo —en el pasillo empieza el otro mundo—, y antes de apagarse dice, metálico y luminoso: "Trabajo realizado".

Madrecita camina detrás de él. Le grita: "¡No, señor, otra siesta no!", y vuelve a encenderlo. "Después no quieres dormir en la noche". El robot dice: "A trabajar", y desanda su camino —antes de entrar a mi apartamento, se choca seis veces contra los bordes y paredes—. "¿Y él acaso te invitó a su casa?", vuelve a regañarlo. "¡Atrevido!". Entonces Próspero aparece en el pasillo, mojado de sudor. "Esas escaleras me van a matar", le anticipa a alguien invisible, y con ínfulas de dueño se pone a dar informaciones que a nadie interesan: "Yo ya le dije, señora Ida, que la máquina es propiedad del edificio, no hemos terminado de pagarla". Madrecita salta: "¡Ramiro es mi hijo!", y se lleva la mano al pecho. "¡Es mi hijo y no me lo va a quitar!". Pienso, observando sus gestos, que es muy probable que haya estado viendo la telenovela con mi amiga.

"Usted le puso un chupo a la aspiradora y casi la daña", continúa Próspero. "¿No ve que eso bloquea el tubo de salida?". Mientras discuten, el robot se pasea por mi apartamento: deja, por donde pasa, un camino brillante de limpieza —y a ambos lados del camino, el polvo como hojarasca—. Decido, admirado de su eficiencia, alargar la discusión para que Ramiro limpie un poco más: "Pues yo no veo que la aspiradora quiera estar con usted", desafío a Próspero. "Se le ve muy contenta con su madre". Y agrego, para rematar: "Si no ha terminado de pagarla, la máquina no es suya". Madrecita me secunda: "¡Eso, eso!", y Próspero se descompone: "¡Ahora sí me hartaron!", grita y se jala los pelos. Entonces entra a mi apartamento para recoger a Ramiro; lo alza con un quejido —"¡Esta espalda mía!", gime— y se lo lleva en brazos. Madrecita llora mientras se soba el almohadón de su barriga. Le digo a Próspero: "Yo no le di permiso de entrar a mi casa", a lo que responde, invicto: "Pues si no paga el arriendo, esa casa es más mía que suya". Se aleja, riéndose como un villano, y yo me quedo consolando a Madrecita. "Ya pasó", le digo. "Ya fue, mi amor, ya, ya".

Seguimos el camino brillante que dejó Ramiro. A medida que avanzamos, el polvo a lado y lado, Madrecita se va cansando de ser mi hija. Cuando llegamos a la sala —"Ponte en el sofá", la invito a sentarse, y señalo el cojín que es el sofá de mi apartamento—, Ida ya es mi madre: "Estás muy flaco", me puya las costillas. "¡No estás comiendo bien!". Madrecita se mete las manos por entre la blusa y hace algunas búsquedas. Al rato saca un tarrito de compota, que en lugar de compota tiene agua. "Es de durazno", me dice, "el que más te gusta". Y me pregunto: "¿Estará confundiendo mis gustos con los de Albertico?", pero solamente le digo: "Gracias, Madrecita". Después, alucinada y triste, señala con el dedo el paseo de limpieza. "Mira todo lo que caminó tu hermanito", dice, y extrañamente, ante el lugar vacío, también me crece una melancolía.

Hace años, antes de que existiera un robot como Ramiro, yo imaginaba máquinas improbables cuando mi madre se iba a trabajar. Uno de mis inventos, el Temporal-2000, modificaba el clima según las emociones que detectaba en el espacio —esa máquina volvía paisaje mi estado de ánimo—. Otro más, el Visiblex, proyectaba lo que me hacía falta —así lo imaginé para hablar con

Dios—. Entonces, cuando mi madre se despedía, yo cerraba los ojos, triste, y ponía en marcha el Temporal-2000: cada suspiro se volvía niebla, y los pensamientos de desamparo, más niebla. En medio del paisaje que se formaba en el cuarto, yo me pensaba diciendo: "Toda esta tristeza no me deja ver". A veces, durante el juego, me hacía el que no encontraba el interruptor para apagar la máquina. Y pensaba: "La niebla está densa y no puedo evitarlo". O también, perdido en la oscuridad blanca, me preguntaba: "¿Habrá búhos detrás de la espesura?". Cansado del paisaje y su tristeza, me imaginaba encendiendo el Visiblex. Decía: "Columpio", y aparecía un columpio encima de la cama, rozando las sábanas. Y decía: "Madre", y aparecía mi madre detrás del columpio. Y ella me decía: "Súbete", y yo me subía para mecerme en la niebla. La niebla se movía conmigo y mi madre cantaba: "La tristeza se mece como tú".

Afuera, Próspero grita: "¡Ay, este viejito!", e informa de los trabajos de mantenimiento que quiere adelantar. "Hay que pintar paredes, cambiar los pisos… Sin plata es difícil". Mientras habla, pongo la cabeza en la gran barriga de Madrecita. Pero ella me dice: "No te acomodes. Las ollas no han comido, tengo que atenderlas". Al escucharla me pregunto, estupefacto, cuántos hermanos —y de cuántas procedencias— podré tener yo arriba, en el Tercero A. Nos despedimos.

Más tarde, la voz de Ramiro llega desde la portería. "Trabajo realizado", dice, pero Madrecita lo regaña: "¡Todavía no es hora de dormir!". Próspero refunfuña; retoman la pelea. Desde su ventana, el Rey del Oriente les dice: "Silencio, por favor, que mi madre está dormida". Pero la madre le grita: "¡Dios! ¿Ya quieres que me duerma? ¡Ponme musiquita!".

Una vez, jugando con el Visiblex, yo dije: "Dios", y apareció mi madre en el cuarto. Ahora, desde la cama, veo su foto borrosa. Le digo: "Madre, tú sigues teniendo la cara de Dios".

El deseo no cabe en los ojos

Desde Lucecita, la poltrona, Luz Bella me pregunta: "¿En qué andas, hombre?". Le digo: "Pensando, pensando", para no decirle: "Pensando en mi madre, amiga" —ella sabe que la pienso a toda hora—.

Cae la tarde. Madre sol va dejando de llorar, en el cielo van creciendo naranjas y violetas. Los obreros se preparan para irse. "¡Todo por hoy!", grita alguien. "Hasta mañana", y otro dice: "Como mande". Uno a uno, los taladros hacen su silencio; los hombres dejan las palas, los rodillos. En su camino al suelo, todos cruzan un puente de madera que cuelga de unos cables. Luego se dividen: unos bajan por los armazones metálicos, otros usan la escalera de mano. Mientras se dan las buenas noches y algunos se felicitan por el trabajo hecho, Luz Bella los desafía: "¡Muy bien, así se hace! Están más atrasados que hace un mes". Varios le chiflan y se van.

Después de un rato le hablo desde la cama: "Dime algo, amiga, tú que ves cosas: ¿mi madre me llamará hoy? ¿Llegará de sorpresa?". Luz Bella me dice: "No", y enseguida me pregunta: "¿Cuánto tiempo llevas esperando?". Finjo que no la escucho. Entonces dice: "Se me había olvidado contarte", y suenan los resortes de Lucecita. "Anoche soñé con la doña". Le digo: "Cuéntame, por favor. No me dejes en ascuas". Luz Bella dice, y no sé si le creo: "En realidad soñé con los dos: la doña y tú caminaban por un parque. Yo sólo los miraba, lejos, no hablaba con ninguno.

En el parque había un columpio y tú te subías en él. Pero no eras un niñito: estabas como estás ahora. La doña te empujaba —el columpio se mecía—, pero tú empezabas a frenarte. Y cuando el columpio iba a subir, y a subir más, raspabas la tierra con zapatos de niño. El columpio, entonces, dejaba de moverse, y tú te quedabas sentado como si fuera una silla. La doña volvía a empujarte, a mecerte, y tú volvías a frenarte. Ella te miraba, cansada y vieja, mientras tú te quedabas en el columpio quieto".

Para entretenerme, mi madre solía llevarme a un parque —mientras yo jugaba, ella se mecía en un columpio, aburrida, con los ojos fijos en la tierra—. Para entretenerse, en cambio, veía televisión —novelas, como mi amiga, pero también comerciales: a mi madre le gustaba asegurar que ya había tenido los productos que en la pantalla le ofrecían—. Si, por ejemplo, un hombre con delantal decía, sonriente: "Adquiéralo ya", enseñando un cuchillo eléctrico, mi madre decía: "Lo tuve hace años y me salió malo" —cambiaba el canal—. "No vuelvo a comprar porquerías". (Como ella, mi amiga le grita cosas al televisor: quizás por eso la quiero tanto).

Una noche, muy tarde —estaba a punto de quedarme dormido—, apareció en la pantalla un reloj despertador. "Tiene tres tipos de timbre", decía una voz. "Pajarito, alarma y gallo cantarín: tú escoges el que más te guste". Durante el comercial, una mujer se pasaba por las mejillas la maquinita despertadora: extrañamente, la trataba como a un peluche. Mi madre dijo: "Lo tuve hace rato y me salió malo. La alarma es muy bajita, nadie se despierta con eso". Y agregó: "¡Cómo les gusta vender porquerías!". Luego apareció en la pantalla otra mujer: cargaba una maleta y decidida entraba a una terminal de transporte. Mientras

saludaba a los buses que le pasaban cerca, un locutor decía: "Haga sus viajes con la Flota Estrella" —la mujer,
entonces, se subía a un bus, buscaba su asiento e inmediatamente se quedaba dormida—. "Sentirá que viaja en su
propia cama". Pensé que mi madre diría: "Esos buses son
una porquería", pero se quedó en silencio mirando la pantalla. Al final del anuncio, la cámara mostró al bus en una
avenida larga, yendo, veloz, a cualquier lugar.

Mi madre dijo: "Qué ganas de irme", con los ojos agua-
dos de deseo. Yo le hice cariños sin saber muy bien de qué
forma, en ese momento, la vida la trataba mal.

El rey se va para siempre

Siempre, al llegar la noche, cuando no hay nadie en la calle, dos hombres llegan a la obra. En el día trabajan allí —lo he oído en sus conversaciones— y por eso los llamo los obreros de la noche. Me gusta mirarlos antes de dormir. Se besan, antes de subir la escalera, y luego, en el puente con cables, se dan la mano. Los obreros siguen subiendo por un armazón metálico; después, en el andamio más alto, se vuelven a besar. Cada vez que los veo, yo me olvido de mi madre: el amor de esos hombres nubla el mío.

Están haciendo ruido: uno, ya sin camisa, se lleva por delante una carretilla. "¿Te caíste?", le pregunta el otro, y los dos se ríen. Los busco, pero ya no se ven: se han echado sobre el andamio (pero cuando están muy cansados y prefieren dormir, santa Volqueta los prende con su motor).

Ahora llega música a mi ventana, un coro que dice: "Corta es la vida y más corta la despedida". Pienso en la letra, la canto en mi cama: no creo que el coro tenga razón —nosotros siempre nos estuvimos despidiendo—. Miro la foto para decirle: "Madre, qué larga ha sido la vida".

En un tiempo de la balada, después de un piano solo, una mujer llora a gritos: "¡Qué pronto llega la muerte!" —la cantante se hace llamar La Adolorida—. Cuando el coro regresa y empiezo a cantar, todos se callan: nadie más dice que la vida es corta. La vecina pregunta: "¿Qué pasó, mi rey?". El hijo responde: "No sé, se apagó esto". Después de un largo gemido, ella grita: "¡Siempre me quitas la música!". Él le dice: "No, señora. La radio está vieja y le gusta molestar". Entonces, rápidamente, mientras la madre insiste: "Ponla, ponla", la música vuelve. Ya está sonando otra canción.

Decido visitarlos, presentarme, y como decía mi madre, hacerles una atención. Busco en la cocina qué les puedo dar: tengo zanahorias, unas lonjas de pan. Escojo el pan para que desayunen mañana. Al llegar a su puerta y tocar el timbre, ella grita: "¡Abre!", y aparece el Rey del Oriente. Tiene una camisa sucia, con huecos; los ojos rojos entre el pelo y la barba. Le digo: "Buenas noches", y empieza a rascarse el rojo que tiene en el cuello; también tiene rojo en la frente y los brazos. Al fondo, en el cuarto, veo las piernas de su madre sobre la cama: una manta las cubre enteras, pero ella ha sacado los pies. La enferma grita: "¡Tengo calor!", y suspira alto. No puedo verle la cara por el ángulo de la puerta. El rey se sigue rascando: ahora la cara, el pecho… Yo también me rasco y me busco ronchas donde no las tengo. Me dice: "Buenas noches". Quiero entrar y decirles mi nombre. La enferma pregunta: "¿Quién es?". Entre el rey y su madre hay una mesa con frutas —alcanzo a ver naranjas y guineos—, muchos huevos y una jarra de leche. El rey le dice: "Es Próspero". Miro la mesa y pienso en el pan que quiero darles: yo tengo menos que ellos. El rey me dice: "A la orden", mientras se sigue rascando la cara. La enferma pregunta: "¿Quién?", a lo que él dice: "El portero". Yo soy la luna y esta noche no me ven —y aunque el rey no me vea, yo estoy—. Le digo que ya casi se acaba el mes, que no se olvide de pagar el arriendo (soy Próspero): "No sea como sus vecinas, Ida y Luz Bella, y como este otro, el de al lado, que toca rogarles para que paguen" —me quiero reír—. El rey dice: "Sí, señor", y le doy la espalda.

Regreso a mi casa con el pan que quería darles: ahora es un regalo para mí. Me quedo pensando en la piel del rey y se me ocurre que los ojos parecían ronchas. Mientras oigo a los obreros de la noche, y me asomo en la ventana para verlos quererse, lo recuerdo rascándose el pecho, rojo como la cara. Volver a su mano roja, que abre la camisa para llegar a otros rojos, me hace pensar en Pepe —a veces lo llamo mi compañero invisible—.

Hace un tiempo, cuando me fui quedando sin plata, quise pensar que tenía dos caminos: trabajar o seguir esperando a mi madre. Escogí esperarla más —porque yo quería esperarla y porque no quería trabajar—. Para conseguir plata, decidí vender objetos de la casa, empezar con los cuadros y las ollas que no usaba. Iba a un negocio en el centro, afuera del barrio, que se llama La Casita —ahí vendió mi madre la ropa con la que no quiso viajar—. El dueño siempre ha comprado lo que le llevamos —no sé cómo se llama él, todavía me da rabia que pague tan poquito—. A La Casita también iba un obrero, Pepe, parecido al rey en la barba. Cada vez que nos veíamos allá, terminábamos hablando un rato. Los temas de Pepe eran dos: el sol y la plata. Primero decía: "¡Mira el sol cómo me tiene!", y se pasaba el dedo por la cara roja y los brazos —en eso también se parecía al rey—, o incluso podía alzarse la camisa para mostrarme cómo era la piel del pecho que el sol no había tocado. "Qué diferencia, ¿verdad?", me preguntaba. "Mira", y yo le miraba el cuello rojo y después el pecho, que no era rojo, y le decía: "Tienes que ponerte el casco y echarte crema". Entonces ahí comenzaba a hablar de plata: "Yo ya vendí mi casco", decía Pepe, "y no voy a comprar crema: ¡yo estoy ahorrando!". Pepe ahorraba para irse, yo veía a mi madre en él. Cuando hablaba de sus planes de viaje, él decía, por ejemplo: "Me falta poco para completar", mientras contaba los billetes que en La Casita le daban por una plancha o un martillo. Oyéndolo, pensaba: "Él desarma su casa porque quiere irse y yo la desarmo para quedarme". Eso me confundía, y me daba miedo, y me hacía dudar —yo me sentía solo—. En los días tristes me veía sin plata, después de haber vendido todo, teniendo que dejar mi casa vacía, y sin haber visto a mi madre otra vez (ha pasado el tiempo y me sigo viendo así). En los días de amor, sin embargo, que eran pocos, yo le preguntaba a Pepe, antes de despedirme, si lo volvería a ver. Él me decía que sí, que aún tenía cosas que vender (o plata que ahorrar), y que en los días siguientes regresaría a La Casita. Entonces yo lo dejaba atrás, pero seguía hablando con él, camino a casa —mi compañero invisible—.

En nuestros paseos le contaba que la plata y el sol ocupaban mi cabeza —aún la ocupan hoy—. Podía decirle, por ejemplo, que estaba cansado de escuchar en la obra: "¡A trabajar, pues, que el tiempo es oro!", cada vez que un hombre, seguramente el ingeniero, veía a un obrero descansando. Yo le decía a Pepe: "No es que el tiempo sea oro sino que el oro es tiempo: cuando tengo dinero, siento que tengo vida por delante; pero cuando empieza a acabarse, comienza una cuenta hacia atrás: el dinero se acaba y el tiempo se acaba, y yo me pregunto, angustiado, cuánto más me queda para quedarme sin nada". Pepe, invisible, compartía mis preocupaciones. "¿Qué es uno sin plata?", a veces me preguntaba.

Caminando con él, y sin que él estuviera, también le hablaba de la cajita: le decía que, mientras tuviera billetes, yo iba a tener tiempo, y en ese tiempo esperaría a mi madre. Le hablaba de ella y le contaba que siempre quiso irse, como él, hasta que por fin se fue —ella, sin embargo, va a volver—. "Ustedes dos se parecen", le decía a Pepe. Y al hablarle de mi madre, le hablaba de madre sol: le contaba la historia de su llanto. Pensando en su cuerpo rojo, sudado de trabajar, yo le decía: "El llanto del sol se ve cuando sudas". Pepe escuchaba, siempre invisible, y quizás me dijo un día: "Cuando el sol me toca mucho, mi cuerpo llora".

Llegando al edificio lo invitaba a subir; en mi casa le seguía hablando, decepcionado de que no estuviera. Nos daba hambre y comíamos en la mesa: sopita y pan, que es lo que había, y con eso quedábamos bien. Pepe decía: "Mira esto", y volvía a pasarse los dedos por la cara roja. Yo le insistía: "Tienes que echarte crema", y recordando el Visiblex, decía: "Crema", y aparecía la crema en mis manos. "Deja que te la eche yo". Había visto esto en una telenovela que seguía Luz Bella —se llamaba *El juego del deseo*—: cuando el galán de la historia salía del mar con el cuerpo rojo y escurriendo agua, la protagonista lo buscaba para echarle crema. En el mar se besaban hasta el capítulo siguiente.

Luego, Pepe se pasaba los dedos por el rojo del pecho. Se abría la camisa para decir: "También me quemé acá, mira". Entonces yo hacía como en la novela y le echaba crema en el rojo, pero él era invisible, y yo me preguntaba: "¿Cómo es esto?, ¿qué se siente cuando el cuerpo está?". Nos besábamos, como en la novela, y el beso invisible se repetía en el alivio. A veces, aún juntos, yo recordaba que quería irse, y el Temporal-2000 se prendía solo y creaba niebla porque él se iría. Y así, estando juntos, la máquina se confundía: traía calor a la casa y una luz amarilla —nos besábamos—, pero Pepe era invisible, y se iba a ir —más niebla—, y nunca me decía: "Vámonos juntos".

La vecina enferma grita: "¡Rey! ¿Dónde estás? ¡Tráeme agua!". Con su grito, el pecho rojo de Pepe se vuelve el pecho rojo del rey. Pero al rey no lo toco —él no me vio y yo le di la espalda—. "¡Tráeme agua!", sigue la enferma, y yo traigo a Pepe de vuelta: repetimos el beso invisible. Entonces, afuera, un obrero observa que santa Volqueta está sin flores. El otro responde: "Mañana le traemos". Los sigo con la mirada y empiezo a desear: uno es Pepe, el otro soy yo —éste es el juego del deseo—. Le digo a Pepe en el andamio: "¿Qué hacemos acá? Vámonos a casa". Y ahora estamos acá, en el cuarto, con la obra al frente.

La última vez que lo vi, Pepe me dijo: "Yo quiero irme para siempre". Pero ahora está conmigo, invisible. "¡Rey!", sigue gritando la vecina. "¡Rey, tráeme agua!". Pepe se rasca los brazos, el cuello, y en ese gesto, vuelve a ser el Rey del Oriente —ya no lo quiero tocar—. Pero entonces, ante el silencio del hijo, la enferma grita: "¡Antonio, escúchame! ¡Antonio!", y al decir su nombre, lo descorona.

El rey se va para siempre. Afuera, los obreros ríen.

El tictac de las monedas

Es día de hacer mercado. Primero llega la chancleta —se estrella contra un borde del colchón— y luego el grito de mi amiga: "¡Hombre, párate ya, te tengo buenas noticias!". Como no le respondo, la segunda chancleta entra con más fuerza por la ventana. "¡No te imaginas!", sigue Luz Bella. "Estamos a punto de ganarnos la lotería". Le digo: "Pero si no hemos comprado un número, ¿cómo vamos a estar a punto de ganarla?". Entonces, como si llevara años esperando la pregunta, Luz Bella comparte una de sus profecías: "El tiquete ganador termina en cuatro, cinco y seis, y yo soñé que ganaba el cinco, seis y siete". Respondo, para volver a mi silencio: "Tienes toda la razón: hay que comprar el próximo número que te sueñes". Enseguida, sin embargo, Madrecita se queja de su largo embarazo: "¡Nace ya, por favor, estoy harta!", y luego, por el oriente, se asoma el hombre de la radio: "Hoy peor que ayer", comienza, y pasa a informar de tres muertos hallados en una tienda del centro, exhibidos como maniquíes en la vitrina. Antes de que pueda explayarse en los detalles del suceso, la vecina enferma llora: "¡No, no, no! Yo no estoy para oír eso", y la voz de las noticias se vuelve una canción —Antonio nos da la música—: "Nadie te ama como yo, ¡oh, oh! Nadie nunca va a amarte como yo". Luz Bella se enfurece con la cantante: "¡Qué lloradera la de esa mujer!". Después nos habla a Madrecita y a mí: "Salgamos antes de que se acabe la leche". Finalmente, los taladros de la obra ahogan su escándalo. Alcanzo a entender que grita: "¡Hombre, no se te olviden mis sandalias!". Recojo las chancletas y se las devuelvo por la ventana.

Enseguida busco la cajita debajo de la cama —tic, tac, tic, tac, corre y se acaba el tiempo—: el tiempo de la plata suena tic, tac. Adentro hay billetes y muchas monedas, pero las monedas juntas no suman lo de un billete pequeño; me llevo al mercado dos monedas y dos billetes. Antes de salir, le digo al teléfono: "Por favor, suena", para decirle a mi madre: "Por favor, llama". Alzo la bocina para saber que hay tono. Cuando lo escucho, digo: "Hablemos al regreso. Ahora voy a salir".

Luz Bella se emociona apenas me ve en el pasillo: "Fíjate tú, yo presentía que ibas a salir sin bañarte". Se queda pensando y agrega: "También tuve una visión. Te me apareciste en la cabeza con esa camisa y ese pantalón". Le pregunto: "Amiga, ¿qué pasará hoy con el cielo?", y me dice, como siempre: "Puede que llueva como puede que no, mejor llevar paraguas" —ni ella ni yo tenemos uno—.

Cuando empezamos a bajar las escaleras, vemos en las paredes varios anuncios: unos tienen órdenes directas ("Vive, trabaja, sonríe") y otros son amenazas amables ("Si no te esfuerzas, nunca serás feliz"). Varios, además, invitan a guardar silencio en los corredores. En el cartel más grande, dice en verde: "Levántate y anda" —y un dibujo acompaña este mensaje: dos manos abiertas, enormes, despidiendo luz—. Alguien, sin embargo, muy seguramente Próspero, escribió debajo, en rojo brillante: "Levántate *a trabajar* y anda *a pagar el arriendo*". Cuando leo el anuncio me río de la ocurrencia; después arranco el papel y lo hago una bolita —la lanzo, invencible, al suelo de la portería—. Mi amiga arranca los demás carteles; deja un chiquero en la escalera y salimos del edificio renacidos por la risa.

Madrecita está de espaldas a Próspero, que riega sus plantas con una botella de vidrio. A algunas les echa el agua directo desde la botella, a otras, haciendo un cuenco con la mano: chorrito a chorro va cayendo el agua del vidrio al cuenco y del cuenco a las matas. Cuando el chorro es fuerte, Próspero dice, con ritmo de locomotora: "¡Chapuzón, chapuzón, tormenta!". Cuando el agua es débil, dividida en gotas, baja la voz y canta: "Lloviznita tierna, lloviznita tierna". Esta vez, la barriga de Madrecita tiene forma de cilindro. Luz Bella la saluda mientras se acomoda los rulos: "Buenos días, mi amor lindo, ¿dónde dejaste a Albertico?". Próspero pide silencio y, mientras señala las plantas, nos explica: "Quiero que piensen que está lloviendo". Las begonias, me da la impresión, lo miran con gratitud.

Lejos de la jardinera, los tres nos ponemos a hablar. Madrecita dice: "Albertico se quedó arriba, juega que juega". Luz Bella me dice, preocupada: "Ese muchacho se está criando solo", y comienza a reírse. Madrecita se empina para hacer un anuncio: "El bebé está así de alto", y se lleva una mano más arriba de la cabeza. Luego agrega, orgullosa del niño: "¡Cómo pasa el tiempo! Ya está grandote". Luz Bella sigue riéndose. A Madrecita le dice: "Ya está más alto que tú", pero a mí me dice: "¿Sabes, hombre? Yo creo que le está dando mucha leche". Esta vez los dos nos reímos.

Próspero se acerca con gestos de policía, moviendo la botella como si fuera un bolillo —se la pasa torpemente de una mano a la otra—. Nos dice: "Mucho hablar y poco pagar". Pienso en mis monedas. ¿Debería darle algunas?

Tic, tac, tic, tac. "Yo estoy al día con mis cuentas", le dice Luz Bella, pero Próspero la corrige: "No, señora, ya se acabó el mes". Entonces nos apunta con la botella: "Usted", me mira, "ya con éste debe tres meses. Y ustedes, señoras", les habla a Luz Bella y Madrecita, "ya están debiendo este mes". Mientras se pasa la lengua por los dientes, Luz Bella señala la construcción, el andamio más alto, y lo reta: "¿Usted ve a esos hombres que están allá? Todos me hacen caso a mí. Métase con nosotros y verá lo que le pasa". Próspero abre los ojos: es la sorpresa rabiosa. Madrecita comienza a reírse; yo también (y durante la risa, el tic tac de las monedas no se escucha más). Próspero se sulfura: "A mí no me amenace, señora", y Luz Bella suelta: "¡Ni usted a nosotros, villano!", con ademanes de telenovela. Comenzamos a caminar. "Ya los veré en la calle", nos advierte. "¡Tienen tres días para pagar!". Mi amiga se voltea para decirle: "¡A mí no me saca nadie de esa poltrona!". Y después: "¡Me sacan muerta! ¡Muerta me sacan de ahí!". Los tres seguimos caminando.

En el árbol que roza mi ventana —pienso que nació hace un siglo—, el mochuelo que vive solo canta solo. Toco las letras del tronco, "Yo te amo", y miro la foto de mi madre en la ventana. Ella está de espaldas a mí: el sol del vidrio sólo brilla en mi casa. Cuando pasamos por la construcción, un obrero le da órdenes a otro: "Ponga esos ladrillos al lado de las palas", y un tercero lo contradice: "No, póngalos junto al cemento". Otro que está más lejos grita: "Como mande", y suelta la carretilla que venía empujando: ahí llevaba piedras y madera.

Luz Bella dice: "Estoy cansada de pelear con Próspero". Las monedas vuelven a sonar: tic, tac, tic, tac. "¿Ustedes no quieren irse?", nos pregunta. Pienso: "¿Y mi madre? ¿Cómo va a encontrarme?". Le digo: "Tú sabes que no puedo". Madrecita se consiente la barriga de colchón.

Seguimos caminando.

Mi amiga sigue: "Ella no va a volver. Ya no volvió, olvídate", tic, tac, tic, tac. Entonces, Madrecita anuncia: "¡Se está moviendo!", pero la panza parece más tiesa que nunca.

En las vigas de la obra, veo, ya lejos, mucha ropa secándose: camisas de cuadros y rayas, también una blusa de lentejuelas.

"¡Toquen!", sigue Madrecita, "¿sienten las paraditas?". Caminamos más.

"Yo también ando sin plata", se preocupa Luz Bella. "No puedo estar prestándote". Le digo: "Yo sé, amiga. No te preocupes". Tic, tac. "Ya veré cómo pago".

Oímos la sirena de una ambulancia —se acerca, se acerca—: alguien está a punto de nacer o de morirse. Madrecita dice: "Ahí va Próspero". Los tres nos reímos. "No hablen más de él. Se murió, fue inesperado".

María, María, María

El mercado tiene tres puertas: en cada puerta comienza un pasillo y en cada pasillo una mujer, al fondo, espanta moscas. Las tres se llaman María. A cada una le hemos puesto un segundo nombre, según lo que vende o como nos trata. María Amarga está siempre en el primer pasillo. Ella vende leche y huevos. Si la leche se corta, la sigue vendiendo; si hacemos un reclamo, nos regaña de vuelta: "Esa leche estaba perfecta hasta que ustedes llegaron". Así las cosas, antes de comprar leche, hay que pedirle una prueba. Si no está buena, podemos decirle: "Está amarga, como usted", a lo que ella responde: "Entonces tomen agua y váyanse de acá". Según el día, sin embargo, puede ceder: "Para no pelear", nos dice, "llévense unos huevos, que está barata la docena".

En el segundo pasillo, en una venta de frutas y verduras, está María Alegre. Así le decimos porque su puesto está lleno de colores —el rojo de las fresas, el amarillo de las piñas— y porque siempre nos da una ñapita: si le compramos mandarinas, nos regala un mordisco de mango; si llevamos cebollas, nos encima perejil. A veces se acuerda de mi madre. Cuando me pregunta: "¿Dónde dejaste a tu mamita?", yo le digo: "Por ahí anda, por ahí anda: contenta y caminando". A María Alegre le faltan varios dientes y, siempre, al reírse, abre mucho la boca: permanentemente le vemos las amígdalas. Para agradecer el obsequio de un ramito de cilantro, una vez le dije: "En tu boca no hay huecos sino espacios de alegría". María Alegre se quedó pensando; después, iluminada, se abrió en su sonrisa.

La última es la carnicera, María Flaca. Aunque ella no es flaca, sí lo han sido siempre sus vacas. La última vez que vinimos, por ejemplo, Luz Bella le pidió una libra de carne para desmechar: María le dio poco más de la media y, sin embargo, la cobró entera. "No es mi culpa", dijo, "esa vaca estaba flaca". Mi amiga la insultó: pelearon, hicieron su paz; al final le dio la libra entera. Otra tarde, acostumbrados que estamos a las ñapas, le pedimos un descuento en las costillas por la bolsa de mondongo que habíamos comprado —las costillas estaban en una caja de cartón—. "Me queda muy difícil", dijo María Flaca. "La vaca estaba en los huesos". A mi madre también le salía con historias similares. Haciendo cuentas, esta María ya ha cumplido siete años de vacas flacas: quizás, pronto, empiece para ella un tiempo de abundancia.

En cuanto llegamos al mercado, Madrecita dice: "¡Siguen las paraditas! Toca, toca". Le pongo la mano en la barriga, pero no siento nada. Le digo, sin embargo, porque estoy en amor: "¡Caramba! Ese niño está nadando a sus anchas en toda esa agua". Entramos por la puerta de María Amarga. Apenas nos ve, hace una advertencia: "Hoy no fío, mañana tampoco". La ignoramos. En el mercado, Luz Bella se vuelve negociante. "¿A cuánto está la leche?", pregunta. María Amarga le dice: "A cuatro", pero mi amiga responde: "Tome tres y dejamos así". Yo también compro leche —tic, tac, tic, tac— y después pregunto a cuánto está la docena de huevos. Compro seis, tic, tac: el tiempo de la plata nunca deja de correr.

Cuando voy al segundo pasillo, María Alegre me recibe con cucharadas de granadilla. "¡Mi niño!", dice. "Llevabas tiempo sin venir". Le digo: "Tengo antojo de huevitos con tomate y cebolla". Me dice: "Aquí los tienes, mi amor, dos tomates y dos cebollas". En la bolsa echa, además, una naranja. Para pagarle —tic, tac—, envuelvo las monedas en el billete: así siento que le doy un regalo.

Busco a Madrecita: está en el puesto de María Amarga y hace que empolla unos huevos. Ella se ríe, pero la otra la mira aburrida. María Alegre la llama: "Hoy no has saludado a tu hija", le dice, y le muestra una piña madura. Madrecita sale corriendo: le da un beso a la fruta, mi hermanita; después, con los dedos, peina la corona. Desde el pasillo de la carne, Luz Bella propone: "Llevemos entre los tres una libra de mondongo", tic, tac, tic, tac. María Flaca se queja: "¡También lleven pollo! Esa vaca estaba flaca".

Cuando termina de hacer sus compras, Luz Bella hace las de Madrecita. Le pregunta: "¿Cuánta plata trajiste?". Madrecita le da lo que tiene y mi amiga dice: "Yo sabía que ibas a darme ese número exacto de monedas". Luego, mirándome de reojo, agrega: "Aquí hay para que coman todos tus hijos", y suelta la risa. Madrecita, aliviada, arrulla a una ahuyama; después le da un beso al plátano más verde. Los tres hacemos una ronda nueva de compras. Pasado un tiempo, mi amiga se apura y nos apura: "Vamos rápido que va a empezar la novela".

Al regreso vemos que Próspero ha puesto en mi ventana el anuncio de arriendo. Es la sorpresa rabiosa —tic, tac, tic, tac—, es el eclipse de mi madre en el vidrio. Cuando grito: "¡Mi madre! ¡Tapó a mi madre!", Luz Bella dice: "La novela, ¡va a empezar la novela!", y sube corriendo a la poltrona. Madrecita, en cambio, saluda a Ramiro, que duerme profundo en un rincón. Busco a Próspero, sin suerte. Lo llamo: "¡Próspero! ¿Por qué hizo eso?" —se hace el sordo y no me contesta—.

Ya en mi cuarto, la cajita sonando tic, tac debajo de la cama —la foto a mi lado del vidrio y, al otro, el anuncio de arriendo—, me pongo a hacer cuentas. Pienso, molesto, en lo que dijo Luz Bella: "Ella no va a volver. Ya no volvió, olvídate". Me quedo mirando el eclipse, el anuncio rojo. Le digo, en mi tristeza: "Me voy, madre, tardaste mucho". Le digo, en mi amor: "Menos mal que te esperé, yo sabía que ibas a volver".

Las arrugas del hambre

Ahora, en el centro de la ventana, está el cartel, brillante y rojo, que busca a los de afuera —"Se arrienda" en letras blancas, y abajo un número de teléfono—. Más en el centro, a mi lado del vidrio, está la foto de mi madre borrosa, el sol en pleno eclipse. Desde la cama, las letras del cartel se leen al revés: van de izquierda a derecha, la *ese* inversa al lado de la *e*; un espacio; la *a* seguida de las *erres*, seguidas de la *i*, al lado de la *e*, seguida de la *n* y de la *d* y de otra *a* —ahí la palabra entera, invertida—. Lo miro y pienso: "Si alguien llama y quiere mi casa, tendré que irme". Y aunque me digo: "No me voy a ir", la mente, sola, empieza a irse lejos. Veo a Próspero diciéndome: "Vaya empacando que ya encontré arrendatario". Me veo empacando, entonces, sin saber para dónde ir, preguntándome cómo vamos a hacer para encontrarnos: ella, lejos, y yo, sin casa.

Madrecita grita: "¡Tengo antojo de chocolate!". Habla de su largo embarazo y de todo lo que quiere comer. "¡Quiero leche, quiero manzanas! ¡Quiero pollito, chupar un muslo!". Luz Bella le dice: "¡A comer lo que hay!", pero Madrecita responde: "No le hables así a tu madre". Y sigue: "¡Tengo antojo de chocolate!". Sus antojos despiertan los de la vecina enferma: "¡Mi rey, consígueme un helado!", pero Antonio sólo dice: "No, señora, tú no puedes comer eso". Más lamentos llegan desde el norte y el oriente.

Mi madre no come helado ni chocolate. Ella dice que el dulce le da más hambre. Pero hay un hambre que no se va nunca: es el hambre que queda viva cuando alguien no pudo comer o comió muy mal durante mucho tiempo. Es un hambre que creció hasta volverse vieja, y siguió creciendo hasta ser inmortal. Cuando ya es inmortal, el hambre no se va, por más que el hambriento coma hasta llenarse —por más que siga comiendo—. A mi madre le gustaba hablar de su hambre. Apenas terminaba de almorzar —y aunque el plato hubiera estado rebosante—, ella podía decir: "Quedé llena", pero enseguida: "Qué ganas de más arroz", o "Tráeme unas papitas". Yo no sé cuándo creció su hambre, cómo fue envejeciendo hasta volverse inmortal. Mientras ella estuvo, yo nunca tuve hambre —pero ha estado creciendo, haciéndose viejo: le están saliendo arrugas—.

Ahora recuerdo esto: días antes de irse, ella empezó a decir que quería hacer algo especial conmigo. "Salimos juntos, comemos rico... Nos despedimos". Desde ese momento empezó a revisar sus ahorros —ella siempre ha guardado sus billetes en el sostén: los enrolla y los oculta adentro, en el lado izquierdo, sobre el corazón—. Decía: "Esto es para el viaje y esto es para la comida". Hacía dos bultitos de billetes y volvía a esconderlos entre la teta y el corazón: los billetes de su viaje y los de nuestra comida. Le decía: "Ese día invito yo", y le mostraba mi cajita de hojalata. Pero mi madre no estaba de acuerdo: ella se iba, ella invitaba.

Después de estar días contando y separando billetes, pasando unos de un bultico a otro, mi madre anunció dos fechas: la de su viaje y la de nuestra comida (un día antes). Me dijo: "Hay un sitio en el centro al que siempre he querido ir. En la vitrina hay jamones y pollos, muchos arroces... ¡Un banquete!". Fuimos allá —si digo el nombre, me pongo triste—. Camino al restaurante, mi madre decía: "Es un día especial. Comemos rico, la pasamos bien… Es nuestra despedida". Ya en el lugar, antes de sentarnos, empezó a decir: "¡Qué rico huele, qué hambre!", y me preguntó: "¿Tú tienes hambre?". Yo le dije: "Sí, muchísima, yo siempre tengo hambre" —un espejo—. Y ella, de nuevo: "Qué rico se ve todo, ¡qué hambre!".

Después, en la mesa que nos dieron, mi madre hizo cuentas mirando la carta: "No pensé que fuera tan caro". Le dije que buscáramos otro sitio, pero ella dijo: "No, no y no. Es un día especial". Siguió haciendo cuentas. Le dije: "Te invito yo". Me dijo: "Ni hablar, tú necesitas la plata" —así nos cuidamos ese día: cuidando la plata que ninguno de los dos se podía gastar—. La mesera nos ofreció todo lo que había en la vitrina: porciones de jamón y pollo, arroces distintos para cada uno. Yo volví a mirar la carta —los postres costaban mucho menos que los platos de sal—: pedí un corazón de hojaldre, también el más barato. Mi madre dijo: "¡Cómo se te ocurre! El dulce da más hambre", y para compensar mi pedido, le dijo a la mesera: "Tráiganos el pollo y dos arroces: el especial de la casa y el de cerdo con verduras". Volvió a decirme: "Es nuestra despedida", y nos quedamos esperando los platos. No hablamos casi nada.

Cuando llegó la comida, yo estaba muy triste y no quería comer; probé todo, sin embargo, para que ella me viera comiendo. Mi madre sí comió mucho. Se veía contenta, con vida por delante —yo no estaba así—. "¡Sabroso!", decía, y mordía el pollo, y probaba un arroz y luego el otro. "¡Aquí es donde teníamos que venir!". Comí otro poco hasta que dije: "No más, estoy lleno". Mi madre siguió comiendo. Después pedí la cuenta y unas cajitas para llevarnos lo que había quedado. Le dije a la mesera: "Pago yo", pero mi madre insistió, ya molesta, en nuestro acuerdo. Pagó ella y aún tengo este dolor: el bultico de billetes que había dispuesto para esa noche no alcanzó. Mi madre tuvo que buscar de nuevo en su sostén y sacar de allí los billetes que faltaban. Se fue a su viaje con menos.

Luz Bella dice: "¡Qué rico un chocolate!" —ahora tiene el mismo antojo de Madrecita—. "Ya comí, pero sigo con hambre". El hambre de mi amiga se está haciendo vieja, como la mía —y muerdo un pan porque el pan quita el hambre, no es como el chocolate—. Madrecita le dice: "Si aún me saliera leche, te seguiría alimentando".

Después de irse mi madre, las cajas con comida duraron tres días: estando lejos me siguió alimentando.

Piedra, obra, torre, ruina

Como casi todos los días, Madrecita gritó esta mañana: "¡Nació!", cuando el sol empezó a asomarse. Desde el sur, Próspero le dijo: "Usted tiene delirio de despertador", y en cuanto lo oí, salté de la cama para decirle: "¡Quite ese cartel de mi ventana!". Próspero dijo: "Cuando pague, se lo quito con mucho gusto". Discutimos, nos insultamos. Yo le dije: "Chepito", él me dijo: "Moroso". También tratamos de hablar: le propuse abonos y cuotas, pero él insistió en la plata que necesita para arreglar el edificio. Terminó diciendo: "Ya son tres meses los que debe. Tiene dos días. Si no paga, desaloja". Volvimos a insultarnos, volvimos a negociar. Después nos aburrimos de estarnos hablando.

Hasta entrada la tarde estuve haciendo cuentas. Busqué la factura del teléfono, que no ha sonado todavía, y conté la plata en la cajita: sumé, resté, volví a contar... Si no pago el teléfono, podría pagar un mes completo. ¿Y los otros dos? Tic, tac, tic, tac... Seguí pensando en plata hasta que Luz Bella dijo: "¡La novela, la novela!". Justo antes de que empezara el capítulo, prendieron taladros en la obra. Mi amiga les gritó: "O se callan, o no respondo". Desde la construcción, entonces, hicieron más ruido: pico contra roca, grito sobre grito, los hombres se dedicaron, según mi amiga, a retar su paciencia. Ella siguió peleando un rato más —hizo, como siempre, que les tiraba piedras—. Les dijo: "Ustedes no tienen cabeza sino un ladrillo sobre el cuello".

Cuando fui a visitarla, mi amiga estaba en el suelo con la oreja pegada al televisor. "Malvada está a punto de hacer una maldad", dijo, y se sobó las manos. Unas horas después —estábamos los dos cogiendo fresco en la ventana—, un obrero le preguntó: "Disculpe, doña, ¿me puede contar qué hizo Malvada?" —estaba en el andamio más cercano—. Luz Bella empezó a hablarle y ahora comenta la novela con varios de ellos: mi amiga, desde la poltrona; los obreros, desde su altura.

La novela se llama *El más grande espejo* y está llegando a su final —se acaba esta semana—. A partir de los comentarios de Luz Bella, he entendido lo siguiente: Paloma, joven y bella, es la protagonista. Trabaja en una panadería, "La mogolla fiel", y vive en una casa de palo, arriba en la montaña, con dos mujeres más: una es su madrina, la villana de la historia, y otra es una tía lejana que se llama Inmaculada. Inmaculada no puede hablar ni moverse; tiene la boca como una cicatriz que subió alto por el lado izquierdo de la cara. Desde que Paloma la recuerda, ha estado en una silla de ruedas. Paloma, entonces, la cuida y está a cargo de ella: apenas se despierta, la besa, la abraza, le da los buenos días; ella la baña y la viste, también le da de comer. En cada comida, Paloma le cuenta sus deseos: quiere saber por qué la abandonó su madre, qué fue lo que pasó para que su tía terminara en una silla de ruedas, por qué la madrina las trata a ambas con tanta crueldad. También quiere enamorarse. Inmaculada escucha y entiende todo: a veces, para tratar de decir algo, espabila; a veces se le salen lágrimas. La madrina, por su parte —se llama Malva, pero Paloma, a escondidas, le dice Malvada—, se pasa el día en la casa renegando de su suerte. Si no le está diciendo a Inmaculada: "Vieja inútil, eres una cosa", le dice a Paloma, cuando la ve barriendo o trapeando: "Todavía hay polvo en los muebles. Eres más inútil que Inmaculada, con razón te dejó tu madre". Después de insultarla, Malvada puede reírse o derramar leche en el suelo. Le dice: "Mira, niña, te faltó limpiar allí" —señala el charco y le da la espalda—. Una vez, hecha furia, en lugar de derramar la leche, se la tiró en la cara a Inmaculada. Le dijo: "¡Tómatela! Quiero verte tomándotela toda", y enseguida, inexplicablemente, se puso a llorar y a gritar más —esta es una escena que yo mismo vi—. Cuando está recién humillada, Paloma va a un espejo para hablarle a su madre ausente: "¿Te pareces a mí?", le pregunta. "¿Estás viva?". Si la escuchan, Inmaculada llora y su madrina se ríe más.

Paloma, además, está enamorada de un hombre que trabaja en "La mogolla fiel". Se llama Francisco y me parece que es el panadero: de pelo negro y ojos negros, alto y sonriente, siempre tiene harina en la cara, también en los brazos peludos. Todos los que allí trabajan, sin embargo, aparecen siempre con harina en el cuerpo: todos podrían ser el panadero. En el capítulo que Luz Bella comenta ahora, Francisco le ha dicho a Paloma: "Me gusta como hueles". Paloma, radiante, le contestó: "Y a mí me gusta verte". Después subió la montaña —se fue cantando— y, apenas entró a la casa, le contó a Inmaculada su noticia: "Tía, tía, ¡creo que le gusto a Francisco!". Inmaculada empezó a espabilar, sonrió con los ojos —Luz Bella dice: "Una música hermosa sonó en ese momento, violines muy felices"—, hasta que Malva arruinó la ilusión de ambas: "¡Despierta!", le pidió a Paloma desde la cocina, y estrelló un vaso de leche contra la pared. "Ningún hombre querrá estar contigo, eres fea. ¡Fea, fea!".

Los violines dejaron de sonar y Paloma, inconsolable, corrió al espejo.

"Malvada es mala", grita un obrero —sus compañeros lo llaman Guaro—. "Mala, mala, mala". En vez de secundar su comentario, Luz Bella le dice: "Mejor ponte a trabajar, a ver si algún día acaban. ¡Te quiero ver con brocha y pintura!". Guaro se despide: "Como mande, doña", y suenan los taladros.

Cuando era niño, la obra estaba un poco más adelantada de lo que está ahora. Había columnas y paredes, y en las paredes, unos espacios que esperaban a ser ventanas. También había dos escaleras que daban vueltas al vacío: en una punta estaba el suelo; en otra, unos marcos de palo que aún no eran puertas. Yendo una vez al mercado, mirando en lo alto a los hombres, escuchamos a un obrero decir: "¡Paren todo, cambio de planos!". Entonces otro dijo: "¡A demoler!", y otros más siguieron: "¡Como mande!". Mi madre se lamentó: "¡Andan con ese cuento desde que yo era niña!", y después les dijo a los hombres de la construcción: "¡Sinvergüenzas! Me voy a morir sin ver cómo queda". (A veces, cuando estoy en amor, busco a mi madre en la ventana para contarle, burlón, que la obra está más atrasada que antes. Cuando estoy triste, en cambio, le digo: "Madre, yo también me voy a morir sin ver cómo queda").

Los obreros empezaron a demoler. Pero, una vez más, alguien dijo: "¡Paren todo!", y otro dijo: "Aún no hay planos", y otros más siguieron: "¡Como mande!". Entonces las paredes y escaleras quedaron a medio hacer: parecían evidencias de un mundo anterior, ruinas que nunca fueron torre. Y en esos muros que no eran ruinas —el cuerpo del tiempo—, crecieron enredaderas. Cuando, en la ventana, mi madre decía: "Las plantas han cubierto las piedras", me imaginaba encendiendo el Visiblex, diciendo "Torre", y viendo, admirado, cómo una torre se erigía al frente de la casa. La torre era más alta que el roble del mochuelo: era una torre de vidrio en la que seguían, intactas, las plantas que habían cubierto a las piedras: las enredaderas subían a la par del vidrio y, nunca, camino a la altura, dejaban ver lo que había adentro. Yo le contaba a mi madre cómo imaginaba el edificio; ella, sin embargo, solamente decía: "Terminarán haciendo un bloque de oficinas". Entonces, como recordando algo, cogía el teléfono para buscar trabajo: a veces parecía preocupada; casi siempre, aburrida.

Mientras mi madre hacía llamadas, yo me sentaba cerca, en el suelo, y dibujaba la torre que no existía: era tan alta que la cartulina, en vertical, no alcanzaba a contener los últimos pisos —iba, con sus plantas, más allá del cielo—. Entre una llamada y otra, mi madre decía: "Dibújame a mí", o también: "Dibújanos a ambos", más que todo para evitar que me aburriera. Entonces, color en mano, trataba de hacer los retratos mientras la escuchaba hablar. "Soy buena para las matemáticas", decía. "Muy ordenada. Me gusta colaborar". Después se quedaba en silencio y cerraba los ojos para despedirse: "Entiendo, gracias", o "Si algo, por favor téngame en cuenta". Colgaba y hacía, enseguida, otra llamada: "Nunca he hecho eso, pero puedo aprender. Igual quedo a sus órdenes".

Al acercarse la noche, llamaba a la fábrica: su tono de voz cambiaba, también lo que decía. "¡Por favor! Eso no vuelve a pasar, se lo garantizo". Y después, sofocada: "Un turno al menos". Y de nuevo: "Por favor". Ella nunca me miraba mientras le hablaban al otro lado de la línea: si no cerraba los ojos, reparaba en los dibujos. También la oía decir: "En la obra no hay trabajo", "La obra está paralizada", "No contratan mujeres en la obra". En los días buenos, cuando ocurría el amor, del teléfono y mi madre nacía la esperanza. Ella decía: "¡Gracias! Voy con el niño a la fábrica", y si había un nuevo silencio, ella respondía: "Usted sabe que no hay con quién dejarlo". En la tristeza, sin embargo, también nacía la esperanza; si no había buenas noticias, mi madre terminaba diciendo: "De todos modos, gracias por su atención. Mañana será otro día".

Cuando colgaba, yo le mostraba nuestros retratos. En una cartulina aparecía sola hablando por teléfono. El teléfono era rojo y mucho más grande que ella —la bocina como una boca que se la iba a tragar—. Hacía a mi madre con los ojos por fuera de línea, uno más arriba que el otro, para poder mostrar su párpado caído. Después le pintaba las uñas, color teléfono, vivas de rojo; muchas várices en las piernas; y el lunar en la nariz —un hueco en la cara—. Mi madre se preguntaba: "¿Tantas várices tengo? ¿Tanto se ha caído el párpado?", y comparaba el retrato con sus ojos y su carne. Entonces miraba la segunda cartulina: en ella aparecíamos los dos, las cabezas sin cuerpo —madre e hijo con rostros idénticos, dos gemelos—. "¿Y por qué salimos tristes?", preguntaba mi madre, y triste me pedía: "Dibújanos sonriendo".

Después le mostraba la torre, y entonces comparaba el dibujo con las grúas y andamios que estaban afuera. Una vez dijo: "Ojalá quede así: alta y bonita", pero enseguida se corrigió: "La verdad, no creo. Esta no es tierra de milagros".

Burbujas

Antes, por la ventana, podía verse el humo que salía de la fábrica. Ahora no hay humo: el último humo que vi fue el de su incendio. Del tubo inmenso —la chimenea, alta como un faro—, el gas subía al cielo, quemado y gris. A veces parecía una producción de nubes negras. El tubo se alzaba por encima de la obra, y el gas, como el cielo, se veía por todo el barrio. Cuando yo estaba en amor, el humo era un cielo que desembocaba en otro cielo; un cielo vertical, en subida, escalándose a sí mismo para llegar al cielo horizontal; un río de cielo hacia el gran mar de cielo —y en ese revuelto de cielos, lloraba madre sol—. Cuando estaba triste, sin embargo, esperaba que el viento no arrastrara el humo por el barrio: no quería que los gases me tocaran.

Pero el viento arrastraba el humo a todos lados. Si estaba con mi madre en el parque, al norte del mercado, y los gases se acercaban, yo jugaba al perseguido: "¡Me coge el humo, me va a coger!". Y si tenía turno en la fábrica, mi madre se lamentaba: "A mí también me coge el humo", tic, tac, tic, tac. "Me tengo que ir a trabajar". Entonces, al tiempo que nos perseguía el humo, yo la perseguía a ella: "¡El humo te va a coger! ¡Corre, corre, que te coge!". La fábrica era nuestra acechanza.

Del parque nos íbamos siguiendo la ruta del arroyo —así le decíamos al caño—. Había árboles a ambas orillas del agua negra. Los árboles iban secándose a medida que se acercaban a la fábrica: en el parque estaban verdes, vestidos de pájaros; en las puertas de la fábrica, agónicos y muertos —en sus ramas, nubes negras; en las raíces, agua negra—. Esa agua inmóvil también estaba muerta: su muerte empezaba en la fábrica; seguía, negra, por distintas calles; dividía al parque, muerta; se moría más por el mercado; y encerrada en las paredes del canal, su muerte rozaba la obra. En esos días, el edificio —mi casa—, de frente a la obra, estaba de espaldas a un hospital: la muerte del agua los dividía. Ese hospital ya no existe.

Si el agua ya estaba muerta en la fábrica, y en su recorrido moría más, a la entrada del hospital moría finalmente: en esas puertas desaparecía. A veces, sin embargo, el arroyo parecía respirar: de pronto salían burbujas, como si el agua estancada recordara el aire. Con las burbujas, el arroyo se teñía de vida, y por esa vida nacía un pensamiento de amor: "¡Hay peces en el agua!". Pero mi madre me regañaba: "¡Qué peces ni qué nada! Todo eso está contaminado", mientras me jalaba lejos de la orilla. De la vida en el agua también nacía su pensamiento triste.

Yo a veces sentía que, como el agua, en el barrio nada terminaba de morirse: lo que parecía muerto de repente revivía, como si nada pasara del todo —nada pasa del todo—. Llegando a la fábrica había muros sueltos, paredes que no se querían caer: en muchas había mensajes y dibujos creados en tiempos diferentes. En lo que había sido una muralla, estaba la cara de una mujer —los ojos negros, y en lugar de córneas, señales de pregunta—. En esa cara había un brochazo de pintura blanca, y en esa pintura, a su vez, estaban tres palabras superpuestas: *abajo*, en rojo; *vivan*, en negro; y en más negro, *utopía*. En otra pared crecían flores de lacas fosforescentes: en los pétalos de cada una también había palabras: *amor, Dios, mundo, esperanza*.

En la puerta metálica de un local vacío, había dos metralletas en forma de cruz, también una rosa —y en su tallo, una promesa: "No más guerra"—. En otra puerta, ésta de vidrio, estaban en verde los nombres de dos mujeres, *Nora* y *Margarita,* ambos encerrados en un corazón.

Los edificios, como las paredes sueltas, tampoco querían caerse. Al lado de dos cubos grises con pocas ventanas —si no estaban rotas, estaban forradas con publicidad—, podía alzarse un cubo más grande de ladrillo, éste con más ventanas, y a su lado, dos, tres, seis torres iguales: desde afuera podían verse los ascensores subiendo a los pisos más altos, o estancados para siempre entre un piso y otro. En cada bloque se veían distintas capas de pintura —así era, y aún es, Lomas del Paraíso—: una torre que había sido blanca había sido azul y había sido menta. Por momentos, las torres parecían en competencia: unas, las más nuevas, trataban de ser más altas que sus compañeras anteriores; si lo lograban, era por pocos pisos. Cada construcción había sido un futuro.

Mi madre caminaba con los ojos fijos en el suelo. A mí me decía: "Pendiente, no te distraigas", si me pillaba buscando en las ventanas: yo quería ver a alguien, por esos lados no se veían personas en la calle. Cada vez que iba a la fábrica, ella esperaba encontrar tesoros en el camino —billetes, dijes, anillos de oro—. "Por andar corriendo", me explicaba, "la gente deja caer sus cosas". Y repetía: "Pendiente, no te distraigas". Nunca encontrábamos nada. Sin embargo, cada vez que terminaba el camino y llegábamos a la fábrica, ella decía, como descubriendo algo: "Esta no es tierra de milagros".

La fábrica se llamaba Quimirama (ahora está cerrada, dejó de funcionar después de su incendio): ahí se producían pinturas y disolventes. Apenas nos veía llegar, la encargada de turno, Rosmira, daba órdenes: "Hoy, a la bodega". O también podía decir: "Hoy, a los cubículos. Hay muchísimo trabajo en la oficina". Si nos mandaba a la bodega, mi madre tenía que hacer las cartillas de colores: se sentaba entre muchos galones de pintura —en cada galón, un color— y lo que ella hacía era pintar con brocha gorda unos papeles con calcomanías. Empezaba con un galón; pintaba, pintaba, pintaba papeles; los dejaba secando; y luego, cuando se acababa un color, seguía con el otro. Para ayudarla a que las calcomanías se secaran rápido, yo soplaba los papeles o los abanicaba con la mano. Mi madre nunca me decía nada, pero si Rosmira gritaba: "El niño va a dañar todo", ella me decía: "Esto no es para jugar, estoy trabajando". Después, cuando se secaban los papeles, mi madre, una a una, arrancaba las calcomanías, ahora coloreadas, y las iba pegando en los cuadros vacíos de las cartillas. Encima de cada cuadro estaba el color correspondiente: *ocre, crudo, miel, humo, hueso, palo de rosa*. Cuando me aburría, me ponía a caminar por la bodega: había columnas de galones vacíos, aún sin las etiquetas con la marca de la fábrica. También había mesas de madera con frascos de vidrio de todos los tamaños —y en los frascos, algo como el agua—. Si me veía caminando entre las mesas, oliendo los frascos, Rosmira volvía a gritar desde alguna distancia: "¡Cuidado con eso!". Mi madre, entonces, al escucharla, gritaba más: "¡Eso no es agua! ¡No te la tomes!". En la fábrica, también el agua había muerto.

En los días de cubículo, Rosmira le daba a mi madre unos cuadernos cuadriculados y unas carpetas llenas de facturas, todas a punto de reventarse: estaban amarradas con unos cauchos, también próximos a reventarse. Mi madre tenía que escribir las cifras de cada factura en los cuadernos cuadriculados. Cuando terminaba, se cercioraba de que los números de cada columna coincidieran con los números de la factura: nunca le daban las cuentas. Gritaba: "¡No me desconcentres!", aunque estuviera, en mi silencio, mirando al fondo el tubo inmenso por donde salía el humo —el cielo vertical, las nubes negras—. "Me quedaron faltando diez facturas". Rosmira a veces se acercaba para decir: "Si le cuesta tanto, le damos el turno a otra persona". Entonces seguía caminando por los cubículos, regañando trabajadores a diestra y siniestra, diciendo: "Acá se les paga por cumplir un horario". A veces también decía, mirando el reloj: "Qué vida tan aburrida".

Cuando terminaba de pintar y de pegar las calcomanías, o cuando por fin coincidían los números en los cuadernos y facturas, mi madre le decía a Rosmira: "Tarea hecha". Ella, entonces, con caras de jefe y muecas de suspicacia, pretendía que revisaba el trabajo de mi madre. Después de un rato de mirarlo sin mirar —podía torcer la boca o ponerse la mano en la frente, como preocupada por lo que veía—, Rosmira daba su aprobación: "Pudo ser mejor, pero lo acepto". Y así, en cuanto le daba a mi madre un sobre con el pago, el tiempo de las monedas volvía a comenzar: el tiempo, otra vez, era nuevo.

De regreso a casa, desandando la ruta del arroyo —dejando atrás, lejos, los árboles muertos; yendo de un árbol triste a otro más verde, como si buscáramos la vida—, mi madre decía: "Si ves una piedra que te guste, nos la llevamos". En el tiempo nuevo de la plata, yo no buscaba oro sino piedras. Buscaba de dos tipos: que tuvieran formas curiosas o que, por su filo y tamaño, funcionaran como herramientas. Me gustaba llamar esculturas a las primeras y utensilios a las segundas.

Antes de llegar al edificio, pasábamos por el mercado. Al primer gasto, el tiempo de la plata volvía a correr: tic, tac, tic, tac. Mi madre se empezaba a quejar apenas veía a cualquier María: "¡Cómo se han vuelto de caras ustedes! Ya no se puede comprar nada". María Flaca siempre se excusaba: "Esos son los precios, señora, esas vacas estaban chiquiticas, puro hueso". María Alegre, sin embargo, abierta en su sonrisa, le decía: "Yo te hago un descuento, mi amor. ¡Ni que estuviéramos bravas!". Mi madre, entonces, le compraba apio —tic, tac—, zanahorias, cebollas —tic, tac, tic, tac—, ahuyama, papas, yuca —tic, tac—: el tiempo de la plata corría.

En Lomas del Paraíso, el joven Próspero, siempre en la puerta, nos recibía con una sonrisa. En ese tiempo tenía el pelo negro y un copete que daba vueltas. Mi madre me decía: "Saluda y sigue de largo", pero él se adelantaba para recordarle que tenía que pagar el arriendo: "Disculpe, señora. Ya van dos meses". Mi madre negociaba con él: "Recíbame una parte ahora y le doy otro poquito la próxima semana". Próspero, al principio, se mostraba reacio —"Lo veo difícil", decía, "muy difícil"—, pero al final terminaba cediendo. Mi madre le daba unos billetes —tic, tac, tic, tac— y subíamos las escaleras con menos plata y menos tiempo.

Ya en la casa, fatigada, mi madre se metía en la cocina y trataba de animarse. "Voy a hacer una sopa bien rica", decía, llenando de agua la olla más grande —esa agua estaba viva y ella la ponía a hervir—. "Le vamos a echar pollito, zanahoria, ahuyama…". O también decía: "Mejor dejamos la zanahoria para el almuerzo de estos días".

Mientras cortaba las verduras, seguía hablando sola: "Voy a tener que pedir más turnos en la fábrica, ¡ya se acabó la plata!". Y así, entonces, cuando el agua hervía, el amor y la tristeza reventaban en burbujas, igual que como reventaban afuera, en el arroyo de agua negra.

Un viaje sin ancla *

Así era el tiempo y así lo es todavía: pegado a la plata. Cuando mi madre decía: "Se está acabando, me toca trabajar", volvía a la fábrica buscando un tesoro en su camino. Nunca encontraba nada. Mi madre trabajaba, entonces, hacía su turno, y regresaba a casa con plata y tiempo. En ese camino, mientras ella buscaba oro, yo buscaba piedras —quería una colección—. Tenían que ser piedras que, a primera vista, mi madre pudiera imaginar en un espacio de la casa. Una vez, en la acera de la obra, vi una piedra rojiza: un bloque roto —casi un ladrillo—, con relieves en curva como pequeñísimas cordilleras. "Un tope para la puerta", le dije. "Con esto no se cierra cuando abramos la ventana". Eso pasaba mucho: abríamos la ventana para hablar con los vecinos —ni Luz Bella ni Madrecita habían llegado—, el viento entraba y —¡pum, golpe!— tiraba fuerte la puerta del cuarto. Apenas llegamos a casa, ella misma puso la piedra en su lugar.

Otro día vi una piedra larga como un pie. Una de las puntas era filosa, la otra, redondita. De punta a punta, la piedra era gris, con huequitos. Le dije a mi madre: "Mortero por un lado, cuchillo por el otro". En la casa lavé la piedra con agua y jabón, y ahí mismo traté de usarla para deshuesar un pollo. Como cuchillo no sirvió — "Habría que afilarla", dijo ella—, pero quedó en la cocina como mortero. No fue un utensilio que usáramos mucho.

También encontré corazones y casas —piedras que, por su forma, recordaban esos lugares de amor, esos lugares tristes—. Y encontré una piedra oscura, en curva, que parecía una luna creciente (o menguante, si le daba la vuelta). Como yo soy la luna, quizás pensé ese día: "Me he encontrado en el camino". Mi madre puso esas piedras en el baño, dentro del lavamanos. Solamente dijo: "Allí se ven bien". A esas piedras las llamaba esculturas. Y aunque era fácil reconocer el objeto que cada una representaba sin querer, también tuvimos en casa varias esculturas abstractas: piedras que yo miraba confundido y que sólo decidía llevar si les ponía un nombre.

A una de esas piedras la llamé "Mamá". Al verla, dijo: "No sé si me gusta". La piedra parecía dos piedras, una sobre otra. "Esta es la cabeza", le mostré, "y esta parte de acá, el cuerpo estirado, como si estuvieras descansando en la cama". Puse esa piedra en la mesa de la sala. Unos días después, cuando ya había olvidado que se llamaba "Mamá", y la piedra estaba ahí, en la sala, como una piedra, mi madre la cogió para decir: "Igualita a mi mamá, que se la pasa durmiendo". A mí me enredaba pensar que mi madre tuviera una madre. No sabía imaginar esa vida anterior a la vida que teníamos: mi madre era hija, lo había sido y aún lo era —nada pasa del todo—.

Otra de las esculturas era una piedra blanca. Al verla por un lado, pensé: "Parece un huevito rompiéndose", pero al mostrársela a mi madre, dijo: "¡Un ancla!". Y ahí estaba: un ancla de líneas negras al otro lado de la piedra. Mi madre la cogió como amuleto. Dijo que no hay ancla sin viaje, y que en el mar la usan para parar un momento, desanclarla y seguir navegando. "El ancla es la protección del viajero", me dijo. "Se saca cuando hay tormentas".

Y enseguida: "¡Ay, yo tengo tantas ganas de irme…!". Cuando le pregunté para dónde, me dijo que aún no sabía. Esa escultura se vino a llamar "Piedra del viaje y la esperanza".

También estaba la "Piedra del abrazo". Al enseñársela me dijo: "No más corazones, ya hay muchos en la casa". Le dije: "No es un corazón sino dos personas abrazándose". Era una piedra rojiza, como el tope para la puerta, y lo que parecían las dos mitades de un corazón eran dos cabezas que se habían acercado. La piedra iba en bajada, haciéndose angosta: después de las cabezas seguían los torsos y las piernas de quienes estaban en su abrazo. Por las grietas y marcas que tenía, era fácil ver ojos y brazos, manos y dedos de dos cuerpos distintos, uno más alto que el otro. Esa piedra cabía en la mano cerrada, y en el tiempo que estuvo en la casa, las personas del abrazo fuimos mi madre y yo.

Pero pasó esto: un día, de nuevo sin plata, mi madre llamó a la fábrica para pedir un turno. La oí decir: "No entiendo, usted revisó las facturas", y luego: "Le pido disculpas, eso no vuelve a pasar". Antes de colgar, se despidió diciendo: "Gracias, igual quedo a sus órdenes", con la boca preocupada. Siguió haciendo llamadas. En cada una repetía: "Soy buena para las matemáticas, me gusta colaborar…". Después se despedía, daba las gracias… Tiraba fuerte la bocina —y más fuerte, cada vez, con cada *no* que le daban—. Hizo varias llamadas, y en un momento, mientras mi madre gritaba: "¡Así no se puede, aquí no hay vida!", Próspero, joven, llegó a cobrar el arriendo: "Buenas tardes, ya se acabó el mes". Ella dijo: "¡Pero si hace nada le pagué dos meses! ¡Deme un respiro!". Próspero siguió cobrando: "¿Y qué quiere que haga? Tiene que pagar otra vez". Se gritaron, discutieron más… Mi madre le preguntó: "¿Nos quiere ver en la calle? ¿Eso es lo que quiere?". Próspero le dijo: "En la obra hay trabajo, vaya y pregunte". Mi madre gritó: "¡Allá no contratan mujeres!", y cerró la puerta. "¡Déjeme tranquila!".

Entonces cogió unas piedras y empezó a tirarlas por la ventana, hacia la jardinera. Primero tiró "Mamá", después la "Piedra del abrazo". Y cuando tiró la piedra del ancla, tiró por la ventana su viaje y su deseo. Próspero se quedó renegando en el pasillo. "Siempre lo mismo, ¡toca rogarles para que paguen!". Y además: "¡Si usted no paga, yo no como!". Mi madre, entretanto, siguió tirando piedras —los corazones y las casas—. También tiró algunas a la obra —utensilios y esculturas—. Cuando Próspero bajó y vio las piedras en el piso, gritó más alto: "Pero ¿qué le pasa? ¡Se volvió loca! ¡Cálmese ya!". Mi madre no le habló más.

Después de eso, no volvimos a buscar piedras —sólo oro—; andábamos como si no hubiera ninguna en el camino. Las piedras fueron piedras: estaban bajo el sol, llovía sobre ellas… Las pisábamos, las pateábamos, no nos dábamos cuenta de que estaban. Cuando mi madre se fue, sin embargo, y en la calle me dijo, antes de llegar a la terminal: "Ya estuvo, despidámonos acá", yo recordé la piedra del ancla, su amuleto: me habría gustado que la tuviera consigo.

Solo, sin ella, he vuelto a buscar piedras. Trato de imaginarlas en un espacio de la casa. No puedo. Son piedras.

Un miedo recién nacido

Tarde en las noches, mi madre veía una telenovela que se llamaba *Algún día seré feliz* —esto era en el tiempo de las piedras—. En principio, yo no podía verla —me decía: "Tú estás muy chiquito y no vas a entender"—, pero si me sentaba con ella mientras la daban, no oponía resistencia: a veces me quedaba dormido en la mitad de un capítulo, o hacía nuestros retratos en la cama, de espaldas al televisor. Siempre que veía la novela, mi madre sufría: se tapaba los ojos, y si también me los tapaba a mí, yo le mentía: "Déjame quieto, que no estoy viendo nada". Pero yo seguía la historia con intermitencias. Las protagonistas eran Sol y Violeta, madre e hija. Vivían solas, como ella y como yo, en una ciudad desamparada, con pocos caminos. Ambas trabajaban en su propia peluquería, siempre preocupadas por la escasa clientela: la madre cortaba el pelo, la hija hacía las uñas. Sol y Violeta ahorraban para irse: no querían que la ciudad fuera su casa.

La madre escondía la plata en el suelo de la peluquería, bajo una tabla suelta. Para que nadie encontrara los billetes, ponía una alfombra sobre la tabla y luego una mesa sobre la alfombra. Hacia la mitad de la novela, después de estar capítulos enteros con hambre, buscando clientes, deseando irse, Sol le dijo a Violeta: "Nos falta poco, mira", y alzó la tabla para mostrarle los ahorros que tenían. Violeta dijo: "¡No puedo creerlo! ¿A qué horas reunimos todo eso?". Sonrieron, se abrazaron. Guardaron los billetes bajo la tabla. Sol dijo: "La vida será mejor". Pero afuera, desde la calle, un hombre las miraba —tenía sombrero y gafas negras, y sonreía villanamente—. Mi madre se tapó los ojos: "¡No puede ser, las van a robar!", y enseguida me dijo: "No veas esto". Yo me hice el dormido.

El hombre entró a la peluquería. Les dijo: "Me dan la plata y las dejo vivas". Sol dijo: "No se de qué habla. So mos pobres, no tenemos nada". La empujó —ya no sonreía— y sacó un revólver. Violeta gritó: "¡Cuidado, mamá!", y mi madre gritó: "¡Ay, Dios mío, la va a matar!". Sol siguió diciendo: "¡No tenemos plata!". Violeta lloraba: "¡Dásela, mamá, dásela!". Pero Sol era terca: "Mijita, ¿de qué plata hablas?". El hombre las apuntó con el revólver. "¡La plata o las mato!". Sol dijo: "Vete, sal corriendo", y Violeta corrió. Sonó un disparo. Mi madre gritó, la madre gritó. Sonó otro disparo —Sol cayó al piso—. Mi madre gritó más: "¡La mató, la mató!". Pausa comercial.

"¿Viste eso?", me preguntó. "Te dije que tú estabas muy chiquito para ver la novela". Yo apreté los ojos y quedé oscuro. Pensé: "¿Y si matan a mi madre?" —un miedo recién nacido—. Le dije: "¿Qué dices? Estaba durmiendo", y volví a hacerme el que dormía.

Después siguió la cortinilla de la novela —madre e hija caminando por la ciudad que querían dejar mientras alguien cantaba: *Vámonos de acá*—. El hombre volvió a decir: "La plata o las mato". Sol dijo: "Vete, sal corriendo", y Violeta corrió. Sonó el disparo, estallaron vidrios. "¡Mamá!", lloró y gritó Violeta. "¡Mamá!". El hombre volvió a disparar —se quebraron más cristales—. Mi madre siguió diciendo: "¡La mató, la mató!". Violeta gritó y lloró más, se tiró al suelo. "¡Mamá, mamita!". Y seguía: "¡La mató, Dios mío, la mató!", mientras Violeta, mi madre y yo veíamos el cuerpo de Sol con sangre, rodeado de vidrios, la cara contra el piso. El hombre encontró la plata y otra vez sonrió como villano mientras huía. Después, poco a poco, la pantalla se fue oscureciendo, y oscureciendo más, hasta que, al final, cuando estaba toda negra, apareció una palabra —*continuará*— y la canción volvió a sonar: "Vámonos de acá, volvamos a empezar. Viajemos lejos, dejemos la ciudad".

Acabado el episodio, mi madre siguió sufriendo: "¡Pobre Sol!", decía. "¿Estará muerta?". Y luego: "¡Qué horror! ¡Tan cerca del viaje y les roban todo!". Mientras le hablaba a la pantalla, yo pensaba en mi miedo recién nacido: "¿Y si matan a mi madre?". Ella se me aparecía como Sol, caída, con la espalda roja y la cara en la tierra —la sangre desamparada, llena de esquirlas—. "Y si eso pasara, ¿yo qué haría?". Mi madre me preguntó: "¿Estás dormido?". No le contesté… Y de nuevo: su espalda roja y la cara en la tierra; la sangre afuera, regándose. ¿Yo qué haría? Pensé: "Recojo la sangre y le lleno el cuerpo otra vez" —eso no se puede—.

Pero a la pantalla volvieron Sol y Violeta: ahora estaban en un sofá negro, con otros peinados y ropas muy distintas a las que usaban en la novela. Ya no eran madre e hija sino actrices; estaban respondiendo una entrevista. "¡Qué impertinente eres!", se rio Violeta. "¡Qué preguntón!". En la pantalla salían sus nombres y apellidos, y el texto: "Las divas se confiesan". El preguntón dijo: "Tienes muchos admiradores, ¡todos queremos saber!". Violeta volvió a reírse: "Bueno, está bien. ¡Ando soltera por estos días!". Un público empezó a aplaudir. "¡Qué buena noticia!", gritó el preguntón. "¿Están oyendo? ¡Qué buena noticia!". Siguieron los aplausos y preguntas: "Ahora vamos contigo.

¿Cómo eres tú cuando apagan las cámaras y te quitas el traje de Sol?". Mi madre dijo: "¡Me encanta cómo se viste ella!", y Sol dijo: "Yo soy una mujer vanidosa, dedico mucho tiempo a mi cuidado personal". Violeta interrumpió la respuesta: "¡Y miren cómo se nota! Parece mi hermana menor" El público volvió a aplaudir; el preguntón, en cambio, pidió silencio. "¿Qué puedo contarte?", siguió Sol. "Me baño con agua fría en las mañanas y como mucha verdura".

Mientras Sol hablaba, yo pensé: "La sangre que se regó en la novela ha regresado a su cuerpo". La madre caída se alzó, la cara se separó de la tierra. En mi miedo recién nacido, mi madre también se alzó. Y como Sol en la novela, ella dijo en mi miedo: "La vida será mejor".

Mi madre apagó el televisor y empezó a hacer cuentas: "La plata se fue muy rápido. Siempre lo mismo, siempre lo mismo". Creyendo que estaba sola, ella en la cama y yo en el sueño, dijo: "¡Qué ganas de morirme!" —ella en la cama, yo también: madre e hijo, solos cada uno—.

La vida en la boca

Si no decía: "¡Qué ganas de irme!", mi madre decía: "¡Qué ganas de morirme!". A veces se quedaba dormida con la ropa puesta. Cuando la veía así, con la boca abierta y durmiendo sin su piyama —ella no respira por la nariz—, yo pensaba que había muerto: era mi miedo recién nacido. La llamaba: "¡Mami!", y le preguntaba: "¿Te quedaste dormida?". Ella se despertaba sobresaltada: "¿Qué pasó?". Le decía: "Nada. Sólo que no te has puesto tu piyama". Como seguía durmiendo, me quedaba mirándola —yo quisiera mirarte ahora— y acercaba los dedos a la cara para saber si estaba respirando. Pero por momentos no la sentía: no me llegaba su aire, no tenía vida en la boca. Y aunque yo quería gritar, terminaba preguntándole —bajito, bajito—: "¿Estás dormida?". Entre sueños me decía: "¿Qué?", y yo le pedía que abriera los ojos: "Ábrelos, por favor. Ábrelos un segundo". Ella los abría y volvía a dormirse.

Ahora Próspero se queja. "¡Ay, este viejito! Goteras por todas partes, focos fundidos en cada piso". Desde la ventana lo veo rascándose la cabeza, mirando como loco los huecos de la fachada —sobre la puerta decía "Lomas del Paraíso", pero algunas letras se han caído: ya no están la *ele* ni la *pe*, y desde hace años, la *a* de "Lomas" cuelga de su colita—. Los obreros han terminado su jornada: se despiden, se quitan los cascos… Después de quejarse, Próspero le habla directamente al edificio: "Yo quiero arreglarte", le explica, "pintarte, ponerte bonito… Pero ¿cómo hago si no tengo plata?". Luego pasa a hablarme a mí; busca mis ojos y grita: "¡Supongo que a usted le pagan por quedarse ahí parado!". Le digo: "Deberían pagarme por aguantármelo a usted". Tengo dos días para darle su plata.

Una canción se va quedando sin volumen, apagando y apagando —agoniza en el oriente—. Dice: "Cada noche, cuando llegas, la cama es el mundo y nosotros, el pueblo". Después dice: "La cama es el mundo" —bajito—. Y después: "El mundo, el mundo…" —bajito, bajito—. Se acaba la canción y llega el hombre de las noticias: "Hoy peor que ayer", empieza. "Más muertos. Más crisis". Espero el grito de la vecina enferma ("¡No, no, no! ¡Quita eso!), pero ni grita ni llama a Antonio. El hombre de las noticias sigue: "Filas sin fin en los terminales de transporte: más gente yéndose". ¿Y la vecina? No habla, no le dice a Antonio: "Yo no estoy para oír eso". Tampoco lo escucho a él. Pero empiezo a escuchar el teléfono. ¿Puede ser? ¡Ring, ring! ¡Está sonando! ¡Ring! ¡Mi madre me llama! Corro, cruzo la sala… ¡Ring, ring! Mi madre me está llamando, ha cumplido su promesa. Digo: "¿Aló?". Un silencio. "¿Aló?". Alguien respira al otro lado. "Mami, ¿eres tú?". Sigue respirando —respira fuerte: es la vida en la boca—. Un momento más y luego cuelga.

Entonces llamo a Luz Bella. Grito: "¡Amiga, mi madre me llamó!". Y de nuevo: "¡Amiga, ven, me llamó!". Luz Bella toca la puerta. "¡Cuenta, cuenta!", me pide, apenas entra a la casa, y enseguida: "Habla rápido que estoy ocupada" —la imagino en Lucecita, mirando el televisor—. Le digo: "Me llamó, pero no habló. La oí respirando". Luz Bella me mira confundida: "¿Y cómo sabes que era ella?".

En ese momento, el teléfono vuelve a sonar. Mi amiga grita: "¡Contesta!", y corro a la bocina. "¿Aló?". De nuevo un silencio. "¿Aló, mami?". Alguien —una mujer— dice: "Buenas noches, ¿ese es el Hospital de María?" —un dolor—. Le digo: "No, señora, está equivocada", y cuelgo el teléfono. Mi amiga se me queda mirando. Le digo: "La otra llamada seguro fue de mi madre". Me dice, otra vez: "Tienes que olvidarte de ella". Me da las buenas noches.

En la cama pienso en mi madre pensando en mí. ¿Le hará falta dormir acá? Una vez, al poco tiempo de irse, pasó algo similar: alguien llamó, yo dije: "¿Aló, mami?", y no era ella. Al verme triste, Luz Bella me dijo: "Te has caído de la esperanza, que te subió alto".

El hombre de las noticias ha seguido hablando. Ahora dice: "Un puente se ha desplomado en el centro de la ciudad". Pienso: "¡Otra vez!", y Antonio dice: "¡Otro puente que se cae!". Enseguida llama a su mamá: "¿Estás despierta?". La enferma no responde. El hombre de las noticias dice: "Varios heridos en el accidente, aún no hay reporte de muertos". Antonio empieza a desesperarse: "¿Mamá, estás bien?". Y luego: "¿Mamá? ¡Mamá!". Más silencio. "¡Mamá!". La vecina por fin le pregunta: "¿Qué pasó?". Antonio le dice: "Me asustaste". Ella le dice: "Me quedé dormida", y enseguida grita: "¡No, no, no! ¡Quita las noticias! Yo no estoy para oír eso".

Retrato con vestido de papel

Muchas veces, cuando amanecía, mi madre no estaba en la cama; su voz, sin embargo, llegaba desde afuera. Casi siempre decía, hablando con su madre: "Quiero irme, acá no hay nada para mí". Pero una mañana la oí decir: "El niño no rompió nada. Esos frascos estaban así cuando llegamos". A la cama, también, llegaba su silencio, que a veces interrumpía para decir: "Entiendo, entiendo…". Mientras tanto, al otro lado de la ventana, en la obra, una excavadora daba vueltas: parecía sola y sin dirección; en la cuchara llevaba sacos de cemento. Mi madre siguió en el teléfono —hablaba con Rosmira, de la fábrica—: "Deme, por favor, varios turnos. La plata se va muy rápido". Luego dijo: "Gracias", y regresó a la cama como si llevara horas de trabajo.

"No puedo llevarte más a la fábrica", me explicó. "Yo voy sola, hago el turno, y tú te quedas juicioso en la casa". Empezó a quedarse dormida. Con los ojos cerrados, me dijo: "Antes de irme, eso sí, damos una vueltecita". Estuvimos más tiempo en la cama. Pasado ese tiempo, salimos a caminar —cuando terminaba el tiempo en la cama, terminaba la eternidad—.

En la jardinera, el joven Próspero le decía a una vecina: "A las violetas no les gusta mucho el sol, por eso las tengo en la sombra". Los rayos de madre sol —sus lágrimas de luz— apenas tocaban las flores; ellas titilaban con sus pétalos de corazón. "Lo que sí les gusta mucho es el agua", siguió Próspero —la brisa, mientras tanto, lo despelucaba—. "Yo las riego tres veces por semana, apenas me levanto". La vecina le dijo: "¡Uy, no, mucho trabajo! Mejor consígase unas plantas de plástico". Próspero abrió los ojos y con tono de alarma preguntó: "Pero ¿cuál es la gracia si no hay que cuidarlas?". Mi madre saludó y siguió de largo. Después me dijo: "¡Pendiente! A encontrar tesoros en el camino".

Arriba, en los andamios, uno de los obreros dijo: "Esto es tan fácil como seguir los planos", pero el ingeniero lo desautorizó: "¡Tienes los planos antiguos!". Mi madre alzó una plegaria —"¡Santa Volqueta, muéstrales la dirección!"— y después insultó al ingeniero. La excavadora seguía girando sobre sí misma, o quizás ya había trabajado y ahora sólo jugaba. "¡Como mande!", dijo un obrero. Mi madre les siguió gritando; entonces yo le dije: "¡Pendiente, no te distraigas!", y señalé el suelo con el oro que íbamos a descubrir.

Dimos la vuelta al edificio, pasamos por el hospital que ya no existe: entre la calle y la puerta había unas escaleras empinadas, sin baranda, por las que bajaba una mujer con su bebé en brazos. Ella se quedaba un tiempo largo en cada escalón (yo conté dieciséis), y escalón a escalón, la madre miraba su horizonte, nunca al recién nacido. Mi madre dijo: "Seguro está cansada y no quiere salir al mundo". Un viento alzó tierra. La madre se quedó quieta en la polvareda: seguía sin mirar al bebé, tenía los ojos en otro lado.

Yo dije: "Quiero una naranja", y caminamos al mercado por la orilla del agua negra. En la calle vi algo que resplandecía: "¡Un anillo!", me emocioné, "¡un dije, una cadena!". Era una llave cobriza. Mi madre dijo: "Eso no sirve para nada", y seguimos andando por nuestro camino sin tesoros. Entramos al mercado por el primer pasillo: cuando nos vio, María Amarga —por esos días la llamábamos Mísera— cubrió los huevos con un mantel blanco, manchado de café. "Si me muestran la plata", dijo, "les muestro los huevos". Para responderle, mi madre me habló en voz alta: "Esa vieja tacaña sólo vende huevos podridos". Mísera torció la boca; nosotros reímos y seguimos de largo —y sentimos, quizás, que éramos la misma persona—.

Para saludarnos, María Alegre abrió los brazos —y sin embargo, no nos abrazó—. "Este pelaíto quiere una naranja", le dijo mi madre. "Pero yo no tengo plata, tú sabes". María Alegre dijo: "¿Y eso cuándo ha sido un problema, mi amor? Me pagas cuando tengas". Cogió, entonces, dos naranjas: "Una para ti", nos dijo, "y otra para ti". Después envolvió aguacates con pedazos de periódico. "Me llegaron muy verdes", nos mostró. "Así maduran más rápido". Mientras ella los vestía de papel, nosotros mordíamos las naranjas. De los periódicos que despedazaba apareció una foto de Sol, la actriz —la madre que no murió—. "¡Mírala!", dijo mi madre. "Me encanta como se viste ella". María Alegre le dijo: "Ustedes dos son igualitas", y a mí me dijo: "Mi amor, tu mamá parece actriz de telenovela". Los tres nos reímos. Mi madre cogió el periódico con la foto: "Cuando tenga plata", dijo, "voy a hacerme un vestido así, con estos colores", y se puso el papel encima, sobre el pecho. Arrancó, entonces, la foto de Sol y nos despedimos de María Alegre. Salimos del mercado la madre, mi madre y yo.

Cuando llegamos al edificio, seguíamos comiendo nuestras naranjas. Próspero, a su vez, seguía consintiendo a las violetas: "¿Ustedes por qué son tan lindas?", les preguntaba. "¿Por qué huelen tan rico, ah? ¿Por qué?". Abrió la mano para acercarla a una flor. "Yo tengo cinco dedos", le dijo, "y tú, cinco pétalos". Los pétalos, sin embargo, no parecían manos sino corazones al revés. "Ustedes son igualitas a su mamá", agregó, y quise pensar que se refería a él mismo.

Luego, en las escaleras, mi madre miró de nuevo la foto de Sol. "Qué elegante", volvió a decir. "Cuando tenga plata, voy a hacerme un vestido así" —el vestido está ahora en el armario, solo, sin su cuerpo—. Ya en la casa se cambió los zapatos para irse a la fábrica: "Me quito los bonitos", siguió hablándose, "y me pongo los feos". Me senté en la cama para mirarla. Ella me dijo: "Voy rapidito a la fábrica y regreso a estar contigo, no me demoro". En la cama quedó el periódico.

En cuanto mi madre salió por la puerta, me pegué al vidrio de la ventana: quería que se volteara a mirarme, decirle otra vez adiós con la mano. La vi caminando de la portería a la obra con la mirada en el suelo, siguiendo la muerte del agua —y atrás, lejos, se veía el humo de la fábrica—. Ella siguió caminando con los ojos en la calle. Cerré los míos para decirle: "Espero que encuentres un tesoro".

Un tesoro en el centro de la almohada

De la fábrica, una noche, mi madre llegó con una caja de zapatos, cansada de caminar. "¡Sorpresa!", dijo, "¡sorpresa!", y de la caja sacó un libro para colorear, en partes ya coloreado, y unos muñequitos de plástico: animales y personas, más de una sin cabeza, y una cabeza suelta. Dijo: "Esto es para que juegues cuando me vaya a trabajar". Se recostó en la cama con los ojos cerrados y los brazos como almohadas.

Ella empezó a tener más turnos en la fábrica; no volví a acompañarla. "Entre más turnos", decía mi madre, "más plata". Cuando estaba en amor, hacía cuentas con la plata que estaba ganando y con la que iba a ganar: "Pagamos el arriendo, compramos fruta, nos buscamos otros zapatos…". Cuando estaba triste, sin embargo, las cuentas no le daban: "Trabajo y trabajo y trabajo… Siempre lo mismo, siempre lo mismo… Todo el tiempo con la lengua afuera". A veces, antes de salir, también decía: "Quédate juicioso, yo ya vuelvo". Entonces se iba al turno hablando sola, haciendo nuevas cuentas, mirando el suelo para encontrar oro.

Por ese tiempo, apenas dejaba de verla en su camino a la fábrica, buscaba la foto de Sol y la pegaba en el vidrio. Cuando estaba triste, me quedaba mirando su cara y su luz, el vestido lleno de naranjas y violetas ("En la ventana, madre, yo te veo"). Cuando estaba en amor, podía jugar en la cama con los muñequitos de plástico. A todos los descabezados los ponía juntos, de pie, con los brazos arriba: ellos eran los árboles de un bosque muerto. Por entre los árboles corrían venados y zorros de plástico —eran los animales que tenía—. Ese bosque quedaba arriba, en la almohada, y bien adentro de los esqueletos de madera, oculto en las raíces del árbol más alto, había un tesoro. Nadie sabía qué era el tesoro; todos, sin embargo, sabían que ahí, entre los árboles sin ramaje, había algo que encontrar. Para llegar al tesoro había que cruzar el bosque; para llegar al bosque había que atravesar el mar de sábanas revueltas. En las sábanas había peligros, en el bosque también.

Al inicio del juego, seis hombres (tres rojos y tres verdes) se subían a un barco con anclas —mi zapato era el barco, las anclas eran los cordones desamarrados—: ellos sabían que, para llegar al tesoro, tenían que vencer los peligros del mar y las amenazas que había entre los árboles muertos. Entonces, apenas el barco zarpaba, ellos decían: "¡Por el tesoro, por el tesoro!", mientras dos animales furiosos se acercaban a los piratas por debajo del agua: un caballito de mar más grande que el mismo barco —era un caballo negro, desarmable, sin las dos patas traseras— y un monstruo, mitad hombre, mitad pájaro, que en vez de plumas tenía fuego (para hacerlo, ponía la cabeza de plástico encima de un perico amarillo). Las llamas no se apagaban en el agua de las sábanas: el monstruo podía meterse hasta el fondo del mar, encendido siempre, y luego prender el aire con sus alas calientes.

En el juego, cada vez, el caballo de mar se tragaba a uno de los piratas verdes, pero los cinco sobrevivientes hacían pedazos al caballo de mar —"¡Por el tesoro, por el tesoro!"—: primero lo encadenaban con los cordones del barco; después le arrancaban las dos patas que tenía. El zapato seguía por el mar. Cuando todo parecía tranquilo, el monstruo de fuego surgía con hambre de las sábanas: incendiaba, en su primer vuelo, a uno de los piratas rojos. "¡Me quemo!", gritaba el hombre, "¡me quemo!", lanzándose al agua. Antes de morir, sin embargo, el agua aliviaba el dolor de su piel quemada. En ese vuelo incendiado, el hombre-pájaro también destruía el barco: los cuatro piratas vivos tenían, entonces, que dejar el zapato y nadar —y seguir nadando, mientras que atrás, en el mar, el barco se hundía en el colchón: el monstruo, ya sin hambre, también se metía en las sábanas—.

Había, en el mar, dos sirenas: ambas eran muñequitos azules con las piernas unidas —cada lazo de piernas formaba sus colas de pez—. Los piratas, al verlas, se asustaban y nadaban con más prisa; también se cansaban más —ellos no tenían escamas de plástico—. "Queremos dejarlos en la orilla de la almohada", decían las sirenas, sacando la cabeza de la profundidad de las sábanas. "No tengan miedo, los vamos a salvar". Pero los hombres, incrédulos, seguían huyendo en el mar revuelto: cuando uno de los verdes se ahogaba, los tres que seguían vivos por fin se dejaban ayudar. "¡Por el tesoro, por el tesoro!". Las dos sirenas los llevaban a tierra —a veces, en el juego, había remolinos que ambas esquivaban—. Ellas se despedían: "Somos monstruos, pero no matamos", y los tres hombres, agradecidos, empezaban a caminar por el bosque muerto.

Los peligros de ese bosque también eran dos: un toro gigante que caminaba erguido por entre los palos secos —el toro era una vaquita blanca con manchas negras— y un mago que transformaba los árboles en un ejército de hombres sin cabeza —el mago era un soldadito rosado sin metralleta ni casco—. Los tres piratas caminaban por el bosque de la almohada, cada vez más cerca del tesoro y su secreto. De repente, en el sendero tranquilo, aparecía el toro, loco de rabia y de hambre: al verlo caminando en dos patas y con los ojos rasgados de ira —eran círculos, en realidad, los ojos de la vaca manchada—, los hombres salían corriendo en direcciones distintas. El toro, sin mucho esfuerzo, se comía a uno de los rojos; mientras lo hacía pedazos con sus cuernos, el marinero preguntaba: "¿Qué hay en las raíces?, ¿cuál es el tesoro?". Y mientras el monstruo se lo iba tragando, el hombre repetía: "¿Qué hay en las raíces?", retorcido de dolor. Los venados y zorros querían vivir: por eso huían lejos del bosque.

Quedaban, así, dos hombres: uno verde y uno rojo. Al ver a uno de los piratas corriendo, el mago despertaba a los árboles con su hechizo: todos se volvían hombres sin cabeza, excepto el árbol más alto —el que tenía el tesoro oculto en sus raíces—. Estos hombres que habían sido árboles perseguían al pirata verde con saña pero sin dirección: como no veían, se terminaban matando entre ellos o tropezando con las raíces de sus compañeros. El mago los regañaba: "¡No sirven para nada! ¡El pirata está allá!", pero sus gritos los perdían más: los hombres sin cabeza seguían estrellándose o matándose entre sí. Al mismo tiempo, el pirata rojo corría por el bosque despejado, derecho hacia el árbol más alto. "¡Por el tesoro, por el tesoro!".

Después de la batalla absurda, hacia el final del juego, sólo había un muñeco descabezado: él atacaba al mago creyendo que atacaba al pirata verde, y el mago, aunque herido, alcanzaba a cortarle la cabeza al pirata. Mientras uno y otro morían, el hombre descabezado caminaba, perdido, hacia el mar; en el agua de las sábanas se ahogaba.

Después, por fin, solo en la almohada, el pirata rojo, único vivo, llegaba al árbol más alto. Ahí terminaba esa historia: no se me ocurría qué podía haber en las raíces, cuál era el tesoro. El hombre se quedaba solo ante el árbol, y ese era el fin.

Pero enseguida empezaba otra historia: los pliegues de las sábanas ya no eran remolinos sino lomas de arena. El mar se transformaba en desierto y, lejos de la almohada, como llenas de sol, había muchas ovejas: eran los venados y zorros del juego de antes. Tres hombres rojos —eran pastores— cuidaban el rebaño: ellos se paseaban por la lana, laboriosos y aburridos, y cuando querían dormir, se acostaban sobre las ovejas como si fueran camas. Más allá de las ovejas y pastores, por la punta del colchón, allá en los bordes del desierto, había tres reyes verdes, cada uno con su propio camello —esos camellos eran tres zorros negros, de plástico, más grandes que los propios hombres—. Mientras los pastores dormían y los reyes pensaban en tierras y riquezas, un hombre (antes el mago, que era el soldadito rosa sin casco ni metralleta) y una mujer (había sido sirena) atravesaban el desierto con hambre y con frío. El hombre y la mujer caminaban mucho —ellos se perdían en los pliegues del desierto— hasta que al fin, arriba en la almohada, veían algo parecido a una cueva. En esa cueva de espuma vivían un buey (el toro erguido) y un burro (el caballo desarmable que apenas tenía las patas delanteras). En la cueva también había luz: era el fuego más amable del desierto.

La mujer, María, estaba embarazada, a punto de parir. El hombre que la acompañaba se llamaba José. Entre las lomas de arena, él decía: "Allá, en la almohada, hay algo parecido a una casa". Los dos, entonces, caminaban juntos, muy despacio, en dirección al fuego. El burro y el buey los recibían en la cueva —con la cueva y el fuego, los animales les daban calor—. Cada vez que se acercaba la hora del nacimiento, el cielo se abría y por sus puertas de nube salían ángeles: las nubes estaban en la pared; los ángeles eran los muñecos sin cabeza que, juntos, de pie, con los brazos arriba, habían formado el bosque donde estaba el tesoro —en esta historia, sin embargo, los ángeles tenían cabeza, pero todas eran transparentes—. El cielo se abría porque María estaba embarazada de Dios: el hijo de Dios estaba a punto de nacer.

Al acercarse la medianoche, se acercaba el nacimiento. Cuanto más cerca estaba el niño de nacer, más calentaba el fuego de la almohada —más se abría el cielo, más ángeles salían de las puertas de nube—. El hijo de Dios nacía así: mientras María se acostaba en el centro de la almohada, yo traía al hombre-pájaro de la historia anterior —la cabeza unida al perico amarillo—. Durante el nacimiento, yo separaba el pájaro de la cabeza. El pájaro salía volando por la cueva, encendido siempre —era el espíritu de Dios—: sus llamas no se apagaban en el frío del desierto, él prendía el aire con sus alas calientes. En el tiempo que el espíritu volaba, la cabeza iba saliendo del cuerpo de María, que deliraba en el amor por el nacimiento de su hijo —ella también deliraba en la tristeza—. Apenas daba a luz, los ángeles y los animales se preguntaban por Dios. "¿Dónde está?". En la cueva ya estaba la cabeza. "Y Dios, ¿dónde está?". Esa cabeza se llamaba Jesús.

Dos ángeles dejaban el cielo para acercarse a los pastores y reyes: con sus bocas transparentes anunciaban que Jesús había nacido en la almohada. Los hombres rojos y los hombres verdes caminaban, entonces, por las sábanas del desierto, camino a la cueva de espuma —los pastores con las ovejas negras; los reyes con sus camellos—. Todos caminaban con hambre y con frío. Querían conocer la cabeza de Dios.

A la cueva llegaban primero los pastores y las ovejas. Los reyes, en cambio, se perdían en el desierto, como antes se habían perdido José y María. Entonces, para guiarlos, llegaba a las sábanas una estrella, la más brillante de la noche: su luz, en la otra historia, era una sirena que salvaba a los hombres —no los dejaba ahogarse en el mar, ella los llevaba a tierra—. Los reyes siguieron a la estrella; sus rayos los llevaron hasta el centro de la almohada. Ahí, en la cueva, ángeles y animales rodeaban al hijo de Dios. Los reyes saludaban a los pastores. Y antes de consentir al burro y al buey, también saludaban a José y a María. "Y Dios, ¿dónde está?". Al acercarse a Jesús, los reyes descubrían su tristeza y su amor: entre tanta compañía, la cabeza estaba sola en el centro de la almohada. "Y Dios, ¿dónde está?". Los reyes rodearon la cabeza de incienso, oro y mirra: los tres regalos eran su tesoro.

En la cama no había nadie, sólo quedaba el desierto, las lomas de arena: todo cuanto existía estaba en la almohada. "¿Y Dios?". Desde el vidrio sonreía: en la cueva, de repente, todos veían su cara y su luz, el vestido lleno de naranjas y violetas. Al final de esta historia, cada uno decía: "En la ventana, madre, te vemos".

La pregunta de la ventana

Y Dios, ¿dónde está?

Borrándose, borrándose…

Desde el vidrio sonríe todavía. Ya no están los ojos, sí el vestido con naranjas y violetas —se han deslucido sus colores—. "En la ventana, madre, desapareces".

Madrecita llama a sus hijos, desde el norte llega su voz: "¡Hora de dormir, no de jugar!". Escucho un estruendo, ella se ríe. "¡Con cuidado, que te golpeas!". Más ruido, más risas en su casa. "¡Está bien!", grita Madrecita. "Una última ronda y a dormir. Yo cuento y ustedes se esconden". Y empieza: "Uno, dos, tres…". Entonces suenan pasos, como voces que se mandan callar: "¡Shh, shh!", y otra vez: "¡Shh!". Ella sigue contando: "Ocho… Ocho y un poquito… Nueve… Nueve y un poquito…". Me asomo por la ventana: no han llegado los obreros de la noche. Su andamio está vacío —de ahora en adelante, voy a llamarlo el andamio del amor—. "¡Diez! ¡Salgo!". Ahora hay un silencio arriba, que Madrecita corta para decir: "Vamos a ver si están por acá…". Suspenso, suspenso… Al ratico grita: "¡Pilladas! Así las quería encontrar: con las manos en la masa". Más risas en el Tercero A.

Durante el juego, la voz de Madrecita empieza a llegar desde el pasillo. "¿Dónde se habrá escondido Albertico? ¡Te voy a encontrar!". La voz se va acercando y finalmente toca la puerta. "Yo sé que estás por acá". Cuando le abro, me dice: "Estoy buscando a tu hermanito" —Madrecita trae en brazos a las dos ollas, Dolores y Caridad, sus hijas más juiciosas: ambas tienen harina y masa en los mangos—. Le digo: "No lo he visto", y sin embargo entra a buscarlo. Camina directo al cojín, lo alza y dice: "Acá no está". Luego sigue en la cocina: abre los estantes, la nevera… Nada. Entonces, Madrecita se va para el cuarto. "Y Albertico, ¿dónde está?". Lo busca en el armario, debajo de la cama, en los cajones… En el baño tampoco lo encuentra. Le digo: "¡Se ha escondido muy bien!". Madrecita dice: "Eso es para no irse a dormir. ¡A ese pelaíto no le gusta dormir!". Luego se asoma por la ventana y, apuntando al norte con la boca, grita: "¡Te voy a encontrar!". Luz Bella le dice: "Acá no ha entrado, no lo busques por acá" —mi amiga debe de estar ensayándose peinados—. Madrecita se emociona: "¡Para allá voy! Buen truco, ¡a mí no me engañan!". Antes de salir, me da un beso en la frente: "A dormir tú también". Y mientras sale de la casa, vuelve y pregunta: "¿Dónde está Albertico? ¡Te voy a encontrar!". Mi amiga insiste: "Acá no está".

Me siento en la cama, de cara a la construcción —el anuncio de arriendo me ha quitado mucha vista—. El andamio del amor sigue vacío. Al ratico, sin embargo, llega uno de los obreros. ¿Y el otro? En vez de subir la escalera, cruza la calle y se acerca al edificio. Me pego al vidrio para verle la cara: no puedo, está oscuro. Entonces llega hasta la jardinera y arranca una flor —ya puedo ver a Próspero enfurecido—; regresa a la obra, sube la escalera y luego el armazón metálico. Y el otro, ¿dónde está? El obrero obsequia la flor a santa Volqueta. Luego se sienta a esperar.

"¿Y Albertico?". Madrecita ha vuelto a su casa, su voz llega otra vez desde el norte. "¡Te voy a encontrar!".

Ahora, desde la cama, miro la ventana —el vidrio que me separa del cielo—.

¿Dónde está?

El milagro de la carne

"Es verdad que la vaca estaba flaca", decía mi madre cuando llegaba del mercado con trocitos de un lomo escurrido. "Pero yo la hago rendir". Entonces echaba dos tazas de agua y una de arroz en la olla más grande, y por aparte ponía a hervir zanahorias y habichuelas. "Hoy vamos a comer algo distinto". Yo me quedaba en la cocina hasta que la oía decir: "¡Listo!", con la cara sudada. En la olla había crecido el arroz, y por entre el blanco, aquí y allá, aparecían, chismosas, las verduras y tiritas de carne, como asomando la cabeza para enterarse de algo. "Este plato se llama carne rendida". Mi madre, sola, celebraba su chiste. Antes de irse a la fábrica, también decía: "Mi cocina es tierra de milagros".

Si no jugaba al tesoro cuando se iba, me distraía con el libro para colorear. En la portada estaba Jesús, mayor, caminando en el mar —y en las manos, sangrando, su aorta y su corazón—: la cabeza de Dios tenía barba. Ese libro se llamaba *Los colores de Dios*. En la primera página había una instrucción: "Llena de color los milagros de Jesús". Después venían las secuencias de dibujos —en cada hoja, un milagro y la imagen correspondiente—. Como el libro había sido de otro niño, algunas páginas ya estaban coloreadas. Así, en el primer milagro ilustrado, llamado en el libro "Caminar", aparecía un hombre en la cama, y a su lado, Jesús, sin colores, en una secuencia de tres cuadros: en el primero, el hombre estaba con las rodillas grises y las piernas moradas: la carne se había enfermado, o no era carne sino piedra. Del cuerpo sin movimiento salía un globo con las palabras "No sé cuánto tiempo ha pasado sin que pueda caminar". En el segundo cuadro estaba Jesús, aún sin colores, mirando las piernas empedradas. La cabeza de Dios decía: "Párate ya. Coge tu cama y vete a casa". Y entonces, en el tercer cuadro, el hombre salía diciendo: "Gracias", con la cama en los hombros y las piernas vivas, ahora trigueñas y con venas de luz amarilla. Como en ese cuadro Jesús no decía nada, yo escribí: "Con mi amor y cariño". Esas palabras, que salían de la boca de Jesús, terminaban en la boca del hombre: como las piernas, su boca abierta, sin dientes, se llenaba de vida, y esta vida la daba Dios. En cada cuadro de la secuencia, y luego en cada milagro del libro, llené de naranjas y violetas la ropa de Jesús —en cada hoja, Dios tenía el vestido de Sol—.

En otra página, el milagro se llamaba "Hablar", y su secuencia también tenía tres cuadros: en el primero, un hombre sin boca lloraba de rodillas ante Jesús: las lágrimas, grises, se derramaban en cascada por las piernas peludas de Dios, que yo hice grises para que tuvieran el mismo color de su agua. En la segunda viñeta, Jesús decía: "Habla, di lo que has querido". La boca de Dios era tan grande y abierta, que en el fondo, dibujadas por el niño anterior, se veían las amígdalas como manzanas. Hice una lengua para Dios, y la lengua, después de dar vueltas en el aire —un camino es una espiral—, tocaba la cara sin boca del hombre. Y así, en el tercer cuadro de la secuencia, Jesús, vestido de Sol, observaba la boca, ahora sonriente, en la cara de su creación. "¿Cuál sería la primera palabra que salió de esa boca?". La página hacía esa pregunta. El niño anterior había escrito: "Gracias".

Otro milagro se llamaba "Ver". En la secuencia estaba, primero, la cara sin ojos de un hombre en la noche. Ese hombre le hablaba a Dios, o al niño anterior, o incluso a mí. Decía, con un globo que le salía de los dientes: "Quisiera ver tu cara". Jesús, entonces, ponía las manos en la piel sin ojos —y como las piernas del hombre que había hecho caminar, las manos de Dios tenían venas de luz, y esa luz también era amarilla—. En la última parte de la secuencia, la cara del hombre tenía ojos blancos, que yo hice marrones para que por fin pudiera ver. La página preguntaba: "¿Qué fue lo primero que vio el hombre en la noche?". El niño había escrito: "La cara de Dios". Yo pensé, sin embargo, que mientras se acostumbraban a la luz, los ojos nuevos no podían ver nada: así, lo primero que vieron fue una cara borrosa; y cuando hubo más claridad, ya Jesús se había ido.

Cansado de colorearles la cara a tantos hombres, le hice un pelo largo a quien comenzaba a ver. También hice que en sus ojos nuevos crecieran pestañas largas. Después le pinté la boca roja, brillante como las amígdalas de Jesús. Era una mujer la que ahora veía: ella estaba contenta.

Más adelante, había otros milagros que en el libro se llamaban "Comer". En esas páginas, Jesús aparecía en un cuadro con cinco panes y dos peces, y luego, en el siguiente, con cestas y cestas de panes y peces. Era un milagro similar al que hacía mi madre con los trocitos de carne. Esa secuencia tenía otra instrucción: "Dibújate comiendo pan y pescado". El niño anterior se había dibujado con un esqueleto en la mano: al pescado sin carne lo sostenía por la cola, y del conjunto de espinas se desprendía la cabeza —con huecos en el lugar de los ojos; sin burbujas en la apertura de la boca—. En la otra mano, el niño tenía un roscón que ya había mordido: la marca de los dientes, que era la marca de su hambre, estaba en el pan. Ese trozo de pan que ya no estaba en la mano era vida que había entrado por la boca. Hice unos cambios en los rasgos del niño para que tuviera mi cara. Así, era yo el que estaba comiendo pan, y era yo el que se había comido un pescado entero, bañado en limón. A mí también me entraba la vida por la boca.

El libro, además, contenía la imagen de una pesca milagrosa: en una viñeta salían unas redes vacías —estaban en el centro de una barca, y la barca en un mar vacío, sin animales—. Un pescador le decía a Jesús: "Toda la noche en el agua y no he pescado nada". En un cuadro siguiente, Jesús le respondía: "Vuelve a tirar las redes", mientras la página indicaba una pauta nueva: "Dibuja lo que sacaron los pescadores del mar". Adentro, en las redes, el niño había dibujado pulpos de varios colores —algunos negros y otros fosforescentes—, anclas, peces y algo parecido a un tiburón; también un cofre, que seguro guardaba oro. Luego de unas páginas, Jesús calmaba una tempestad: reprendía a los vientos y al mar, y las personas se preguntaban quién era él, que hasta el mar y el viento lo obedecían. Después, en otra imagen, Jesús caminaba en su mar tranquilo —los pies descalzos encima del agua, las piernas peludas moviéndose— al tiempo que otro hombre se acercaba a él, también caminando en el agua. "¿Cómo se llama este milagro?", preguntaba la página, y el niño escribió: "Nadar". A un lado de la palabra, explicó su respuesta: "Ir del agua al agua es nadar". Dibujé olas alrededor: ahora la oración del niño también nadaba.

Algunas páginas del libro estaban sin colorear: a partir de un cuerpo roto, envuelto en llagas, una instrucción ponía: "Sana a este enfermo con Jesús". Comencé a colorear los espacios de la piel —usé el marrón—, y cuando en la senda del lápiz se asomaban las llagas, yo también las cubría de marrón: poco a poco, entonces, el cuerpo llagado dejaba de serlo. En otra actividad, llamada en el libro "La transfiguración", Jesús salía sin rostro: estaba el cuerpo, pero no la cabeza de Dios. La página explicaba: "En un cerro muy alto, Jesús, una vez, cambió de forma. Su cara brillaba como el sol. La apariencia de su rostro se hizo otra". Después ponía la instrucción: "¿Cómo te imaginas su cara nueva? Dibújala". Entonces hice a mi madre con los ojos por fuera de línea, uno más arriba que el otro, y el lunar en la nariz. ("Madre, tú siempre has tenido la cara de Dios").

En otras páginas, una mujer, Marta, salía llorando, y Jesús, a su lado, también lloraba: un hombre había muerto. En uno de los cuadros, Marta aparecía acostada en la piedra de la tumba: la cama eterna de su hermano ahora era su cama. Jesús decía: "¡Miren cómo lo amaba!", y el globo que salía de la boca, lleno de palabras, tenía lágrimas que el niño anterior había dibujado. Yo hice gris cada lágrima.

En el siguiente cuadro, la mujer se había parado de la cama eterna. Jesús decía, vestido de Sol: "Quiten la piedra", mientras Marta gritaba: "¡Va a heder!", con el espanto en la boca. "Han pasado ya cuatro días". Entonces, en el último cuadro, el antes difunto aparecía con sus ropas de muerto, entre la tumba y el abrazo de su hermana, también con la boca espantada. Se llamaba Lázaro y Jesús le había dicho: "Ven fuera". Esa página preguntaba: "¿Qué crees que hizo Lázaro cuando volvió a vivir?". El niño había escrito: "Bañarse en el mar, comer pescado, cuidarse". En un rincón, también escribió: "Lázaro, después, se volvió a morir".

En la última página, Jesús parecía un pájaro: había dejado la cruz en la que había sido clavado cuadros atrás; ahora habitaba el cielo, lo iba cruzando sin alas —y a lado y lado de su cuerpo, volaban otros pájaros—. Su vuelo era un milagro, y en el libro se llamaba "Vida". En una esquina de la página, abajo, aparecía la cruz de madera, sola, con los clavos rojos pero sin carne. Entre el cielo y la cruz, cayendo del pecho de Dios, el niño había dibujado sangre en lluvia: yo dibujé más gotas, con cuidado de no hacer un aguacero.

La página preguntaba: "¿Quién lo abrazó en el cielo?", y el niño había escrito: "Dios". Algunas noches me quedaba dormido con el libro abierto en el pecho —abierto en la última página—, esperando que volviera mi madre, mirando desde la cama la foto en el vidrio. Y entonces, pasado un tiempo de sueño, ocurría el milagro de la carne: abría los ojos y en la ventana ya no estaba la foto sino ella. Mi madre, de espaldas a la cama, miraba el cielo del vidrio. Después, cansada de su día, se metía en las sábanas conmigo —su carne y su olor con ella—. Yo la abrazaba en la cama, otro cielo con su presencia.

A este mundo le falta un río

A veces imaginaba a mi madre en el libro de Dios. En días de amor, ella era él y ella hacía los milagros —mi madre le decía al hombre de las piernas empedradas: "Párate ya. Coge tu cama y vete a casa"—. En días tristes, sin embargo, los milagros los pedía ella. Yo repasaba las páginas del libro, uno por uno cada milagro, e imaginaba a mi madre encontrándose con Jesús. Así, en la historia del primer milagro, "Caminar", ella salía de la fábrica, rodeada de árboles muertos, y se dolía al pensar en el largo trecho que la separaba de casa —la ruta del agua negra—. Tenía las piernas moradas y los pies pesados, con sangre, como clavados en la tierra. Mi madre daba un paso y se quejaba: "¡Todo el día de pie, no puedo caminar!". Por el tubo de la fábrica, entonces, empezaba a salir el humo, y en medio del humo estaba Jesús, tosiendo y tapándose la boca. Mi madre le decía: "Mira estas piernas: me duelen, parecen de piedra... No me dejan andar". Al escucharla, Jesús bajaba del humo sacudiéndose el hollín, y con la vida en la boca le besaba los pies: la vida le subía por las venas, que poco a poco se llenaban de luz amarilla. Jesús miraba el caño, la muerte del agua, y le decía a mi madre: "Ya sabes lo que tienes que hacer: sigue la ruta del arroyo". Ella le daba las gracias y Jesús le soplaba un beso, antes de volverse humo. Cuando ella empezaba a caminar, ya sin dolor en las piernas, el agua volvía a vivir. Mi madre caminaba y el agua crecía entre los árboles verdes. Ya por la casa se volvía río: le daba la vuelta a la obra y pasaba por Lomas del Paraíso. Desde la ventana yo pescaba; tiraba una red, que se llenaba de peces, y apenas mi madre entraba a casa, yo le decía: "Tú descansas y yo cocino". Ella esperaba en la ventana, y al preguntarle: "¿Qué haces?", ella respondía, de cara al río: "Mirando la vida".

Había un río en la historia porque hubo un río en la ciudad. Mi madre dijo una vez: "Qué ganas de ver el río que nos mojaba". Yo le pregunté: "¿Y cómo era el agua?", deseando que estuviera todavía y pasara por el barrio. Ella dijo, sin pensarlo dos veces: "Marrón y escandalosa". Entonces me habló del tiempo que estuvo cerca del río —todo se acaba—: mi madre y su madre salían a caminar todos los días, al ladito del río pero a contracorriente: si el agua venía, ellas iban. Siempre, en sus paseos, se encontraban con la misma lancha, que en la mañana llevaba a un pescador, y en las tardes, al pescador con personas que se iban. El pescador tenía un nombre, Agustín, pero a él le gustaba llamarse Sireno —todo el mundo le decía así—. Según mi madre, tenía la edad del agua, y en las mañanas, cuando pescaba, Sireno lanzaba su red mientras decía: "De acá saco un tesoro y comida para quien quiera". Pero al sacarla del río, la red salía como el agua y como su barba: alborotada y sin peces. Entonces volvía a tirarla, diciendo ahora: "¡A ver! Tesoro o comida, una de dos". Y como de nuevo salía vacía, si acaso con piedras, Sireno se aburría de pescar: así, después de dejar la lancha, se enrollaba la red en la cintura —una falda— y podía decirle a quien estuviera en su camino (a mi madre y su madre, por ejemplo): "Ese río se está muriendo". En su falda había piedras —algunas, quizás, con forma de peces—.

En las tardes, cuando volvían a caminar por la orilla, veían al pescador en la lancha, fuera del río. Aún con la red en la cintura —su falda—, daba gritos de llamado a quienes lo estaban esperando: "¡En cinco minutos salgo!". Entonces se acercaban personas con cajas y maletas, y apenas se acomodaban en la lancha —le daban alguna moneda a Sireno—, empezaban a decir adiós —todo se acaba—. "¡No te olvides de nosotros!", podían gritar quienes quedaban en la tierra. O también: "¡Mejor olvídanos!". Y cuando alguien decía: "¡Hasta pronto!", quedaban preguntas en el aire: si era cierto que pronto se verían; si el encuentro sería en la ciudad o en una tierra distinta. Sireno prendía el motor; decía: "Ya fue, ¡despídanse!", y las manos, como el río, empezaban a agitarse. "¡Adiós!", "¡Gracias!", "¡Mucha suerte!". Mi madre y su madre se quedaban quietas —mirando, mirando— hasta que la lancha se perdía en el agua. "¡Llévenme también!", su madre gritaba a veces, y mi madre entonces decía: "¡Hágannos un campito!".

Ella se imaginaba yéndose, caminando hasta el río, esperando el llamado del pescador, despidiéndose de su madre mientras la gente decía: "¡Adiós! ¡Hasta pronto!" —una en la orilla, la otra en el agua—. Pero su madre se fue primero. Me dijo una vez: "Aún había río cuando nos despedimos. Se fue con dos cajitas y su morral". Un día, por la mañana, después de escuchar que hablaba por teléfono, y le preguntaba a su madre: "¿Dónde estás ahora?", yo le pregunté a ella: "¿Y se han vuelto a ver?". Me dijo que no. Entonces, más tarde, con el libro de Dios en la cama, yo busqué la historia de un milagro, "Ver", y pensé: "En esta historia, mi madre le pide a Jesús que la ayude a ver a su madre". Estaba oscuro, ella hablaba con la boca pegada a la bocina. Antes de que el milagro ocurriera, mi madre le decía a su madre: "Quisiera ver tu cara". Cuando colgaba, llorando, ella escuchaba la voz de Jesús: "¿Por qué tan triste?". Aún estaba oscuro: Dios, quizás, había salido de los cables del teléfono. Mi madre le decía: "Jesús, no he parado de llorar. Mi madre se fue hace tiempo por un río que ya no está. Quisiera verla otra vez". Y así, él le decía: "No llores más, mira", y la sala se llenaba de luz —Jesús señalaba la ventana con la boca—. "Asómate". Afuera había un río, era marrón y escandaloso: venía desde el centro, más allá, y pasaba por la fábrica y por la obra. En el agua venía la lancha y, con Sireno, muchas personas. Jesús decía: "Ahí viene tu madre", y ella le daba las gracias sin mirarlo a él, pero mirando la vida —su madre y el río que fluía—. Jesús se iba, le soplaba un beso —tenía la vida en la boca—. Asomada en la ventana, mi madre veía cómo se acercaba su madre en la lancha. Pero la historia llegaba hasta ahí: no podía imaginar cómo seguía. Su madre permanecía en la lancha —llegando, llegando... a punto de llegar— y mi madre se quedaba en la ventana, incrédula —el deseo no cabe en los ojos—, cada una borrosa para la otra.

Ahí cambiaba de historia. Pensaba en el milagro de "Hablar": mi madre y su madre por fin se encontraban. Sireno decía: "¡Llegamos!", y las personas que traía se bajaban de la lancha. Jesús también llegaba a la orilla. Le decía a mi madre: "Habla, di lo que has querido", pero mi madre nunca decía nada. Yo leía la pregunta en el libro de Dios: "¿Cuál sería la primera palabra que salió de esa boca?". No se me ocurría ninguna. Y entonces, sin nada que decirse, las dos se quedaban mirando el agua escandalosa. (Me pasa lo mismo cuando imagino el reencuentro con mi madre: nos miramos, nos abrazamos... Después del saludo, no hay más palabras).

Ahora, en los lugares del río, hay una avenida. "Se fue secando y lo secaron más", decía ella. "Ojalá lo hubieras conocido". Conozco la avenida: pasa por el centro y tiene dos carriles; los vehículos van de este a oeste, en una sola dirección, como antes la corriente —he visto, sin embargo, carros y camiones en contravía—. A lo largo del cemento, hay tubos y tanques que gotean agua; en todo ese óxido está el río que corrió por la ciudad. Ahí, en la Avenida del Río, está la terminal de transporte: mi madre salió desde allí.

Poco antes de irse, la escuché hablando por teléfono. En un momento recordó el río: "¡Ya no está! Le echaron cemento". Después dijo: "Acá no hay nada para mí", una última vez —seguía hablando con su madre—. Pero en sus palabras no había emoción, ya no lloraba como una niñita. Yo pensé: "Madre, se ha secado tu tristeza".

Madre borrosa

Estoy esperando el sueño.

Luz Bella se queja: "¡No hay nada que ver!". Con su voz llegan voces que se van cortando. Una que dice: "¡Cómpralo!", otra que dice: "¡El viaje de tu vida!", otra que dice: "Cada vez más cerca el final...". Está cambiando canales. Mi amiga se queja más: "¿Qué voy a hacer cuando se acabe la novela?". Ahora se escucha la risa de Malvada. La voz de antes dice: "Quedan dos capítulos y muchas sorpresas" —salen gritos y llantos de la pantalla—. Al mismo tiempo, una balada llega desde el oriente. La cantante dice: "Lo fui perdiendo todo", y empieza a hacer una lista de las cosas que perdió: "Tus besos... Mi cordura, la cabeza...". Cuando advierte: "Pero hay algo que no perdí", hay un bajón de luz y todo queda oscuro —todo se apaga—. Me quedo sin saber qué es lo que no perdió La Adolorida —creo que es ella la que estaba cantando—. Desde las escaleras al sótano, donde están los tacos del edificio, Próspero grita: "¡Ay, este viejito!", y después, a nosotros: "¡Estoy haciendo mantenimiento!". Luz Bella le grita de vuelta: "¡Cuidado un cortocircuito! ¡No toque los cables!".

Así, tal cual, conocí a mi amiga: yo estaba trabajando en la fábrica, hacía poco había tomado el turno del almuerzo en el casino —tenía que servirles la comida a los trabajadores: de doce a tres llegaban en tandas, voraces, primero los que estaban arriba, en las oficinas, y luego los de la bodega, con pintura de varios colores en la ropa y el cuerpo—. En fila, cada uno con su plato, iban pasando por el mostrador, muy concentrados en las bandejas de comida. Sin mirarme, iban diciendo: "Arroz", y señalaban el arroz; "Papa", y señalaban la papa; "Carne", y me mostraban el pollo ahogado en salsa. Si yo les decía: "No es carne, es pollo", ellos rezongaban. "¡Otra vez pollo, nos van a salir alas!". Entonces yo les decía, al igual que María Flaca: "No se pudo res, la vaca estaba en los huesos".

Ellos nunca me veían —yo siempre estaba como luna nueva—. Durante el turno tenía que usar gorra, tapaboca y delantal. El mostrador, además, tenía un vidrio que nos separaba. Ese vidrio también me separaba de ella: cuando mi madre llegaba, ya fuera con los trabajadores de la oficina o con los de la bodega, yo le daba el pedazo de pollo más grande, y doble porción de arroz, y más papas y más ensalada —ella siempre estaba con hambre—. El vidrio se empañaba siempre por el calor de la comida, pero cuando oía su voz —"¡Buenas, buenas!"—, y empezaba a decir: "Arroz, mucho", y "Papa… Más, más, otro poquito…", yo pasaba las manos por el vidrio y lo desempañaba: en el espacio sin vapor nos mirábamos. Después decía: "Ensalada, más tomate que lechuga", y seguía avanzando por el mostrador. Al final del turno, cuando todos en la fábrica volvían a trabajar, yo llevaba a la cocina las bandejas con las sobras y envasaba lo que nadie había comido en cajitas de plástico. Antes de guardarlas en la nevera, yo escondía dos cajitas en mi morral —en una echaba el arroz y las papas; en otra, carne y ensalada—: es lo que mi madre y yo comíamos en las noches, cuando regresábamos a la casa.

Una vez —estábamos a punto de comer—, el joven Próspero dijo: "¡Mantenimiento!", desde las escaleras del sótano y, como acaba de ocurrir, todo se apagó. "¡Sin luz una hora!". Luz Bella se había mudado hacía pocos días; no la habíamos visto, sólo la escuchábamos hablar con el televisor. Justo antes de que la luz se fuera, mi amiga estaba diciendo: "En unos añitos vendo todo y hago un viaje por allá" —supongo que, mientras hablaba, veía en la pantalla imágenes de una tierra desconocida, lugares y personas de gran belleza—. Y entonces, cuando todo se apagó, mi amiga dijo: "¡Lo sabía! ¡Yo sabía que se iba a ir la luz! Yo veo cosas en mi cabeza". Fue la primera vez que oímos sus profecías. Mi madre le preguntó desde la casa: "¿Y tú sí crees que la luz vuelva en una hora, como dijo Próspero, o va a tardarse un poquito más?". Luz Bella dijo: "Va a tardarse más de la hora: lo sé, lo veo venir". Al escucharla, Próspero gritó: "¡Ay, este viejito! Está peor de lo que pensé: ¡cables por todas partes! Me voy a demorar la noche entera". Con eso, entonces, mi madre dijo, sorprendida: "¡Es verdad que ella ve cosas!", al tiempo que mi amiga se lamentaba: "¿Toda la noche sin luz? Pero ¿cómo va a ser? ¡No he hecho la comida!". Le dijimos: "Nosotros tenemos", mi madre o yo, y fuimos hasta su apartamento con las cajitas de plástico. Luz Bella se comió una entera; yo compartí la otra con mi madre.

Como no había luz, hablamos sin vernos —distinguía su silueta, no las formas de su cara—. Mientras comía, y le salían del estómago ruidos de hambre, mi amiga comentaba: "¡Qué curioso! Yo sabía que esto iba a pasar. Esta mañana me dije: 'Hoy conozco a los vecinos', y ¡míranos acá! Comiendo pollo en mi casa". Mi madre le dijo: "Hace años quiero irme de acá. Tú que ves cosas, dime: ¿me voy a ir un día?". Luz Bella le dijo: "Claro que sí, lo veo venir", y después, caminando hacia Lucecita, agregó:

"Yo también me voy a ir un día. Pero después, ahora no: yo acabo de llegar". Mi amiga se sentó —oí los chillidos del mueble infeliz—. También dijo: "Cuando tenga plata, me voy a comprar una plancha. ¡Menos mal está oscuro! Qué vergüenza con ustedes: no quiero que me vean así, con esta falda toda arrugada".

Pero volvió la luz: Próspero no tuvo que trabajar la noche entera. "¡Este viejito es mañoso!", gritó. "Ya me lo conozco: hay que tratarlo con cariño y paciencia". Le vimos la cara a mi amiga: me sorprendió que fuera vieja. Luz Bella dijo, ahora en el centro de la sala alumbrada: "¡Yo sabía que la luz iba a volver dentro de poco!". Confundido, me quedé mirando su boca de profeta.

Por ese tiempo tuve este sueño —hoy, mientras miro la foto de mi madre borrosa, quiero pensar que esa misma noche, después de verle la cara a mi amiga, soñé lo que soñé—: yo estaba en la fábrica, a mi lado del mostrador, esperando que bajaran a almorzar los primeros trabajadores. En las bandejas había lo de siempre: arroz, pollo, papa… ensalada de tomate y lechuga. La salsa del pollo estaba hirviendo: entre los trocitos de zanahoria y carne, explotaban burbujas de grasa. Nadie llegaba; el vidrio estaba empañado. En el sueño me preguntaba dónde estaba todo el mundo. "¿Por qué estoy solo en la fábrica?". Hasta que escuchaba pasos al otro lado del vidrio. Me saludaban: "¡Buenas, buenas!". Era mi madre —tenía que ser mi madre—. Le decía: "Hoy puedes repetir las veces que quieras, hay mucha comida". Pasaba la mano por el vidrio, pero no podía desempañarlo. El vapor, extrañamente, estaba al otro lado. Mi madre —¿era mi madre?— me decía algo, pero no podía escucharla. "¿Puedes repetir?". Seguía pasando las manos por el vidrio, que seguía empañado: sólo podía ver la silueta de quien estaba al otro lado: era —tenía que ser— la silueta de mi madre.

Volvía a decirme algo que no entendía. Las burbujas seguían reventándose: cada vez que una explotaba, sonaba un ruido fuerte, quizás un grito. "No te escucho, ¿qué dijiste?". De nuevo me hablaba —era un susurro ahogado por las burbujas, que daban gritos— y de nuevo me quedaba sin entender. "Voy para allá", le decía, y la figura al otro lado me abría los brazos. Pero cuando empezaba a caminar para salir del mostrador, me daba cuenta de que el vidrio era más largo, mucho más: una pared sin fin.

En el sueño golpeaba el vidrio y, después de cada golpe, trataba de desempañarlo: no podía. La figura se acercaba al vidrio pero no lo tocaba. "Madre, ¿eres tú?". Creo que asentía. "¿Eres tú?". Yo corría y corría para salir del mostrador —el vidrio nos seguía separando—. "¿Eres tú?". La figura, entonces, movía la cabeza para decir que sí. "¿Eres tú, madre?". Sí: la figura decía que sí. Pero entonces, detrás del vidrio empañado, ya no le creía. Tenía que verle la cara. "Quiero verte la cara". Y ahí me desperté, con mi madre al lado.

Sigo mirando la foto borrosa. Luz Bella le grita a Próspero: "¿Y hasta cuándo va a estar arreglando esos cables? ¡Cuidado un cortocircuito! La novela se está acabando, ¡cuidado me deja sin luz!". Próspero la ignora. Y así, para no pensar más en mi madre, aprovecho su silencio y pregunto desde la cama: "¿Dónde está Próspero?" —estoy aburrido y me quiero reír—. Madrecita grita: "Murió, fue inesperado", pero él se impone, como siempre, y grita desde el sótano: "Acá estoy, vivito y coleando".

El regalo de un muerto

En la fábrica, mientras mi madre hacía su turno abajo, en la bodega, o arriba, en la oficina, yo estaba en el casino con Magola, la cocinera —ella se decía a sí misma chef—. Rosmira nos presentó. Primero dijo: "Él es el hijo de una empleada de acá", y me señaló con la boca. "Fue un niño desobediente —cada vez que venía, rompía cosas—, pero por fin creció y ya puede trabajar". Enseguida, mirándola a ella, agregó, sonriente: "Y esta mujer nos alimenta. De lunes a viernes hace el almuerzo para toda la fábrica. De cariño le decimos Lenteja" —y al escuchar su apodo, Magola abrió los ojos—. Después, cuando estuvimos solos en la cocina, me dijo: "Sólo los enemigos me llaman así. Vieja historia: se quejaban porque todos los días hacía lentejas —no había para más—. También decían que tardaba mucho en servir. 'Qué vieja lenta', me gritaban desde el mostrador. '¡Lenta, lenteja!'. Son mis enemigos. Pero tú me dirás Magola: así me llamo yo". Y empezó a mostrarme la cocina: el fogón que usaba para hervir el arroz, el que usaba para asar la carne cuando había carne... Luego me enseñó la repisa de hierro: "Las bandejas van arriba porque son de plástico. Si se caen, no importa: no pueden partirse. Después siguen las cucharas, cuchillos y tenedores; al lado, los vasos para el jugo y las tazas de café. Y en el estante de abajo, los platos: son de porcelana. Como es fácil que se partan, prefiero tenerlos cerquita del suelo". Al frente de esa repisa había otra de madera, enclenque, donde estaba la comida cruda: bolsas de arroz y fríjoles, y muchos sacos de papa. En otro estante, al lado, había un arrume de cajas de hojalata, cada una con galletas de canela, el postre que se daba en el almuerzo con la taza de café.

El piso era grasoso, las paredes también. Ese primer día iba a preguntarle a Magola: "¿Quieres que me ponga a limpiar?", pero ella me dijo antes: "Rosmira manda afuera, pero yo mando en la cocina —yo soy la chef—: tú sirves y lavas la loza, yo cocino y me quedo acá. No quiero verle la cara a nadie: siempre piden más, nunca les gusta lo que hago. Si les doy pollo, quieren carne; cuando haya carne, seguro van a decirme: '¡Ay, Lenteja! ¿Y qué pasó con el pollo?'. ¡No los soporto! De lejitos, mejor".

Magola no perdía oportunidad para hablar de lo rica que había sido. "Acá donde me ves, sirviendo leche", podía decirme, "a mí me bañaron con leche toda la vida: por eso tengo la piel así de suavecita". Al igual que mi madre, ella quería irse, y como mi madre, no sabía para dónde. A diferencia suya, sin embargo, Magola había ahorrado: le faltaba muy poco para reunir lo que quería reunir y vender lo que quería vender para poder marcharse. "Yo tenía muchas joyas —¡joyas caras, de oro, ninguna de fantasía!—, pero he vendido casi todas. Tenía una pulsera trenzada, de oro y plata, lo más de bonita —¡elegante!—, que a mí me gustaba ponerme todos los días —nunca la guardé para ocasiones especiales—. También un reloj de oro, al que había que darle cuerda: en cada número, del uno al doce, había un diamantico. ¡Y tenía aretes! ¡Dijes! ¡Cadenas! ¿Qué te digo yo de los aretes, por ejemplo? Unos eran mariposas de oro, y en las alas tenían esmeraldas; otros eran copitos —perlas, ¡perlas de verdad!— y candongas de todos los tamaños" —al decir esto, ella juntaba el índice y el pulgar de cada mano, y llevaba esos círculos a las orejas: sus dedos, al escucharla, me parecían de oro—. Magola, entonces, se ponía a pelar papas, o a mezclar los tomates con la lechuga, mientras seguía diciendo: "¡Extraño mis joyas! Sólo me queda ésta", y se sacaba de la blusa una cadena muy fina, dorada, de la cual colgaba un ancla también dorada —cuando la veía, yo recordaba la piedra del viaje y la esperanza—. "Sólo me quedan esta cadenita y un prendedor. ¡Es precioso el prendedor! Un pescadito —de oro, por supuesto, con su ojito azul, un zafiro—. Lo tengo desde hace tiempo". Y mientras seguía pelando papas, o deshuesando el pollo, o contando las tazas de arroz que iba a hervir, Magola gritaba: "¡Y todo por irme! Todo lo que he vendido ha sido por irme de acá. ¡Mis joyas! Espero no arrepentirme nunca de haberlas vendido. ¿Qué digo yo? ¡Ya estoy arrepentida! Pero el viaje, la vida que quiero… ¡Todo sea por irme!".

Uno de esos días, hacia el final de mi turno, mi madre entró a la cocina. Me dijo: "Ya estoy lista. ¿Tú ya acabaste?". Le dije: "Limpio estos platos y podemos irnos". Entonces, mientras yo me encargaba de la loza, mi madre le dijo a Magola: "Muy rico el almuerzo de hoy", y empezó a comer galletas de una caja de hojalata. "Pues acá donde me ves", respondió ella, "cocinando para tanta gente, te cuento que en una época, en mis vacas gordas, mucha gente cocinaba para mí. Yo vivía en una casa grande, como esta fábrica —más grande incluso, con jardines y patios—, y en cuanto salía de mi cuarto, o cruzaba la puerta después de estar afuera, varios empleados se acercaban a preguntarme: 'Niña, ¿quiere algo?'. Yo les decía: '¡Tengo hambre!', y entonces se iban corriendo para volver enseguida con canastas de panes y mermelada, bolitas de carne, muslitos de pollo, rodajas de queso… Yo me la pasaba comiendo, y no como ahora, que vivo cocinando. ¿Y para quiénes? ¡Para una gente que me dice Lenteja!". Magola se acercó hasta el grifo y empezó a echarse agua en la cara. "No sólo comía y comía —cuando quisiera y cuanto quisiera—, ¡también tenía joyas! ¡Muchas! Aretes, dijes, cadenas… ¡Tuve mariposas de oro y candongas de todos los tamaños! Pero ¿qué tengo ahora? ¡Nada! ¡Poco! ¡Muy poco! Lo he vendido casi todo: me quedan un prendedor y esta cadenita" —Magola nos mostró el ancla y volví a recordar la piedra que habíamos tenido—.

Cuando salimos de la fábrica, mi madre dijo: "Siempre lo mismo" —triste, triste—, y miró el arroyo, la ruta a casa. "¿Hasta cuándo?", le preguntó a Dios —se preguntó—. "Siempre lo mismo, siempre lo mismo". Entonces comenzamos a andar por la orilla del agua negra —hacía tiempo que no estábamos juntos en ese camino—. Y fuimos dejando atrás, lejos, como antes, los árboles muertos; yendo de un árbol triste a otro más verde, como si buscáramos la vida. Mi madre caminaba lento, pero mirando al frente y no al suelo, como hacía ella. Le dije: "Ojo, no te distraigas. A encontrar tesoros por ahí". Me miró extrañada, como si no recordara el oro que habíamos buscado. Pero después dijo, deslucida, borrosa: "Esta no es tierra de milagros", y siguió sin mirar el suelo —antes buscaba y buscaba hasta el final del camino—. Me sorprendió verla sin su deseo o su esperanza. Llegamos a casa y comimos lo que habíamos almorzado. "Siempre lo mismo", dijo ella, "siempre lo mismo".

Al día siguiente, en la cocina de la fábrica, mientras pensaba en mi madre, Magola dijo: "¡Las joyas son para lucirlas!", y se puso a revolver las lentejas. "Yo no salía de mi casa sin haberme puesto unas tres". Magola tenía el ancla por fuera, sobre el corazón. Entonces empecé a desear: deseé que mi madre encontrara un tesoro, poner yo mismo una joya en su camino (y decirle: "¡Mira, madre! ¡Un ancla de oro! ¡Por fin el milagro!"). Le pregunté: "Magola, ¿tú me venderías tu cadena?". Ella gritó: "Pero ¿qué me estás preguntando? ¡Qué horror! ¿Cómo se te ocurre? ¡Esto es lo único que me queda! Esta cadena y el prendedor. ¿Venderte el ancla? ¡Nunca! ¡El ancla es mi amuleto, la protección del viajero! ¡Jamás dejaría la ciudad sin este dijecito!". Entonces le pregunté: "¿Y el prendedor? Véndeme el prendedor". Me dijo: "¡Peor! ¡Vender yo esa joya! ¡No es cualquier joya, para que sepas! ¡Tiene un zafiro! ¡Y una historia detrás! Es un regalo. ¡El regalo de un muerto, y cada día pienso en él! ¡Olvídate!".

En la tarde, sin embargo, después de servir el almuerzo, Magola me dijo: "¡Está bien! ¡Te vendo el prendedor! Veinte billetes grandes, no te pido más. Es un pescado de oro —un pescadito—. ¡Y tiene un zafiro! Sé que en un tiempo me voy a arrepentir. ¿Qué estoy diciendo? ¡Ya estoy arrepentida!".

Empecé a hacer cuentas: sumé, volví a sumar. "¡Todo sea por irme!", gritó Magola. "Estoy harta de la vida acá". Le dije: "Yo no tengo esa plata. Ni siquiera tengo ahorros. Podría guardar un billete grande al mes y cuando ya tenga todo…". Magola me interrumpió: "¿Tú crees que yo estoy para esperar tanto? ¡Mírame! ¿No ves que estoy desesperada? ¿Qué voy a hacer, Dios mío, qué voy a hacer? Hagamos esto: dejémoslo en doce billetes, me das todo en un año. Empieza a ahorrar. Y yo, por mi parte, seguiré ahorrando para irme". Le dije: "Trato hecho", y empecé a imaginar el pescadito, resplandeciente en nuestro camino. "Sólo una cosa: no puedes contarle nada de esto a mi madre". Me dijo: "Si la vi, no me acuerdo".

Contar

Durante un año entero trabajé y ahorré para hacerle un milagro a mi madre. ¿Cómo contar esto? Cada día fue el mismo día, y cada semana la misma, y cada mes el mismo mes. Magola me dijo: "Hagamos lo siguiente: tú empieza a ahorrar —son doce billetes— y me das todo en un año". Apenas le dije: "Trato hecho", busqué entre las cajas de hojalata una que ya no tuviera galletas. Yo pensé: "Acá irán mis ahorros", y así fue: al final de cada mes, durante ese año, yo fui metiendo en la caja un billete grande.

¿Cómo contar esto?

Cuando Rosmira llegó con el sobre —esto fue el primer mes después del acuerdo con Magola— y me dijo, como solía decir a casi todos los empleados: "Aquí está el pago, no tengo quejas: tu trabajo es bueno, pero puede ser mejor", yo empecé a imaginar el milagro: mi madre y yo caminando a la casa; ella mirando al frente, aburrida, y yo diciéndole a ella: "¡Mira! ¿Qué es eso que brilla allá abajo?". ¡Brillaría el milagro! Un pescadito de oro con su ojito azul, un zafiro. Yo trataba de imaginar su cara; no podía. Y Magola, mientras tanto, gritaba de emoción: "¡Más platica para el viaje! ¡Plata, platica!", con el sobre en la mano. "¡Ya estoy en cuenta regresiva!". Después, en la casa, yo sacaba del sobre el billete grande y lo metía en la hojalata —en ese tiempo, yo escondía el dinero al fondo del horno dañado, y no debajo de la cama, como hago ahora—. También mi madre había empezado a ahorrar.

Ella ahorraba para el viaje, yo para el milagro.

¿Cómo contar esto?

Yo recordaba el juego: seis piratas que salían a buscar un tesoro. De esos muñequitos, cinco morían y sólo uno llegaba adonde quería llegar. Pero, al final de la aventura, el pirata se quedaba con las manos vacías —así quedábamos mi madre y yo cuando buscábamos un tesoro en el camino—: no se me ocurría qué tesoro podía encontrar —mi madre nunca había encontrado uno—. Ahora, sin embargo, lo sabía: el pirata encontraría el pescadito de ojo azul —mi madre encontraría en su camino un pescadito de oro—.

Fue un año como un día largo y aburrido —¡largo, largo!—. Cada día fue el mismo día, cada semana la misma, cada mes el mismo mes.

A veces Magola gritaba: "¡Darte ese prendedor por tan poquito! ¡Qué locura! ¡Doce billetes! Estoy loca y desesperada. Pero me falta poco, ¡muy poco!". Y mientras la oía, yo pensaba en mi madre con ganas de llorar: ella había empezado a ahorrar para irse. Magola insistía: "¡Mi pescadito! ¡Mi prendedor! Espero no arrepentirme nunca. ¿Qué digo yo? ¡Ya estoy arrepentida! Pero el viaje, la vida que quiero…". Yo servía el almuerzo y lavaba los platos… Al otro lado del mostrador, los empleados se quejaban. "¿Otra vez pollo? ¡Nos van a salir alas!". Siempre lo mismo, siempre lo mismo.

Al segundo mes luego de haber hecho el acuerdo con Magola, Rosmira entró a la cocina para pagarnos. Dijo: "Aquí está tu plata, no tengo quejas: tu trabajo es bueno, pero puede ser mejor". Y como en el mes anterior, yo empecé a imaginar el milagro: mi madre y yo caminando a la casa, juntos los dos por la orilla del agua negra; ella mirando al frente, triste, y yo diciéndole: "¡Mira! ¿Qué es lo que tanto brilla?". ¡Brillaría el milagro! Entonces, al salir de la fábrica, fui a hacer mercado con la plata recién ganada. María Amarga me dijo: "Si me muestra la plata, le muestro los huevos". Le dije: "Quiero seis y un litro de leche", con el billete más pequeño en la mano. A María Alegre le compré verduras, me dio una ñapa; unas uvas y más tomates de los que le había comprado. A María Flaca no pude comprarle nada: la carne que comeríamos con mi madre sería la carne repetida del almuerzo. Pero nunca había carne sino pollo. Pollo, pollo, pollo... Quizás un día me saldrían alas.

Llegué a la casa. Abrí el horno dañado y guardé en la cajita el segundo billete grande. Pensé: "¡Ya tengo dos!". En dos meses, dos billetes. Mi madre dijo: "¡Qué caro está todo! ¿Cuándo podré irme?". Ella ahorraba para el viaje, yo para el milagro.

¿Cómo contar esto?

Fue un tiempo repetido: cada día el mismo día, cada semana la misma, cada mes el mismo mes.

Yo trataba de imaginar la cara de mi madre cuando por fin viera oro en la tierra; no podía. ¡Pero me daba una alegría pensar en ella! La imaginaba en la ruta del arroyo, en mi camino de la casa a la fábrica y de la fábrica a la casa; cuando servía el almuerzo y lavaba los platos. La imaginaba mientras le preguntaba a Luz Bella por alguna profecía. "Tú que ves cosas", la buscaba mi madre, "dime algo: ¿me voy a ir en algún momento?". Mi amiga respondía sentada en Lucecita: "Claro que sí, lo veo clarito. Te vas a ir en bus". Y si mi madre le refutaba, confundida: "¡Pero si en bus es la única forma de irse!", Luz Bella se ponía brava:

"¿Quién es la profeta aquí, a ver? ¿Tú o yo?". Entonces se ponían a ver la telenovela.

A veces me daba hambre.

Recordaba el juego de los piratas: un muñequito cruzaba el mar y vencía los peligros del bosque muerto —estaba buscando un tesoro—. Al final del juego lo encontraba en las raíces de un árbol alto: un pescadito de oro y zafiro, como el que mi madre encontraría en su camino.

Tres meses después de que Magola me dijera: "Son doce billetes, me los das en un año", Rosmira llegó con un nuevo sobre. Me dijo: "Aquí está el pago, no puedo quejarme: trabajas bien, pero no tan bien como otros empleados". ¡Siempre lo mismo, siempre lo mismo! Después le dijo a Magola: "Lenteja, aquí tienes lo tuyo" —y al escuchar su apodo, ella abrió los ojos: se molestó—. "Sólo los enemigos me llaman así", dijo al rato, cuando Rosmira se había ido.

Yo empecé a contar el tiempo que faltaba para el milagro pensando en la plata que no tenía: "Me faltan nueve meses y nueve billetes". Mi madre, en cambio, no sabía qué contar. Esa noche me dijo: "No sé cuándo irme ni cuánta plata reunir". Ella ahorraba para el viaje, yo para el milagro. Fui hasta el horno y busqué la caja: metí el billete nuevo con los otros dos. Después comimos lo que habíamos almorzado en la fábrica.

Esto era el tiempo repetido: cada noche comíamos lo que habíamos almorzado.

¿Cómo contar esto?

En tres meses tuve tres billetes.

Y al cuarto mes, cuatro billetes.

Yo pensaba mucho en la profecía de mi amiga: "Te vas a ir en bus". Y cuando veía un bus, me ponía triste. Me imaginaba diciéndole adiós. "Chao, madre, no me olvides". Entonces trataba de imaginar su cara ante el milagro; no podía. "¿Y qué podría decir", me preguntaba, "cuando viera el pescadito en la tierra?". La imaginaba diciendo: "¡No puedo creerlo!". La imaginaba gritando: "¡Es un milagro!".

Servía el almuerzo, lavaba los platos… Magola insistía en que había sido rica. "Acá donde me ves", me dijo una tarde, "cortando pepinos para una ensalada, yo solía hacerme mascarillas de pepino todos los días: por eso no parezco de mi edad". Ya habían pasado cinco meses desde el acuerdo con ella.

Cinco meses, cinco billetes.

Pero esa vez, cuando Rosmira llegó a pagarnos, tuvo quejas. No me dijo: "Trabajas bien". Me dijo: "Te noto muy cansado. Gravísimo, estás muy joven para cansarte". Quedé preocupado. "¿Y si me despide?". Pero ya había ahorrado cinco billetes grandes. Seguí trabajando —serví el almuerzo como si nada—. Hacia el final del turno, cuando todos en la fábrica volvieron a sus puestos, yo llevé a la cocina las bandejas con las sobras: envasé lo que nadie había comido en cajitas de plástico. Escondí dos en mi morral —en una eché arroz y papas; en otra, el pollo y la ensalada—: esa noche también comimos lo que habíamos almorzado.

Y más tarde tuve hambre.

¿Cómo cuento esto?

Pollo, pollo, pollo.

Pensé que me saldrían alas.

Al sexto mes le dije a Magola: "Ya tengo la mitad de la plata, quiero ver el pescadito". Me dijo: "Lo tengo guardado en su estuche. ¿Para qué quieres que lo traiga? ¡Podría perderse! ¿Cómo se te ocurre? ¡No, no y no! Dejémoslo ahí donde está. Eso sí te digo: ¡es precioso el prendedor! De oro, por supuesto, con su ojito azul, un zafiro". Y al oír *oro* y *zafiro* traté de imaginar la cara de mi madre cuando viera el pescadito; no pude.

Cada día fue el mismo día, y cada semana la misma, y cada mes el mismo mes.

Recordaba el juego del pirata: vencía monstruos y sirenas antes de encontrar un pescadito como el que mi madre encontraría.

Me fui a casa. Ella hablaba por teléfono: "Estoy sola, estoy lejos", le decía a su madre. Abrí el horno dañado. Conté, conté, conté billetes... Tenía seis. Desde ese día empecé a contarlos con la esperanza de que, al abrir la caja, repentinamente, hubiera más billetes en la hojalata. Y pensé: "Estoy preparando un milagro, al tiempo que espero un milagro para mí". Mi madre me preguntó: "¿Qué es lo que tanto haces en la cocina?". Le dije: "Nada", y continuó hablando por teléfono. Yo seguí contando el tiempo y la plata que no tenía: "Me faltan seis meses y seis billetes".

Me cansé. ¡Me cansé mucho!

Fue un tiempo repetido.

¿Cómo cuento eso?

Mi madre se la pasaba diciendo: "¡Qué caro está todo! ¿Cuándo podré irme?". Ella ahorraba para el viaje, yo para el milagro.

Siete meses después del acuerdo —ese fue el día que Magola me dijo: "Tú empieza a ahorrar", y yo empecé a ahorrar para comprarle el pescadito—, Rosmira volvió a quejarse. Me dijo: "¡Te estás volviendo lento como Lenteja!". Le dije: "No, señora, yo he estado trabajando con las mismas ganas del primer día". Volvió a decir: "No. Estás lento como Lenteja" —y al oír su apodo, Magola mostró los dientes—. Rosmira nos pagó y salió sin despedirse. "Par de lentejas", nos dijo, y Magola gritó: "¡Me falta poco, muy poco! Estoy en cuenta regresiva".

Yo estaba cansado. Las piernas me dolían —yo comía pollo y quería tener alas—.

Me fui a pie hasta la casa, de un árbol triste a otro más verde. Conté, conté, conté billetes… Ocho billetes en ocho meses. No había más. Volví a contarlos: quería encontrar más dinero en la hojalata —yo preparaba el milagro para ella esperando un milagro para mí—. Pero seguía habiendo ocho billetes grandes. Y luego, al mes siguiente, nueve.

Nueve billetes en nueve meses —un embarazo—.

Yo estaba cansado.

¿Cómo cuento eso?

Todos los días fueron el mismo día.

Le dije a Magola: "Ya llevo nueve meses pensando en el prendedor". Ella me dijo: "Te faltan tres para tenerlo en tus manos". El pescadito era un pensamiento a punto de volverse oro. Volví a imaginar el milagro: mi madre y yo caminando por la orilla del agua negra; ella mirando al frente, aburrida, y yo diciéndole: "¡Mira! ¿Qué es eso que brilla allá abajo?". ¡Brillaría el milagro!

Serví el almuerzo, lavé los platos. Guardé en cajitas lo que nadie había comido. Al final de la jornada caminé hasta la casa y pasé por la obra; también pasó un bus. El conductor me preguntó: "¿Cuánto tiempo llevan así?", y señaló un andamio. Yo le dije: "Toda la vida". Después pensé en la profecía de Luz Bella: "Te vas a ir en bus". Me puse triste. El bus siguió su ruta.

Y más tarde tuve hambre.

Siempre lo mismo, siempre lo mismo.

Fue un año duro.

Un año como un día largo y aburrido —¡largo, largo!—.

Dejé de ir al mercado —no quería gastar plata sino ahorrar para el pescadito—. Conté, conté, conté billetes… Tuve diez en diez meses. Y cada día de ese mes volví a contarlos: quería encontrar más billetes en la hojalata —yo preparaba un milagro, pero también esperaba un milagro para mí—. El dinero, sin embargo, iba a la par del tiempo: tenía diez billetes porque habían pasado diez meses.

Después once.

A los once meses del trato con Magola, seguí contando el tiempo y la plata que no tenía: "Me faltan un mes y un billete".

¡Faltaba tan poco!

Magola dijo: "Yo tenía muchas joyas. ¡Joyas caras, de oro, ninguna de fantasía! Cuando te venda el prendedor, sólo me va a quedar la cadenita" —se sacó el ancla y la dejó por fuera, sobre el corazón—. Rosmira entró a la cocina para quejarse. "¡Uno más lento que el otro!". Le dije: "No, señora, Magola y yo trabajamos con ganas: ella cocina, yo sirvo y limpio". Pero Rosmira dijo: "No. Te has vuelto lento como Lenteja" —Rosmira nos pagó y salió sin despedirse—. Magola dijo: "Estoy en cuenta regresiva".

¡Habían pasado once meses!

El pescadito era un pensamiento a punto de volverse oro.

Magola decía: "¡Me falta poco, muy poco!".

Y mi madre decía: "¡Qué cara es la vida! ¿Cuándo podré irme?".

Todos los días fueron el mismo día.

Si Luz Bella anunciaba: "Te vas a ir en bus", mi madre insistía en su pregunta: "¿Cuándo? ¿Cuándo? ¿Cuándo?".

Ella ahorraba para el viaje, yo para el milagro.

¿Cómo cuento esto?

Comimos pollo.

Pollo, pollo, pollo.

Los empleados decían: "¡Nos van a salir alas!". Eso nunca nos pasó —me habría gustado tenerlas—.

Y entonces mi madre gritaba: "¡No sé cuándo irme ni cuánta plata ahorrar!".

Fue un tiempo que no dejó de repetirse.

Pero pasó ese año como un día largo y aburrido —¡largo, largo!—.

¡Por fin hubo doce billetes en la caja!

Le dije a Magola: "Ya tengo la plata, dame el pescadito". Me dijo: "Te lo traigo mañana guardado en su estuche". Yo traté de imaginar la cara de mi madre ante el milagro; no pude.

Al día siguiente le di la plata a Magola. Contó, contó, contó billetes... Finalmente, tuve el pescadito.

¿Cómo cuento esto?

Mi pensamiento se hizo oro.

¡Brillaría el milagro!

Un pescadito en la tierra

El pescadito era de oro y tenía un ojito azul —un zafiro—. Apenas le di los doce billetes, Magola dijo: "¡Ya estoy arrepentida!". Le di las gracias por la joya. "El regalo de tu muerto", le dije, y a eso respondió, hecha otra: "Pues el muerto, muerto está", con la plata en la mano. Dejó el almuerzo listo y se despidió diciendo: "Hasta hoy trabajo aquí, mucha suerte en la vida". Después, al llegar al mostrador gritó a los empleados, sus enemigos: "¡Sigan comiendo pollo!". Me reí —yo también estaba alegre: ¡habría un milagro, era el día!—. "¡Por fin!", gritaba Magola. "¡Me voy! ¡Me voy de esta ciudad!". Alguien le dijo: "Buen viaje, Lenteja", pero no le importó —por primera vez no abrió los ojos al oír su apodo—.

Serví el almuerzo y lavé los platos. De cuando en cuando abría el estuche para mirar el pescadito. Nunca había visto oro, mucho menos lo había tocado. Un pensamiento comenzó a repetirse: "Lo quiero para mí". ¡Era oro y era mío! Mi madre triste, sin embargo, volvía a llenarme: el pescadito sería para ella. Y sin embargo, de repente: "Lo quiero para mí".

Al final de mi turno, busqué a mi madre en la oficina: era día de cubículo. Estaba en el escritorio con la carpeta de facturas a punto de reventarse: transcribía los montos en distintos cuadernos. Le dije: "Vámonos juntos". Me dijo: "No me desconcentres". Mientras la esperaba, la miré concentrada en los números. "La suma no me da", decía, "las facturas no cuadran". ¡Se veía tan aburrida! Pero faltaba muy poco para el milagro: saldríamos de la fábrica y muy seguramente preguntaría a Dios —se preguntaría—: "¿Hasta cuándo?", con la cara larga. Al verla caminando ajena y lento por la orilla del agua negra, le diría: "Pendiente, madre, no te distraigas. A encontrar tesoros por ahí". Mejor no. No anticiparía el milagro, que el oro apareciera de la nada, sin el recuerdo del tiempo en que esperábamos encontrarlo. El pescadito en la tierra nos llevaría a ese tiempo —mi madre tendría otra cara—. Y sin embargo, de repente: "Lo quiero para mí".

Por fin salimos. "Lo quiero para mí". Empezamos a caminar. "¿Hay leche para mañana?", preguntó mi madre. "¿Hay huevos?". Le dije que sí. "Entonces no hay que ir al mercado". Seguimos nuestro camino —un pájaro pasó cantando, quizás el mochuelo del árbol que roza mi ventana—. Llegando al parque, le dije: "Paremos un momento, me duelen las piernas". Estaba solo, no había nadie en los juegos. Nos sentamos en los columpios: yo empecé a mecerme, ella no. Me dijo: "Estás de pie todo el día, te tienes que cansar: sirves el almuerzo parado, no descansas un minuto, y luego estás de pie lavando los platos. ¡Eso cansa!". También ella estaba cansada.

Meciéndome, grité: "Acabo de ver algo" —pero yo seguía con el milagro en el bolsillo—. ¿Qué cosa?", preguntó ella. Le dije: "Allá, por el rodadero. Es algo brillante". Mi madre dijo: "Quizás una moneda". Le dije: "No, es más brillante". Y ella: "¿Dónde?". Y yo: "Por allá, se me perdió, dejé de verlo". Yo pensaba: "Lo quiero para mí".

Mi madre se paró del columpio. "¿Por acá, dices?" —se fue acercando al rodadero—. Yo también me paré y empecé a dar vueltas. "Era brillante", le decía. "Como una luz". Empezó a ponerse nerviosa, ya no parecía cansada. "¿Estás seguro?", me preguntaba, y yo le decía: "Claro que sí: parecía una joya". Y al oír esa palabra, mi madre abrió los ojos. "¡No puede ser! Busquemos bien". Y entonces pensé: "Lo quiero para mí". Seguimos buscando. Mi madre se agachó para ver mejor lo que podía haber en la tierra. "¿Estás seguro?", insistía. Comenzó a gatear en el parque. "Seguro", le dije. "Desde allá se veía clarito", y le mostré los columpios. Me dio la espalda y siguió gateando. Y al tiempo que pensaba: "Lo quiero para mí", le dije: "Quizás era un vidrio, cuidado te cortas". Mi madre siguió buscando.

Y buscó más.

Me alegró ver su deseo. En un momento, cuando aún seguía de espaldas a mí, saqué el estuche del bolsillo, y al pescadito del estuche. Ya era hora de ponerlo en la tierra. Y sin embargo… "Lo quiero para mí". Guardé el estuche vacío y en la mano se quedó el milagro, encerrado en el puño. Mi madre dijo: "Vámonos", y volvió a estar cansada. "Estás viendo cosas". Le dije: "Así es el deseo".

Empezó a caminar, la seguí —yo caminaba cerrando el puño—. Pero, al ver su espalda encorvada, antes de salir del parque, volví a imaginar su cara ante el milagro; no pude. Abrí la mano y solté el pescadito —cayó entre la grama—. Le dije: "Espera, madre, me pareció ver algo". Ella siguió caminando. "No hay nada". Volví a decirle: "Hay algo". Se devolvió. Nos pusimos los dos a buscar.

Yo lo vi primero: el sol tocaba el milagro, como celebrando el oro. Me hice el que no lo veía para que mi madre lo encontrara —todo esto era para ella—. Di vueltas y vueltas alrededor. "Por acá estaba, estoy seguro, busquemos por acá".

Por fin lo vio.

Me dijo: "¡Mira! Tenías razón", pero no le pude ver la cara. Se arrodilló, me acerqué —tenía el milagro en la mano—. Le dije: "¡Es oro! ¡Déjame tocarlo!". Me dijo: "Es fantasía, no vale nada" —un odio para siempre—.

Mi madre vendió el pescadito antes de irse —quería viajar con todo el dinero posible—: le dieron un billete por el milagro. "Algo es algo", dijo ella. Nunca más vi a Lenteja, mi enemiga —a veces la llamo Magola—.

El juego del deseo

Aún espero el sueño.

Sólo hay un obrero en el andamio del amor, el otro sigue sin llegar. Desde la cama no se ve más la flor de Próspero, que ahora es de santa Volqueta ("Permite, patrona, que los obreros se encuentren"). La flor, sin embargo, está: es una begonia amarilla. Y aunque no se vea, la luna está también: había comenzado a mostrarse —un poquito de luz en la cara—, pero ahora la tapan las nubes. "¿Y Albertico?", pregunta Madrecita —ha seguido jugando al escondite—. "¡Te voy a encontrar!", le advierte. No lo encuentra.

El obrero se levanta. Quiere irse, parece. Ahora se rasca la cabeza. Le pido a la santa: "¡Trae al otro con tus ruedas!". Empieza a bajarse del andamio. Y cuando el obrero camina por el puente, su amante aparece en la calle —un chiflido—. "Gracias por esto, celestial tractora". El primero lo saluda —ha dejado de esperar—: también le chifla y alza los brazos —los ondea—, está en camisilla. Ahí me quedo yo, en sus brazos altos. Empiezo a recordar: estaba jugando con los muñecos de plástico, años después de que mi madre los trajera —quizás crecí tarde, o no tenía más que hacer, o de pronto deseaba volver al juego: sería un día de amor, porque en los días tristes yo no jugaba—. Los piratas iniciaban su búsqueda. Había que llegar al tesoro, atravesar el mar de sábanas revueltas. Pero al mar llegaba el monstruo —mitad hombre, mitad pájaro— y volando empezaba a soplar y a matar muñequitos —en vez de plumas tenía fuego—. Soplaba y mataba, soplaba y mataba... Prendía el aire con sus alas calientes. Volaba, se elevaba más. Y para que el monstruo volara, yo lo subía: alzaba y ondeaba los brazos, y yo me quedaba así, con los brazos altos prendiendo el aire —mitad hombre, mitad pájaro—. Mi madre me dijo: "¿Qué tienes ahí?". Le dije: "El muñeco, estoy jugando". Me dijo: "No, eso no. Muéstrame". Dejé de jugar. "¿Cuándo te salió todo eso?". Mi madre dijo: "Creciste".

Sigo en las axilas del obrero peludo... Está en el puente con los brazos arriba, se ha agarrado a una barra. Espera. Pero la espera de ahora es diferente: ya no es espera sino una cuenta regresiva. El obrero de la calle camina hacia el puente. Está oscuro, hay más nubes. Pido a la santa que los alumbre con su luz direccional.

Mi madre me dijo: "¡Creciste!", y yo dejé de jugar. "¡Cómo pasa el tiempo! Tú tan grande y yo igualita: más vieja, pero igualita". Después se fue a la cocina. Desde allá me dijo: "En tres años puedes trabajar". Y tres años después, camino a la fábrica, pasé por la obra. En el andén, con casco y martillo y cemento en los brazos, uno me preguntó: "¿Tú eres el que vive en ese edificio y está siempre con una señora?". Le dije que sí, nos quedamos mirando. "Ya estás grande", me dijo. "¿Para dónde vas?". Le dije: "Hacia el centro", y seguí mi camino. Desde la obra, alguien gritó: "¡Miren! La Guacamaya se enamoró". Chiflidos, risas en lo alto. "Ojos abiertos", me dijo uno, "un descuido y te pica con el pico". Alguien prendió un taladro. Seguí caminando y La Guacamaya caminó conmigo —sopló un beso para todos—. "Te acompaño, ¿puedo?". No le dije nada. "No sea vaga, Guacamaya, ¡venga y trabaje!'". Yo le miraba los brazos, las venas en relieve: tenía cemento y también escarcha, barba de muchos días. Me dijo: "A veces bailo, tú entiendes, me arreglo y salgo a bailar". Se abrió la camisa, dos botones, y me mostró más escarcha —la tenía en los pelos—. "Me pongo un vestido de plumas, a mí me encanta, me pagan por hacerlo". Dio vueltas, bailó. Me dijo: "Las plumas son rojas y por eso me dicen así —yo me llamo Édgar—". No dejaba de mirarlo. Siguió diciendo: "Estás muy grande, creciste". Él también me miraba y, al acercarnos al parque, me miró más. "Si quieres metámonos por ahí, detrás de los postes. ¿Te gusta mamarlo?". Me asusté —yo quería—. Empecé a desear.

Yo estoy deseando ahora.

Le dije que no —me asusté— y regresó a la construcción. "Cuando quieras, avísame. Estamos cerca". Me sopló un beso. Y solo, en mi camino, quise que volviera a hacerme la pregunta. Yo ya estaba grande; quería estar con él, también tenía miedo. Édgar se me aparecía. Volvía a decirme: "Metámonos por ahí", y nos metíamos detrás de los postes. Yo le decía: "Nunca lo he hecho", y él me decía: "Yo te enseño". Ya estaba grande.

Esa noche me encerré en el cuarto —mi madre calentaba lo que habíamos almorzado—: Édgar llegaba a la cama, las sábanas estaban revueltas. Él se acostaba boca arriba, yo me acostaba sobre él. Y bajaba, bajaba... "A veces bailo, tú entiendes, me arreglo y salgo a bailar". Édgar tenía plumas —mitad hombre, mitad pájaro—. Alzaba y ondeaba los brazos. Había escarcha en la cama. Mi madre dijo: "Ya está listo". Yo le dije: "Voy", pero seguí en la cama para mamarle la verga —yo ya estaba grande, ya decía esa palabra—. "¡Ven rápido que se enfría! ¿Tú qué tanto haces ahí?". Dejé de jugar. Abrí la puerta. Mi madre dijo: "Creciste". Y seguí creciendo… Mucho tiempo quise que Édgar me viera desde afuera. Me iba a la ventana en calzoncillos; ponía las manos sobre el vidrio y muy altos los brazos. Buscaba ojos para mí —yo ya estaba grande—. Pero los ojos de Édgar no estaban. Alguien, a veces, pasaba por la calle: me miraba un momento y seguía caminando. Yo quería que alguien, cualquier persona, se quedara mirándome.

Ahora los miro a ellos —mis ojos están—. Las nubes se han corrido y la luna ha vuelto a mostrarse: yo mismo me muestro, yo soy la luna. Caen gotas, no quiero que llueva. Le ruego a santa Volqueta: "Quita el agua con tu parabrisas". El obrero de la calle ha llegado al puente. Los obreros de la noche están muy cerca.

Al día siguiente busqué a Édgar: pasé muy lento por la obra —lento, lento por el andén—. No estaba. Uno dijo: "Llegó el niñito de La Guacamaya", y los que estaban cerca se rieron. Una grúa daba vueltas. Los ignoré y seguí caminando. Nunca más lo vi: algunos días después, un obrero me dijo que Édgar se había ido. No estaba en la ciudad. "Él quería irse desde hace rato". Y yo pensaba en sus plumas rojas: desde la obra volaba, se elevaba más —mitad hombre, mitad pájaro—. En las noches entraba por la ventana. Yo estaba solo, sin ropa, entre las sábanas revueltas —había crecido—. "Te acompaño, ¿puedo?". Y me hacía la pregunta y yo decía que sí: era el juego del deseo. Su verga era distinta cada vez. Hoy también es distinta.

Y siguen cayendo gotas…

En la fábrica, una tarde, tiempo después, pusimos paja en el suelo: había llovido y se había mojado. La paja absorbía el agua, muchas personas se habían caído. Al final del turno, antes de salir, fui al baño: tenía un inodoro y un orinal. El inodoro estaba en su propio cuarto. De ahí salió un hombre. Me dijo: "Yo trabajaba en la obra, por tu edificio, yo te conozco de antes". Le dije: "No te había visto". Estábamos de pie sobre la paja. Seguía lloviendo, había goteras en el baño. El hombre me dijo: "La Guacamaya me contó lo que hicieron". Me asusté, pero no tanto. Iba a decirle: "No hicimos nada", sin embargo le pregunté: "¿Qué te contó?" —yo lo miraba—. El hombre me dijo: "Muchas cosas, pero él mentía siempre. Tú dime si es verdad: me dijo que fueron a los postes, detrás del parque, y que lo mamaste de rodillas. Que tú no querías al principio, y que era tu primera vez. Que estabas nervioso. Y que él te tocó para ver si querías. Me dijo que ya estabas grande y que tú querías y que empezó a besarte y te arrodillaste solito. Que apenas le abriste el pantalón, abriste la boca. Que lo mordiste duro y que tuvo que decirte que no usaras los dientes, que abrieras más y que no fueras tímido. Que tú gemías y no dejabas de mirarlo con la lengua afuera y con la verga en la boca. Que tú también te sacaste la verga y te hiciste la paja mientras se lo mamabas a él. La Guacamaya me dijo: 'El niñito creció', y te recordaba, y me decía: 'No sé a qué horas se puso así'. Me dijo que lo hiciste venir, que quedaste con leche y escarcha en la cara. Que él también te lo mamó y que estabas tan arrecho que te viniste enseguida. ¿Es verdad? Todo eso me dijo Édgar y yo quiero saber si es verdad".

Le dije que sí, me dijo que hiciéramos lo mismo. "Arrodíllate" —no me quiso decir el nombre—. Primero me mostré nervioso, le dije que no quería. Me cogió la verga, estuve quieto. Empezó a besarme la boca abierta, después me arrodillé para mamarlo. Yo quería hacer lo que Édgar había dicho, pero alguien tocó a la puerta. El hombre me separó para hacerse él mismo la paja. No vi la leche que salió sino la cara de su gemido —yo quería que salpicara—. Siguieron tocando. El hombre se separó más, se subió el pantalón enseguida. "¿Quién está ahí?". Respondió: "Me demoro. La comida de acá me pone malo". Desde el otro lado dijeron: "No entren al baño en dos horas" —alguien rio—. Yo seguía arrodillado. Quiero este recuerdo: nadie tocó a la puerta y nadie nos apuró; yo lo seguí mamando, dejé de estar nervioso, y me saqué la verga y la encerré en el puño. Y moví la mano. Y moví la mano.

Yo tengo ahora la verga en la mano: los obreros se acaban de abrazar; se besan bajo la flor de la santa. Yo estoy sobre ellos, en el cielo, mostrando un pedazo de la cara: hoy es bueno ser la luna. Como mi luz los proyecta, los obreros crecen en sus sombras: mientras están en su abrazo —y respiran cada uno en el cuello del otro—, cruzan la obra entera y después la calle. Ellos tocan la ventana con su sombra; se meten en mi cuarto y en mi cama. Esa sombra me cruza. Están conmigo, somos los tres. Un movimiento: la sombra se separa en dos. Ahora son dos las sombras que caminan en mi cuarto —los obreros van por el puente, rumbo al andamio del amor—. Han llegado a su lugar, más cerca de santa Volqueta: la flor viva está sobre ellos, mi cara está sobre la flor. Y uno alza los brazos para que el otro le quite la camisilla —se están besando y yo tengo la verga en la mano—: los brazos altos prenden el aire.

"¡Pillado!", escucho a Madrecita —por fin ha encontrado al niño—. Después parece que lo carga. "¡Qué pesado estás! ¿A qué horas creciste?".

Esto es lo que está pasando: madre sol, aunque no se ve, está tocando la luna, y la luna, que soy yo, refleja esa luz, que toca a los obreros. De los cuerpos salen sus sombras, que ahora me tocan a mí —"Creciste"—. Y yo me pregunto si en esas sombras está mi madre: su luz las ha creado.

"¿Y esos de allá qué hacen?", pregunta Madrecita. "¡No mires! Eso es para grandes".

Yo sigo en los obreros —mis ojos están—. La sombra de ambos me ha alcanzado: es como si hubieran volado hasta mí —mitad hombre, mitad pájaro—. Las sábanas están revueltas; yo estoy entre los dos. Afuera, el obrero que esperó se ha acostado sobre cajas de cartón desbaratadas. El obrero que llegó tarde lo besa —y su sombra en mi cuarto quiere besarme a mí—. Yo también quiero besarlo, y besar a su amante, pero ninguno tiene cara. Quiero que tengan cara, darle un beso a una boca que está: uno se vuelve Édgar, el otro es el hombre del baño. Édgar tiene plumas y escarcha en los pelos. Le doy un beso a Édgar mientras el hombre del baño lo mama. Después lo beso a él —las sombras se mueven—. Los dos me lo maman a mí: se están besando en mi verga —ya estoy grande y desde hace mucho digo la palabra—. Y en el andamio, sobre el cartón, el obrero desnudo se abre: tiene los brazos atrás —se agarra a una viga— y tiene las piernas en las manos del otro. Es el otro quien lo tiene a él y en la cama me tienen a mí. Yo estoy igual que el obrero desnudo: tengo los brazos atrás, pero la viga es la verga del otro, y tengo las piernas arriba, sostenidas por las manos de Édgar. La cama, un momento, es el baño de la fábrica: hay paja húmeda pegada en mi cuerpo. Ahora hay plumas y paja en las sábanas. Y Édgar me dice: "Relájate", y el otro le dice: "Clávalo", y Édgar pregunta: "¿A qué horas se puso así?". Yo les digo: "Estoy relajado". Me clava y no me duele —nunca me duele cuando estoy con ellos—, y el otro le dice: "Así, dale", y abro la boca para abrirme más. Y uno se mueve y el otro se mueve. Y Édgar pregunta: "¿A qué horas creciste?", y el otro me dice: "Qué lindo te ves", y me mete la verga en la boca. Y se mueven las sombras, me muevo entre ellas: yo tengo la verga en la mano. Y me muevo y muevo la mano. Y me muevo y muevo la mano. Y Édgar me dice: "Voy a venirme", y el otro me dice: "Voy a venirme", y yo les digo: "Me voy a venir", y me sigo abriendo, y me abro más —la leche—. Y me abro más —la leche—. La leche es mi gemido silencioso.

El obrero que esperó ahora está boca abajo y el otro sobre él.

"¡Te dije que no miraras!", grita Madrecita, y más alto todavía: "¡Yo los miro porque soy grande!". Luz Bella le dice: "Baja la voz, que los vas a espantar".

Iba a llover, pero ha escampado.

Me cierro, y me cierro más. Ahora estoy acurrucado, con los ojos en la obra.

"El tetero y a dormir", dice Madrecita. "No más por hoy".

Las sombras se siguen moviendo. Mi madre está en ellas.

El huevo y su madre

Estrella madre ha comenzado a llorar —es un nuevo día—. Hace poco el mochuelito se despertó: oí su canto acercarse a la ventana, después lo oí más lejos. El canto iba y venía: imaginé los rayos tristes y antiguos, los rayos largos y tristes del sol, cayendo sobre el pájaro y sacándolo del sueño, la luz en lágrimas haciéndolo cantar. Su canto parecía una balada, y en el lenguaje que conozco, el coro decía así: "Otro día, la misma espera". Por momentos, el mochuelo suspendía la canción para tocar el vidrio: quizás quería despertarme, o quizás volar más allá —dejar su mundo, el barrio, y conocer mi casa—. La balada me hizo compañía. Yo seguía la canción y escuchaba el pico en la ventana, pero no podía ver al mochuelito: el eclipse de mi madre sigue en el vidrio.

Antes de que Madrecita diga: "¡Nació!", Próspero grita: "¿Quién hizo esto? ¿Dónde está mi niñita?". Ha visto que falta una flor. "¿Quién fue el ladrón, a ver? ¡Hablen! ¡Confiesen!". Poco a poco va dejando de gritar. Desde la cama veo la begonia amarilla: ha empezado a morirse en el cuñete de santa Volqueta.

Luz Bella me pregunta: "¿Ya desayunaste?". No le contesto. Cuando el sol, dorado, llega al anuncio rojo de arriendo —lo toca y sigue por el vidrio—, el cuarto se hace rojo: mi cama es roja y mi madre es roja, yo también soy rojo. "Me provocan unos huevitos", sigue mi amiga. "¿Tú tienes?". Cierro los ojos para hacer mis cuentas:

trato de recordar cuántos puede haber en la cocina. Luego pienso en mi cajita, tic, tac, tic, tac. La cajita ocupa mi cabeza: no quiero saber cuánta plata hay. Si abro los ojos, desaparece la pregunta; la luz roja del eclipse, sin embargo, tiñe la mañana con el tiempo de las monedas. El cielo es un reloj. Mi casa es un reloj. El tiempo es rojo.

"Tengo un presentimiento", dice Luz Bella. "Hoy voy a ver la novela y no me voy a parar de la poltrona en todo el día". En la cama, sonrío; imagino a mi amiga mirándose en su espejo, el televisor apagado. También trato de oír la balada del mochuelito. "Tú, en cambio, sales hoy a pagar el teléfono", continúa. "Lo veo venir, me aparece clarito". La cajita vuelve a ocupar mi cabeza, tic, tac, tic, tac. Mi amiga está en lo correcto: hoy tengo que pagar el teléfono. Mi madre podría llamar, ella dijo que iba a llamar. Sin teléfono no hay promesa. El tiempo es rojo como el teléfono.

"¿Sí te quedan huevos?", insiste Luz Bella. "Tengo hambre". Y con su hambre entra por la ventana la primera chancleta. "¡Párate ya!", me dice. "No me gusta que estés callado". La segunda chancleta se estrella contra el vidrio, no alcanza a entrar en la casa. Próspero grita: "¿Esto qué es? ¿Por qué le tiran cosas a mis plantas?". Luz Bella se ríe. Por fin le digo a mi amiga: "Ya voy". Enseguida responde: "¡No se te olvide traerme las sandalias!".

La espalda me truena cuando me agacho a recoger la chancleta —"¡Ya estás viejo!", me habría dicho mi madre. "Creciste y te echaste a viejo"—. Mientras me pongo los zapatos rotos, le pido al teléfono que espere: "Ya vengo, no vayas a sonar cuando salga". Busco los huevos en la cocina: quedan dos, tic, tac. Me pregunto: "¿Habrá desayunado Madrecita?". Antes de salir, se me aparece mi madre lejos, llamándome desde alguna cabina. Le digo, en mi amor: "No me voy a demorar. Ahora espérame tú".

Abajo, por la jardinera, con los pies en el barrio, busco la segunda chancleta. Apenas me ve en piyama, Próspero dice: "No me diga que ya está durmiendo en la calle". Suelta una risita. Mientras pienso qué contestarle, caen del cielo dos juguetes: una pelota de plástico y un pájaro de tela. La pelota golpea el andén y rebota —cruza la calle y sigue rebotando hasta llegar a la obra—; el pájaro termina entre las flores y no se mueve más. Próspero grita: "¡Cuidado con mis plantas!", y corre a consentirlas. Madrecita aparece en su ventana: "¡Mira lo que hiciste! Te quedaste sin pelota". Después caen cubos de madera. Ella dice, hacia adentro: "Deja de tirar los juguetes", y con nosotros se queja de Albertico: "Está muy pechichón". Desde la poltrona, entonces, Luz Bella dice: "¡Debe ser que le están saliendo los dientes!".

De rodillas en la jardinera, con la chancleta en una mano y el juguete en la otra, Próspero nos hace una advertencia: "Por la seguridad de mis flores, me veo en la penosa obligación de confiscar estos objetos". Mi amiga exagera una carcajada (me recuerda a Malvada, la madrina de Paloma). Me dice: "Pégale un chancletazo para que aprenda a respetar". Próspero abre los ojos. Le digo: "Deme eso, atrevido", y le arranco de las manos lo que es nuestro. Al hacerlo, se me resbala uno de los huevos: nuestra comida explota en el andén, se riega en la cerámica roja. Me desespero, me aterro. Le grito: "¿Usted cree que nos sobra la comida?". Regreso al edificio con pasos largos. Ahora en mi angustia hay un huevo que explota —el tiempo es rojo como el teléfono y rojo como la cerámica del andén, rojo como el eclipse de mi madre en el vidrio—. Concentrado en sus begonias, Próspero dice: "Culpa suya. ¿Yo acaso rompí el huevo? ¡Hambre es lo que tengo!". En Lomas del Paraíso, la comida es poca.

Sentada en su poltrona, Luz Bella se pinta los labios al frente del televisor apagado. "Rojo Delirio", precisa. "Me gusta, me veo distinta". Cuando le doy las chancletas, sonríe. En mis manos quedan el huevo y el pájaro —huevo y madre conmigo—.

Le digo a Luz Bella que estoy preocupado: que hay que volver a comprar comida, que ya debo tres meses de arriendo, que es día de pagar el teléfono. Mi amiga agrega, sin dejar de mirarse en su espejo: "Pronto llega el recibo de luz", tic, tac, tic, tac. Después prende el televisor. En la pantalla están Paloma e Inmaculada —es un adelanto de la novela—. Luz Bella se emociona, se frota las manos. Paloma le dice a su tía: "¿Cuándo vas a hablar? Quisiera oír tu voz". La cámara se acerca a los ojos tristes de Inmaculada: en ese primer plano vemos sus lágrimas. Y una voz, entonces, anuncia un giro en la historia: hay un secreto a punto de revelarse en *El más grande espejo*. La voz pregunta: "¿Qué está tramando la más villana de las villanas?". Con una foto en la mano y una libreta en la otra, Malvada se ríe sola. Sus dientes, la boca abierta, se hacen más grandes que el mundo: con la pantalla en negro termina el anuncio de la novela.

"¡Esto se puso bueno!", se exalta mi amiga. Luz Bella vuelve a frotarse las manos; luego las pone en puño y se golpea los muslos. "Lo estoy viendo", dice. "¡Lo veo venir! Esta tarde sabremos qué pasó con la mamá de Paloma". Su profecía me sorprende —un desgarro—. Le pregunto: "¿Y cuándo sabré yo qué pasó con la mía?". Luz Bella se lleva una mano a la frente. Me dice, primero: "¡Y dale con el mismo cuento!", pero después, en su amor: "El que espera lo mucho, espera lo poco". Afuera, en la obra, un hombre le dice a otro: "¡Así no se coge la pala!".

Mi amiga pregunta: "¿Qué vamos a desayunar?". Abro la mano y le muestro el huevo. "Tenía dos, pero uno se me cayó abajo". Luz Bella dice: "Yo sabía muy bien que eso iba a pasar". Le entrego el huevo —hijo y pájaro quedan separados— y en esas tocan a la puerta. Le digo a mi amiga: "Yo abro, quédate en la poltrona".

En el pasillo no hay nadie, pero llegando a las escaleras está Próspero. Nos ha dejado un regalo: es pequeño y está envuelto en periódico. Lo abro —es un huevo—. En mis manos quedan el hijo y el pájaro —madre y huevo, juntos otra vez—.

Si yo ganara

Mientras Luz Bella sigue en la poltrona, concentrada en las historias de la pantalla —todo el tiempo mi amiga le habla al televisor: si no discute con las actrices, se compara con ellas—, me asomo por la ventana para conversar con Madrecita. "¿Ya desayunaste?", le pregunto. "Acá tenemos huevos". Cuando saca la cabeza por el marco, la barriga de sábanas se aplasta contra el vidrio. "Yo siempre puedo comer", responde ella. "Tú sabes que soy buena muela". Enseguida, sin embargo, como recordando su lugar de madre, dice, preocupada: "¡Mis chiquitos! Deben de tener hambre. Ya los atiendo". Madrecita llega al apartamento con dos vasos de agua y una manzana de juguete —es una fruta feliz, más roja que el tiempo: tiene los ojos brillantes y una sonrisa amarilla, con forma de plátano—. "Aquí tienen", nos dice, "un vaso de leche para cada uno. La manzana es para compartir. Hay que aprender a compartir. Los hermanos comparten". Me tomo el vaso de agua. Madrecita dice: "Es leche de teta".

En la pantalla, un hombre le dice a otro: "Tiene cinco segundos para decidir: o responde la pregunta, o se queda con la plata que tiene. Si se equivoca en su respuesta, pierde todo —se va para su casa tal y como llegó—, pero si acierta, en cambio, se lleva el premio mayor: todos los billetes de la urna". El público aplaude. Unos gritan: "¡Pregunta, pregunta!", y otros rebaten: "¡Quédese así!". Luz Bella también grita, primero: "¡Quédate así!", y después:

"¡Premio mayor, premio mayor!". Mi amiga entierra las uñas en los brazos de la poltrona —más que nunca, su trono parece un mueble infeliz— y sigue gritando con las manos en puño: "¡Asegura la plata! ¡No, mentiras! Responde la pregunta: arriésgate". El concurso empieza su cuenta regresiva: "¡Cinco…!". Luz Bella se emociona: "¡Quédate con la plata, pendejo!". Sigue la cuenta: "¡Tres…!". Y dice mi amiga: "¡Arriésgate! Y sigue la cuenta: "¡Dos…!". Y dice Luz Bella: "No, no: retírate, ¡retírate!". Apenas el público grita: "¡Uno!", el conductor dice: "¡Tiempo!", y pregunta: "¿Qué ha decidido?". El concursante responde: "Me arriesgo. Vamos por el premio mayor". Aplausos del público.

Mi amiga grita: "¡No!", y después le dice: "¡Muy bien, valiente!". El conductor muestra un sobre a la cámara. Luz Bella dice: "No quiero ver", pero se queda con los ojos abiertos, fijos en la pantalla. El conductor abre el sobre; de ahí saca un papelito. "La pregunta definitiva", dice, "la pregunta que usted tiene que responder… La pregunta que lo separa del premio mayor…". Mi amiga se desespera: "¡Cállate ya, pendejo, suéltala!". Entonces el conductor le hace caso y pregunta: "¿Cuánto tarda la luz del sol en llegar a nuestro planeta?". Un tiempo nuevo empieza a acabarse —otra cuenta regresiva—. "Tiene diez segundos". Al igual que Luz Bella, muchas personas del público se muerden las uñas. "¡Está fácil!", dice mi amiga, sin saber ella la respuesta. "Muy fácil". La cabeza del concursante ocupa la pantalla; sobre la cara sobreponen un reloj —las agujas dan vueltas, cruzan la boca y los ojos perdidos—. "Tres segundos", anuncia el conductor. "Dos… ¡Se acabó el tiempo!". Luz Bella dice: "¡Él sabe la respuesta! Míralo, él sabe". El concursante dice: "Una hora. La luz del sol tarda una hora en llegar a nuestro planeta". La cámara muestra al público en silencio. El conductor dice: "Eso es… Eso es…". Mi amiga se tapa los ojos. "Eso es…". Yo también me muerdo las uñas. "Eso es… ¡incorrecto!". La pantalla se hace roja. El público se lamenta: "¡No!", y el conductor grita: "¡Fuera! Se va para su casa tal y como llegó". La cámara muestra una puerta al fondo del escenario. "¡Fuera!". El público también lo chifla. "¡Fuera!", se suman al conductor. "¡Fuera!". El hombre camina hacia la puerta, pobre otra vez.

Luz Bella regaña al concursante —no le importa que haya perdido lo que tenía—: "¡Yo te lo dije! Te lo dije clarito: ¡retírate!". Con las manos abiertas se golpea los muslos; también le tira una chancleta al televisor. "¡Por terco te pasan las cosas, por gandío!". Cuando se cansa de pegarse, mi amiga le pega a la poltrona —y el mueble, como siempre, suelta sus chirridos de dolor—. Madrecita le dice: "¿Por qué peleas con Lucecita? Los hermanos no pelean. Ustedes tienen que quererse y acompañarse". Lucecita sigue chillando —con cada golpe de Luz Bella, se zafa un resorte—. "Quisiera tenerlo en frente", sigue mi amiga, "y darle un coscorrón". Entonces grita: "¡Estoy harta!", y después se dirige a los obreros: "Y harta de ustedes también. ¿Cuándo van a terminar?". Ellos prenden los taladros. Uno, sin camisa, se recuesta en su pala.

Mi amiga apaga el televisor: sin pararse de Lucecita, hunde el botón con el dedo gordo del pie. "Tengo hambre", dice al aire. "¡Mucha, mucha hambre!". Sintiéndose convocada, Madrecita se acerca para decirle: "Cómete la fruta", y le entrega la manzana de juguete. "Media para ti", le recuerda, "y media para tu hermano. Hay que compartir". Luz Bella, entonces, muerde la fruta que sonríe y hace que la mastica. "Está deliciosa", dice, y me mira para reírse. A mí se me da por acusarla, quizás para que Madrecita sea madre, o quizás para yo mismo ser hijo. Con mi piyama de estrellas y arbolitos, empiezo a quejarme: "¡Mira eso! Luz Bella se comió la fruta entera, ella no sabe compartir". Mi amiga se tapa la boca para reírse más. Madrecita le dice: "Muy mal hecho, la manzana era para los dos", pero luego me dice a mí: "Tienes que entender que tu hermana tenía hambre. Después comes tú". Ensimismado, me pregunto: "¿Por qué no me habrá dado Madrecita, ahí mismo, un mordisquito de juguete?". Pero en vez de llegar a una respuesta, le dejo un beso en la frente —sus cuidados, antes, me habían dejado en amor—. También le doy un beso a su barriga de trapo.

Desde la cocina, a punto de hervir los huevos, escucho a Luz Bella decir: "¡Qué no haría yo con esa plata!". Mi amiga no deja de pensar en el premio mayor. Le pido que nos cuente en qué se gastaría los billetes de la urna. "Si yo ganara", dice, y no lo piensa un segundo, "cambiaría, primero, los resortes de la poltrona". Ahora soy yo quien se tapa la boca para reírse. Aún en amor, me pregunto: "¿Sería capaz mi amiga de vivir sin Lucecita?". Y dice: "Compraría otro televisor. Pongo el nuevo en la mesita y tiro éste por la ventana, que le caiga a Próspero en la cabeza". Se queda pensando y agrega: "No sabría si quedarme o irme de acá". Piensa más. "Me iría, sí. ¡Estoy harta de este edificio!". Escuchándola, me pregunto qué haría: si quedarme (y esperar más tiempo a mi madre) o irme con Luz Bella.

Madrecita la interrumpe: "Si yo ganara", dice, y se consiente la barriga, "compraría pañales desechables para Albertico. Estoy cansada de lavar los de tela cada día". Mi amiga dice, ahora rascándose los pies: "¡Ya sé! Iría a un restaurante, pediría un pollo entero para mí. Me lo comería todo. Me emborracharía". Madrecita insiste en que hay que compartir: "¿Cómo te vas a comer un pollo entero? Los hermanos comparten". Cada una sigue hablando y ninguna escucha los deseos de la otra. Madrecita dice: "Compraría más chupos. ¡El niño los ha botado todos!". Y Luz Bella: "Si el pollo viene con papas, me las comería también —¡toditas!—; pero si viene solo, pido unas porciones para acompañarlo, fritas y hervidas". Madrecita: "¡Y muchas compotas! Albertico es como yo, buena muela". Y mi amiga: "Tomaría mucho: jugos, trago… Me emborracharía".

El agua está hirviendo, pero los huevos no están duros todavía. Tengo hambre —y afuera, en la construcción, alguien tiene sed: "¿Quién trajo agua?", pregunta un obrero—. Mi amiga tiene hambre y sed. "Comería mucho", repite, "tomaría mucho".

Imagino la vida con dinero. ¿Qué haría con la plata del premio? Si yo ganara, mi cajita se llenaría para siempre: el tiempo de las monedas dejaría de correr, el tiempo no se acabaría. Yo podría despertar cada mañana, coger un billete de los grandes, y decirles a Luz Bella y Madrecita: "Vamos al mercado, hoy invito yo". Con un billete menos —con mil billetes menos—, el tictac de las monedas no se escucharía, ni siquiera empezaría a sonar: ya no tendría un reloj en la cara, nunca más me acosaría el tiempo —nunca más el tictac—. Afuera, en el andén, mientras bajan Luz Bella y Madrecita, yo podría preguntarle a Próspero: "¿Le estoy debiendo algo?", y sin mirarme siquiera, él respondería: "Estamos a paz", consintiendo a sus geranios. Entonces llevaría los ojos a la ventana: ahí estaría mi madre en su foto, de espaldas a mí, sin el eclipse del vidrio. El mochuelo seguiría cantando su balada: "Otro día, la misma espera", pero el tiempo no sería rojo —el tiempo no tendría color, el tiempo no sería—. Luz Bella y Madrecita saldrían del edificio con sacos al hombro cada una: sacos inmensos, de fique, para llenarlos de comida en el mercado. Mi amiga le haría una broma a Madrecita: "¡No me digas que metiste a Albertico en ese saco!", y ella, alarmada, contestaría: "¿Cómo se te ocurre? ¡Podría asfixiarse!". Caminaríamos. Pasaríamos por la obra —la eternidad— y escucharíamos a un obrero decir: "Se acabó el cemento", y a otro: "Se me dañó la pala", y a otro: "No hay ladrillos". Y si Luz Bella les preguntara: "¿Cuándo van a terminar?", yo le diría, tranquilo: "¿Cuál es el afán, amiga? Hay tiempo". Y gritaría hacia las grúas: "¡Hay tiempo!", y un obrero me diría: "Sí, señor, ¡como mande!". Nunca más el tictac. En el mercado, una vez que llegáramos, María Amarga nos diría: "Hoy no fío, mañana menos", pero mi amiga, ignorando su saludo, le pediría que nos dejara probar la leche: "Queremos comprar varios litros". Aún antes de servirla, María Amarga haría su advertencia: "Esta leche estaba perfecta hasta que ustedes llegaron". La probaríamos y, cortada o no, compraríamos mucha; también docenas de huevos, que luego, concentrada, Madrecita empollaría. Por primera vez, María Amarga nos vería con dulzura, y en sus ojos dulces habría asombro: la quiebra de la repetición, la extrañeza del tiempo nuevo. Después, en el segundo pasillo, María Alegre nos daría la bienvenida con los brazos abiertos —como siempre lo ha hecho ella, desde el tiempo de las monedas— y nos daría a probar unos trocitos de piña. Le diría: "Mi amor, queremos llenar los sacos". Al ver que tenemos dinero, María Alegre gritaría, estupefacta: "¡Mi niño, hay plata!", y entre los dientes rotos brillarían, negros, todos los huecos de su risa. Madrecita le diría: "Quédate con el cambio, esta vez nosotros te damos la ñapa". Y enseguida, en el tercer pasillo, le pediríamos a María Flaca una libra de carne: "Les doy media", nos diría, encogiéndose de hombros. "La vaca estaba en los huesos". También le compraríamos costilla, sobrebarriga, lengua, hígado… Al final, Luz Bella me pediría unos billetes para dárselos a María: "Tome esto, háganos el favor de engordar a esas vacas". Con sus ojos flacos, ahora gordos de tan abiertos, María Flaca observaría lo siguiente: "Con todo esto me engordo yo también, muchas gracias". De regreso a casa, metería la comida en la nevera —y otra vez el tiempo, que estaba vaciado, volvería a empezar, quizás con remanentes del tiempo de las monedas—. Sentado en el cojín, que es el sofá de mi apartamento, pensaría en formas de llenar el espacio vacío: una cobija para la cama, una mesita para el teléfono… "¿Qué más debería comprar?", les preguntaría a Luz Bella y Madrecita. Mi amiga diría: "Un televisor", y Madrecita: "Una cuna para tu hermano, que está por nacer". Comeríamos. Nos diríamos: "Buenas noches", con el estómago lleno. Y antes de dormir, en la cama, de cara al sol del vidrio, yo le diría en mi pensamiento: "Madre, tengo todo el tiempo para esperarte. Y cuando vuelvas, todo el tiempo será para nosotros. Nunca más el tictac".

Los huevos están listos. Las llamo: "¡A desayunar!". Madrecita se lanza sobre la olla, todavía con agua hirviendo. Con la cuchara saca un huevo, el otro queda en el mar caliente. Hambrienta y desesperada, quiebra la cáscara y muerde el huevo —sale humo de la boca y de la clara partida—. Le pega otro mordisco. Cuando termina de tragárselo, llora: "¡Me quemé!", y se aprieta la garganta.

Luz Bella entra a la cocina diciendo, otra vez: "¡Tengo hambre!". Madrecita le dice: "Toma, hijita, aquí está el huevo. Medio para ti, medio para tu hermano. Hay que compartir". Después agrega, con ojos distantes: "Tienen que saber que una madre se quita el pan de la boca para dárselo a los hijos". Luz Bella vuelve a tragarse la risa.

Al rato, Madrecita se despide: "Voy a ver si Albertico se despertó. Ya casi es la hora de la leche". Le damos, cada uno, besos en la cabeza; ella, a su vez, besa a Lucecita. Mi amiga pregunta: "¿Cuánto tarda la luz del sol en llegar al planeta?". Desde la puerta, Madrecita responde: "Que el sol tarde lo que tenga que tardar. Del afán sólo queda el cansancio".

Parto el huevo en dos. Luz Bella dice: "Coge tú la parte más grande", y sin embargo, cojo la parte más chiquita. Comemos. Le pregunto, pensando en la luz del sol: "¿Y cuánto tardará mi madre en volver a casa?". Mi amiga dice: "Ya deja de pensar en eso". Enseguida vuelve a la poltrona. Le digo: "Me voy a pagar el teléfono, está pendiente del timbre". No responde. Cuando estoy llegando a la puerta, me dice, sin embargo: "Al menos quítate esa piyama", mirándose en el televisor apagado.

En el pasillo, Madrecita se come un pan —es largo y trenzado, con queso adentro—. Apenas me ve, le pega otro mordisco, lo envuelve en su papel y se lo esconde en la barriga.

Su voz llenó la casa

Desde la puerta de mi casa, el cojín, solo en el suelo, hace que el mundo se vea solo. De pie sobre el cojín, en cambio, la casa no parece vacía: parece, sí, que está próxima a llenarse de cosas, que yo estoy llegando apenas —mudándome apenas, asentándome apenas—: que hay un tiempo y un mundo que están por comenzar. La creación a punto de ocurrir.

El teléfono, me da la impresión, ha muerto. El tono, sin embargo, está: cuelgo rápidamente por si está llamándome —mi madre no me llama—. Entonces le pido a mi amiga que esté pendiente del teléfono: "Estoy afuera lo que me demore en pagar". Durante el silencio que hace, saco dinero de la cajita: dos billetes, los medianos, y cinco monedas pequeñas, la suma exacta del servicio. Miro, de reojo, cuánta plata queda —no quiero ver, no quiero ver—: hay tres billetes grandes, quizás cuatro, y muchas monedas, casi todas cobrizas, que es el color de las más pequeñas. Renace mi angustia, tic, tac, tic, tac… Me siento solo.

Como Luz Bella sigue en su silencio, saco la cabeza y la tuerzo hacia el oeste: "Amiga, ¿me oíste? No me demoro nada". Sólo llegan las voces del televisor, alguien que dice: "Te amo", y otro que grita: "¡Eso es mentira!". Ni una palabra de Luz Bella. Antes de salir, de frente al teléfono, que está a mis pies, le digo a mi madre: "Estás tardando mucho". Pero cuando cierro la puerta y empiezo a caminar por el pasillo, decido regresar. Pego la oreja a la puerta. Recostado en la madera, seguro de que ella ha esperado a que me vaya para llamar por fin, me quedo pendiente del timbre. No suena.

Por la puerta de Luz Bella se cuelan voces de la pantalla: las mismas dos personas siguen hablando de amor. Dos golpecitos y digo: "Amiga, dejé la puerta sin seguro". Y pregunto: "¿Contestas si suena?". Mi amiga grita: "¡Déjame en paz, ya te dije que sí!". Más tranquilo, entonces, camino a las escaleras. Cuando empiezo a bajarlas, escucho que dice: "Ya eso no fue". Me pregunto si Luz Bella habla de mi madre y su regreso, o de las personas que tiene al frente, en su espejo y televisor.

A la salida del edificio, veo a Próspero hablando con alguien —un hombre que busca una dirección—. Quiero darle las gracias por el huevo; quiero decirle que su regalo no compensa sus presiones. Antes de que pueda hablarle, Próspero dice al peatón: "Si está buscando casa, en este edificio hay lugar. Ese apartamento está disponible". Señala mi ventana. Mientras pienso si debo o no responder, insultarlo quizás, me parece escuchar el timbre del teléfono. Me concentro: el ruido de la obra, que antes no oía, se ha hecho mayor —es la voz de un obrero, que parece discutir con la grúa—. Me tapo una oreja para aislar la construcción: el teléfono, sí, está sonando. Hecho una sonrisa, miro hacia mi casa. "¡Luz Bella!", empiezo a gritar. "¡Amiga, el teléfono! ¡Corre, por favor, corre!". Yo también empiezo a correr. Antes de llegar a las escaleras, Luz Bella se asoma por el vidrio y pregunta: "¿Qué pasa?". Le digo: "¡El teléfono!". De dos en dos subo los escalones. En el pasillo, largo y blanco, están el timbre y su eco: es mi madre llamándome, y cuando el teléfono hace ring —y sigue: ring—, ella dice: "Mi cielo, te he pensado", y otra vez: "Mi cielo, te he pensado", y otra vez: "Mi cielo, mi cielo"… Es mi madre repitiéndose —ring, ring—; mi madre que llama y llena el mundo con su regreso.

La puerta de mi casa está abierta. Adentro, Luz Bella dice: "¿Aló?". Y otra vez: "¿Aló?". Le arranco el teléfono de la oreja —y por la mía, ahora, va a entrar mi madre—. Digo: "¿Aló?", pero no hay voz, ni siquiera el tono. "¿Aló?". No entiendo qué pasa. Luz Bella dice: "No estaba sonando". Entonces miro la bocina, confundido y preocupado, y sigo diciendo: "¿Aló?". Mi madre no está en la bocina. En cuanto mi amiga dice: "Era el televisor", el grito de Próspero entra a mi casa: "Ojalá corriera así para pagar el arriendo". Luz Bella se ríe. Me siento loco y solo. Le digo: "Bueno, ahora sí me voy", y vuelvo a despedirme.

La primera vez que me llamó por teléfono, yo estaba en casa, como ahora, esperándola y extrañándola. Antes de irse a la fábrica, se quitó el reloj que usaba —era blanco o negro, la correa estaba remendada— y me dijo: "Estos palitos se van moviendo. Cuando el palito corto esté acá, en este número, y el largo esté acá, en éste, ya habré vuelto". Mi madre se fue. Yo, como siempre, me pegué a la ventana y la toqué con los ojos; la vi cruzar la calle, pasar la obra y perderse en el camino —y lejos, al fondo, estaba el humo de la fábrica: hacia allá iba ella—. Cuando no pude mirarla más, miré el reloj, blanco o negro: los palitos no se movían. Pasó el tiempo: jugué o lloré, me quedé dormido. Los palitos, al despertarme, seguían en su sitio —la eternidad sin madre—.

El cielo se hizo oscuro, pero no de noche. Los obreros dijeron: "¡Va a llover!", y empezaron a moverse: en las carretillas había polvo de cemento, que taparon con toldos de plástico (ellos parecían tendiendo camas). Uno dijo: "Guarden los taladros, las máquinas", y otro dijo: "No hay que guardar nada". El joven Próspero les gritó: "¡Ojo, que el agua daña!", desde la entrada del edificio, y alguien en las vigas repitió: "¡El agua daña!".

Empezó a llover —el cielo se hizo agua, el cielo hizo daño—: algunos andamios se cayeron, un puente de madera se quebró. Los obreros gritaban: "¡Cuidado, cuidado!", antes de que se rompiera algo: otro andamio, otro puente. Los cuñetes de pintura se cayeron a la acera. "¡Cuidado!". Miré el reloj: ninguno de los dos palitos se había movido. Y empecé a desear: no estar solo, estar con ella. Miré el reloj: no había cambiado.

Siguió lloviendo, los obreros se fueron —y el cielo, oscuro de lluvia, se hizo noche—. Empecé a llorar. Yo lloraba en la ventana, esperando y extrañando. Y preguntaba a los gritos, por si podía oírme: "¿Dónde estás?", pegado al vidrio. "¿Dónde estás?, ¿dónde estás?".

Y sonó el timbre.

Era ella. ¡Era ella! Dije: "¿Aló?". Era ella. Me llamó. ¡Era ella! Dijo: "Mi cielo" —su voz llenó la casa—. "Mi cielo, estoy en la fábrica". Lloré más. Le dije: "Estoy solito". Me dijo: "No puedo salir, está lloviendo". Y yo le dije: "¡Ven, que estoy solito!", y lloré más, de oírme, y miré el reloj, que seguía sin moverse. Le dije —ya era rabia—: "Me dijiste mentiras, los palitos no se mueven". Se quedó callada. Le dije: "No se mueven, ¡no se mueven!". Me dijo: "Entonces el reloj se murió".

El cordón de humo

Mi madre me dijo una vez: "Mira ese humo", señalando con el dedo la chimenea de la fábrica. Estábamos en la ventana, ella a punto de irse y yo a punto de quedarme en la casa. "Ahí, cerquita del tubo, estoy yo. Si te sientes solo y quieres llorar, piensa que el humo nos conecta —es nuestro cordón—. Tú estás acá y yo estoy más lejos; nos une, sin embargo, la espiral que ves". Yo era niño. Mi madre también me había hablado del cordón umbilical. Había dicho que era blancuzco y rojo, con arterias y una vena, y que en un tiempo, cuando yo estuve adentro y ella fue mi casa, ese cordón nos unía. "Te lo cortaron cuando naciste y te quedó el ombligo: es el recuerdo de haber estado así" —y al decir *así*, me abrazó muy fuerte—.

Se fue y la esperé. El cordón de humo nos conectaría —éste sería como el primero, el que llevaba sangre de mi madre hasta mí—. Me pegué al vidrio para verlo: ahí estaba el humo, quemado y gris, saliendo por el tubo enorme. Esa tarde, al acercarse la hora de su regreso, mi madre llamó para advertir que iba a tardar un poco más. "Imprevistos", dijo, "tengo que ir hasta el centro. Espérame sin llorar". Su voz llenó la casa para anunciar que tendría que seguir esperando. En la ventana, entonces, yo miré la fábrica, el humo que salía: mi madre no iba a estar allí. Iba a estar lejos, más lejos, en un lugar que no podía verse desde el vidrio. Si el cordón se estiraba mucho, podía romperse. Y se rompió, de hecho, antes de llegar al centro

—desde el vidrio se veía el alcance del humo—. Con ese quiebre, mi madre y yo volvimos a separarnos. Y quizás pensé que en el cuerpo me había quedado otro ombligo, uno invisible.

Me asomé muchas tardes a la ventana para ver el cordón de humo —esperándola, esperándola—. Cada tarde, el viento lo arrastraba por doquier y hacía que el cordón se diluyera. A veces no salía humo —en la fábrica paraban la producción—, y cuando por fin volvía a salir, el viento lo desbarataba. Nuestro cordón permanecía deshaciéndose. Y cada vez que se deshacía, un ombligo nuevo, invisible, me marcaba el cuerpo. Yo he llegado a preguntarme: "¿Cuántos ombligos tengo?". He pensado que todo mi cuerpo está agujerado, como la luna, y que sin embargo, todos mis ombligos son uno, el primero, la separación que no cesa.

Ahora, mientras camino hacia el centro para pagar el teléfono —sigo la ruta del agua negra—, pienso en las veces que íbamos al parque. El humo se acercaba y yo jugaba al perseguido: "¡Me coge el humo, me va a coger!". A mi madre también la perseguía: el humo nos recordaba que tenía que trabajar, iniciar su turno en la fábrica. "¡Corre, corre, que te coge el humo!". Y corríamos ambos para que no nos tocara. El humo en nuestra historia ha sido eso: un cordón y una acechanza. El cordón se diluye, la acechanza se mantiene. Nuestro lazo se esfuma y me persigue.

"Y yo sigo esperándote, madre…".

A veces pienso que la he esperado siempre; han sido muchos días contra el vidrio. ¡Qué largo es el tiempo! No sólo esperé a mi madre cuando se iba a la fábrica. También la esperé cuando la tuve al frente. Si le preguntaba: "¿Cómo estás?", o "¿En qué piensas?", ella se quedaba callada, o decía simplemente: "En la vida". Yo quería que el silencio se volviera otra cosa.

La espera se volvió agonía cuando mi madre empezó a decir: "Sólo falta definir la fecha". Había hablado tanto del viaje y por tantos años... Yo pensaba que nunca iba a irse, o que iba a estar toda la vida deseando salir. Pero ella había ahorrado, y mucho, y cada vez decía con más frecuencia: "Tú estás grande y no me necesitas". Una vez le dije: "Vámonos, pues, yo voy contigo", pero ella saltó a decirme: "No. Tú te quedas acá o te vas por tu cuenta a otro lado. Yo quiero hacer cosas que no he hecho".

Por esos días, fuimos adonde Luz Bella a ver televisión. Mi amiga estaba en Lucecita, como siempre, y nosotros dos, en los brazos de la poltrona. "¡Qué ganas de irme!", nos recordó mi madre. "Sólo falta definir la fecha". En la pantalla apareció una mujer; tenía pegotes de lágrima y pestañina por toda la cara —había estado llorando—. "¿Esa novela cuál es?", preguntó mi madre. Luz Bella le dijo: "Empezó ayer, se ve buena". La mujer caminó hasta un jardín y, llorando más, se sacó un papelito del sostén —tenía un mensaje escrito a mano—. Mirando al cielo, devastada, la mujer dijo: "Hazme realidad este deseo", y quemó el papel y gritó su llanto. La cámara mostró el mensaje en llamas —no pudimos leerlo— y luego siguió el humo que se formó: del papel fue al cielo, mientras la mujer lloraba.

En cuanto la pantalla se fue a negro y empezaron los comerciales, mi madre dijo: "¡Pidamos un deseo así, como hizo ella!". A mi amiga le gustó la idea. Buscó fósforos y papel. Dijo: "Yo debo tener un lápiz por acá", y rompió en tres una hoja amarillenta. Escribimos los deseos y fuimos a la ventana para quemarlos. Mi madre dijo: "Llegado al cielo, vuelto humo, el deseo se cumple más rápido. Lo estamos mandando directo a Dios". Luz Bella soltó una risita. Yo traté de imaginar lo que había escrito mi madre. Seguro pidió irse; yo pedí que se quedara.

A partir de esa tarde, mi madre empezó a quemar papeles para pedir sus deseos. Cada vez que quería algo, ella hacía su ritual: escribía y quemaba un mensaje, y hasta que no se hiciera humo, no se iba de la ventana. A mi madre le gustaba mirar cómo sus palabras iban hasta Dios. Y así, por ejemplo, cuando se quejó un día de los precios del mercado —"¡Qué caro está todo!", empezó a lamentarse, "¡ya no se puede comer!"—, enseguida escribió y quemó un deseo. Al ratico me dijo: "Ya vuelvo", y una hora después volvió con dos bolsas de comida. Mi madre gritó, emocionada: "¡Mi deseo se cumplió! ¡Bajaron los precios! ¡Quemar el papelito funciona!".

Así fue como dijo otro día: "Sólo falta definir la fecha", como llevaba tiempo diciéndolo. Entonces sacó esfero y papel, escribió su deseo y se fue hasta el vidrio. Ahí se quedó mientras el humo subía adonde tenía que subir. Al ratico anunció: "Fecha definida, me voy en un mes", y yo me extrañé, y le pregunté: "¿Por qué tan rápido?", y creo que nunca fui más triste. Mi madre dijo: "Pedí a Dios que me iluminara y, apenas quemé el papel, supe la fecha. Ahorro otro mes y me voy". Me habría gustado decirle: "Piensa más las cosas, no apresures el viaje", pero en cambio me quedé callado y no le dije nada en mucho tiempo. No podía creer que en verdad fuera a irse. Entonces me acerqué a la ventana y yo mismo quemé un papelito —me quedé mirando el humo que subía a Dios—. Y ahora el humo en nuestra historia era eso: un deseo.

Esa vez pedí que el viaje fuera bueno —y el deseo, como el cordón de humo, se esfumó y me siguió persiguiendo—. Nunca fui más triste.

Días antes de despedirnos, la fábrica se incendió —mi madre ya había vendido el pescadito de fantasía—. Cuando acabé mi turno, fui a la bodega a buscarla: quería que nos fuéramos juntos. Mi madre dijo: "Vete tú. Yo doblé turno para ahorrar más plata". Me fui, entonces, pensando que en poco tiempo se iba a ir de la ciudad. Quería que el día llegara pronto, ya mismo, o que no llegara nunca. En la casa, mientras la esperaba, traté de imaginar la vida sin ella y a mi madre sin mí. Se me aparecía feliz y caminando, con los ojos abiertos de admiración, conociendo otros lugares y haciendo una casa nueva.

Estaba acostado en la cama, pensando en todo esto, cuando oí que Luz Bella gritó: "¡Humo!", y Próspero avisó que se estaba quemando la fábrica. "¡Qué peligro!", gritaba. "¡Hay fuego en el techo!". Y yo pensé: "¡No puede ser!", y salté a la ventana, y le dije a Luz Bella: "¡Mi mamá está allá!", y le di golpes al vidrio —y lo quería romper para llegar a ella—, y grité: "¡Mami!", y salí corriendo desesperado. Yo pensaba: "Madre, te falta tan poco para viajar…". Mi amiga me alcanzó en el pasillo. Me dijo: "Te acompaño", y yo seguí corriendo —casi me caigo en las escaleras—. Y dijo: "Tienes que calmarte", y yo le grité: "¿Cómo quieres que me calme? ¡Mi mamá está allá! ¡Se está quemando la fábrica!".

En la obra, muchos gritaban: "¡Está creciendo el fuego!" —¡y el olor!—. Los hombres miraban el humo desde las vigas: ahora había más humo y menos fábrica. Próspero dijo: "Mucha suerte", mirándome a la cara, y se llevó una mano al corazón. Luz Bella le dijo: "Qué suerte ni qué nada. ¿Qué hace ahí parado? ¡Corra a la fábrica y póngase a ayudar!". Próspero no se movió. Dijo: "Alguien tiene que quedarse acá", y nosotros seguimos corriendo —yo no podía pensar—. La gente decía en la calle: "¡Miren las llamas!", mientras mi amiga y yo corríamos hacia la fábrica. Empezamos a toser —el humo se nos metía— y corríamos tosiendo para llegar a mi madre.

Ella estaba ahí cuando llegamos: afuera, entre el humo, con otros empleados de la fábrica. Gritaban: "¡Echen más agua!" —¡y el calor!—, y tosían, y espantaban el humo con las manos. Mi madre tenía hollín en la ropa y la cara. Estaba tranquila, de brazos cruzados, y cuando nos vio llegar, le preguntó a Luz Bella: "¿Qué haces aquí?", como si nunca se hubiera sentido en peligro. Yo la abracé y le traté de limpiar la cara; estábamos sudando, hacía mucho calor. Le pregunté: "¿Cómo estás?", y me dijo: "Bien, ¿por qué tan nervioso?". No supe qué decir, me quedé mirándola. Empezamos a oír sirenas: *uuu-aaa-uuu, uuu-aaa-uuu...* De entre el humo, entonces, y negra de hollín, Rosmira salió gritando: "¿Quién fue? ¿Quién se puso a fumar?", y *uuu-aaa-uuu, uuu-aaa-uuu...* Empezó a llorar. Dos empleados trataron de consolarla. Rosmira los empujó. Les dijo: "¡Hablen más bien! ¿Quién hizo esto? ¿Quién prendió el fuego?". Y apenas oí su pregunta, imaginé a mi madre quemando un papelito. *Uuu-aaa-uuu, uuu-aaa-uuu...* Me quedé observándola: buscaba un gesto, una mirada, cualquier indicio de su parte en el incendio. Nada de nada. Los bomberos llegaron; se tomaron su tiempo para sacar las mangueras. "Lo que tenía que pasar, ya pasó", dijo uno, pero Rosmira les gritó: "¡Apúrense! ¿Qué quieren?, ¿que no quede nada?". Alguien le pidió calma, un bombero o un empleado de la fábrica, pero Rosmira lloró más:

"¿Qué vamos a hacer? ¡Ya no hay fábrica!". Desde el día siguiente no tendríamos trabajo.

Cuando volvimos a la casa, seguía saliendo humo de la fábrica. También seguían las sirenas. Le pregunté a mi madre: "¿Fuiste tú?". Me dijo: "¡Cómo se te ocurre!". Le pregunté: "¿Quemaste un papelito en la bodega?". No dijo nada. Volví a preguntarle: "¿Pediste un deseo en la fábrica?".

Nos quedamos mirando el humo; salía de la estructura, fuerte y rápido, como si aún hubiera llamas —seguramente las había—. "¡Todo ese humo!", dije. "Tiene que ser muy grande el deseo que alguien pidió".

Volví a preguntarle: "¿Fuiste tú?".

Uuu-aaa-uuu, uuu-aaa-uuu…

¡Madre, madre, madre! A veces pienso que te he esperado siempre.

Plegarias y filas

Pasar por la fábrica me hace triste —verla cerrada, sin humo ahora, con óxido en las puertas—. Desde su incendio no volvió a funcionar; aún el hollín marca las paredes. En la esquina de esa cuadra hay vidrios y pedazos de baldosas; bolsas de basura, unas encima de otras; tubos rotos de plástico y hierro; pedazos de la chimenea… Objetos que fueron la fábrica. Casi oculto, entre los tubos, hay un inodoro blanco con manchas de incendio: desconectado como está, sin agua, parece una silla rota —todo está roto en la fábrica—. Un perro asoma la cabeza entre las bolsas; está mordiendo un caucho, lo que antes fue una llanta. El perro salta al inodoro y suelta el caucho —una cicatriz le cruza la cara—. Lo llamo: "Lindo, lindo", y vuelve a ladrar —es su saludo y despedida—. Sigo caminando. Por estos lados, el agua negra es más negra.

Cuando el barrio queda atrás, vienen muchas calles sin árboles. Esas calles, sin embargo, tienen nombres de árboles —la forma que encontró la ciudad de recordarlos—: se llaman Los Olmos, Calle de los Arces, Abedules, Los Pinos, Calle del Castaño, Avenida de los Robles… En todas esas calles hay postes eléctricos —son árboles grises plantados en el camino—. Esos árboles son así: tienen líneas subterráneas, como raíces; luego viene el tronco, de cemento, más alto que una casa; el tronco se abre en ramas que se abren al cielo —son los cables del teléfono y en ellos hay pájaros vivos—.

Cada vez que salgo a pagar el teléfono, miro los postes: por esos cables, pienso, la voz de mi madre va a pasar. Desde el lugar donde esté, van a traerla a casa. Los cables son el nuevo cordón: ahí están firmes y no se desvanecen como el humo.

Caminando por el Paseo de los Sauces, siguiendo el sendero de los árboles grises, sé que estoy a punto de llegar al centro cuando un hombre, parqueado donde dice "Prohibido parquear", prende el carro en cuanto la luz del semáforo cambia a rojo: acelera, voltea por la izquierda, justo en la esquina donde no hay que voltear por la izquierda (lo pide una señal), y luego, a punto de estrellarse contra otro carro, frena en seco. El hombre grita: "¡Bruto, aprenda a manejar!", y sigue por la calle, a toda velocidad, en contravía. Entretanto, un bus deja atrás la estación donde tendría que haber parado —"¡Le pedí que pare!", grita un pasajero, "¡pare, devuélvame la plata!"— y una señora se lanza a cruzar la calle cuando hay carros andando por ambos carriles. Lejos suenan sirenas; y más lejos, un choque, o algo que se ha desplomado.

El centro es una fila que se enreda con otra, que se ha confundido con otra fila y con otra. La fila de postes eléctricos sigue más allá de la plaza principal, que ha tenido muchos nombres —todo el mundo le dice, sin embargo, Plaza del Arbolito, por el único arbusto que tiene plantado, casi en la mitad—. Nos gusta cuidar del arbolito: le echamos agua, le quitamos las hojas secas. Una mujer —le decimos Agua María— está a su lado siempre, procurando que no ahoguemos el arbusto con nuestros cuidados. "Ya ha sido regada", informa, si alguien se acerca con ponchera o botella. "De lejitos. Mírelo sin tocar". A mí me gusta mirarlo: cuando el viento le mueve las hojas, parece un niño nervioso con ganas de jugar, pero con mucho miedo de golpearse en la cabeza.

En la plaza hay también, al otro lado de los postes, filas de estatuas: son estatuas de piedra y estatuas humanas. Las de piedra son los alcaldes que ha tenido la ciudad, todos con bigote —"Puros cafres", dice mi amiga, siempre que las ve—, y las humanas se burlan de esas piedras. Mis preferidas son los ángeles de bronce que saltan de sus zócalos cuando reciben monedas: encaran a los alcaldes, uno a uno, y les pegan cachetadas; también hacen que los orinan. "¡Eso!", suele gritarles Agua María. "¡En la boca, por toda la cara!". (Una vez yo grité, para acompañarla en su entusiasmo: "¡Y aféitenles los bigotes, carajo!"). Los ángeles se rebelan hasta que vuelven a sus zócalos por más monedas: se quedan quietos, quietos, quietos hasta que alguien vuelve a pagarles. Si llegan las filas de policías, también imitan la piedra: se quedan quietos, quietos, quietos. Las filas de policías nos vuelven piedra.

Fuera de la plaza se forman otras filas que pueden llegar hasta el arbolito: así de largas son. Está la fila de préstamos, que empieza donde dice: "¿Urgido? Rápida aprobación de dinero", y están las filas que inician en las puertas de distintos restaurantes: personas esperando que abran para almorzar. Yo no puedo hacer ninguna de esas filas: no querrán verme en las casas de préstamos —siempre que pido nunca me dan— y no tengo plata para comer afuera. Cuando alguien en la plaza, confundido por mi cuerpo, pregunta: "Señor, ¿usted está en la fila?", yo respondo: "No, para nada, me gusta comer en casa". También puedo agregar: "No conozco a nadie que cocine mejor que yo", si se me da por la arrogancia.

Más filas cruzan la Plaza del Arbolito: las que se forman en los dos bancos de las esquinas, adentro, y continúan puertas afuera, largas, largas. Cuando estoy ahí parado, entre el Banco del Ahorro y el Banco de Crédito, y alguien me pregunta: "¿En cuál fila está usted?", yo respondo, contundente: "En ninguna. Mi plata está más segura debajo del colchón". Un hombre me dijo una vez: "Hace mal", y otro lo contradijo: "Hace bien, acá nos roban la plata". Discutieron. Y yo pensé, angustiado: "Lo que tengo en la cajita ni siquiera me alcanza para abrir una cuenta". Después me distraje mirando los cables que van de poste a poste: encima había palomas en fila esperando maíz.

A veces, también, filas de soldados se acercan al centro: se quedan quietos, esperando algo, y apuntan al cielo: su blanco parece la ropa en fila colgada en tendederos. En todos los balcones de todos los edificios, construidos en fila a lo largo de la plaza, hay ropa secándose. Me gusta mirar la ropa del aire: recorro prendas, una a una, como si estuvieran exhibidas en maniquíes o vitrinas. Entonces imagino qué pantalón me quedaría bien, o qué camisa me gustaría ponerme, y hago combinaciones: el pantalón rojo del primer tendedero, tercera planta, con la camisa gris de más arriba, último balcón del siguiente edificio. También me gusta imaginar cómo me vería en algunos calzoncillos: casi todos los que cuelgan son largos, blancos o negros. Si el viento vuela un interior, Agua María lo recoge y empieza a usarlo como trapo: con agua y jabón en la tela, lava los carros que están parqueados, en fila, mientras cuida nuestro arbolito.

Es frecuente, en el centro, oír quejas o gritos de frustración: "¡Díganme si me van a atender, sólo díganme!".

Nunca he sido testigo de los hechos específicos y frustrantes que preceden a cada grito; sin embargo, yo creo en quienes tienen rabia. Hace tiempo, recién mi madre se fue, vi a un hombre en la fila de los préstamos temprano en la mañana, cuando llegué al centro para pagar el teléfono. El hombre le dijo a alguien, quizás a mí: "¡Llevo dos días en esta fila!". Su vecina de turno, un puesto más atrás, le dijo: "Paciencia", y su otra vecina, la de adelante, dijo: "Qué paciencia ni qué nada, dan ganas de tirarles piedras". Me alejé y pagué el teléfono después de hacer mi fila. Cuando volví a la plaza, horas después, el hombre y sus vecinas estaban en el mismo lugar. "La vida entera haciendo fila", se quejaban. "¡Ciudad infeliz!". En ese momento, alguien salió por la puerta de los préstamos —parecía el dueño, o el guardaespaldas del dueño— y dijo: "No más préstamos por hoy, se acabó la plata". El hombre se descompuso, empezó a llorar. Dijo: "Traje todos los papeles, llevo días en esta fila. ¡Días!". Nadie lo miró, lloró más. "Hasta para enfermarse hay que hacer fila", siguió diciendo. "¡No se puede vivir así, no se puede vivir!". Yo quise abrazarlo, decirle: "Toma, coge esta plata", pero no tenía —nunca tengo plata—. El hombre se fue, cruzó la calle sin mirar los carros. Le pitaron, le gritaron: "¡Bruto!". Después, una de sus vecinas preguntó: "¿Esta era la fila de préstamos?". Alguien respondió que sí y ella remató diciendo: "¡Yo pensé que era la del restaurante!".

Más allá de la plaza hay una fuente sin agua: es el único lugar del centro donde no hay filas. Ahí las quejas se vuelven plegarias, pero ninguna es para Dios —jamás he oído que lo mencionen—. Sin agua, la fuente es sólo una pileta con basura. Hace mucho tiempo, cuando aún brotaba agua, las personas lanzaban monedas mientras pedían su deseo. Las plegarias se hacían en voz alta —pensábamos que entre más alto y claro las pronunciáramos, más pronto serían atendidas—: una moneda por cada plegaria expuesta. Pero muchas personas no tenían monedas que tirar, y otras las sacaban de la fuente —y cuando eso ocurría, pensábamos que la plegaria ya no sería escuchada: la moneda era el camino que llevaba la voz a la oreja que nos atendería—. Entonces empezamos a usar botoncitos en lugar de dinero: nos los quitábamos de las camisas, o los traíamos sueltos, de algún neceser, y cuando estaban en el aire, rumbo a la fuente, pedíamos nuestro deseo: "Que me llegue platica", he escuchado siempre (y dicen, despacio: "Plaaa-tiii-caaa", para que la oreja del otro lado, la gran oreja, escuche claro). También suelo escuchar: "Comida, ¡mucha comida!", e incluso: "Que las filas se muevan rápido".

Antes de que empezara a quemar papelitos, mi madre iba a la fuente para pedir una vida distinta. "Quiero irme de esta ciudad", rogaba a la gran oreja, lanzando a la fuente su botoncito. Después de un tiempo, ya no eran monedas ni botones lo que lanzábamos: cualquier objeto servía, no teníamos que dañar nuestras camisas. Piedras, tapitas de botella, vasos de plástico… Todos se volvieron caminos a la gran oreja.

A la fuente, ahora, ha llegado Agua María. Cuando hace su plegaria —lanza con fuerza un papel hecho bola—, una moto irrumpe en la plaza. Alguien grita: "¡Cuidado! ¿Me quiere matar o qué?". No alcanzo a escuchar su deseo. Me pregunto: "¿Habrá pedido vida y luz para nuestro arbolito?". Yo siempre pido por mi madre: "Que esté bien, que nos volvamos a ver". Lo que más me gusta de las plegarias es que, para hacerlas, no hay que meterse en una fila: sólo tenemos que acercarnos, pronunciar nuestro deseo —ahí lanzamos el objeto, y cuando está en el aire, yo cierro los ojos para hacer más fuerza— y seguir caminando.

Hay un hombre acostado en la calle. No se mueve. ¿Está dormido o está muerto? Lo sigo mirando: no se mueve. Busco en mis bolsillos. Tengo una factura antigua. La hago una bolita, como hizo Agua María, y pido: "¡Que esté vivo!", cuando la lanzo a la fuente. Sigo mirando al hombre: no se mueve, no se mueve, no se mueve... Pero después se mueve: alza la cabeza, se estira, se pone de pie... El hombre camina entra las filas. La gran oreja a veces escucha.

Anterior a Dios

Por largas que sean las filas que hacemos, siempre llegan a una pared: la fila de montañas que marca el fin de la ciudad. La cordillera es el final, pero hay algo más allá —siempre hay mundos más allá—: nunca he ido al otro lado.

La montaña que he mirado por más tiempo, la que más me gusta mirar, se llama Madre Monte. En su cima había una estatua: una mujer con los brazos abiertos, el vestido y las uñas del mismo color de la piel y los ojos —verde óxido—, y algo en la cabeza que era pelo o su manto. Hace mucho, mientras hacíamos alguna fila, le pregunté a mi madre quién era la mujer de arriba, abierta en su abrazo como esperando cariño. Un hombre contestó por ella. Dijo, dos puestos adelante, algo así: "Esa mujer es María, la madre de Dios, que bajó del cielo para cuidar la ciudad. Durante años le ha llovido encima, por eso tiene oxidado el cuerpo y oxidados los ojos. Pero con todo y su óxido, ella se mueve y ella nos ve. Se mueve entre nosotros —y va de Dios a tu corazón, y de tu corazón al mío, y de vuelta a la montaña, cruzando el pensamiento—. Y ella ve lo que tú no puedes: lo que es bueno para ti, aunque esté lejos; lo que tienes cerca y te hace daño". Mi madre me dijo, más bien dispersa (y después de gritarle: "¡Muévalo!", a alguien en la fila): "Tú sabes quién es María: ella aparece en tu libro para colorear". Alguien más dijo: "Qué rico ser ella, lejos en Madre Monte: no tiene que hacer fila, como uno". Según el hombre que habló, Dios pisó el mundo y sintió la tierra en sus pies —y tuvo tierra en las uñas— gracias a María: por ella, Dios nació y el tiempo se hizo nuevo: ese tiempo es el nuestro. Si antes, en la génesis, Dios estaba primero, y en el comienzo creó los cielos y la tierra, ahora en el principio estaba María. Y Dios se le acercó y María le dijo: "Sí", y nació Dios en la tierra porque ella quiso. Antes de Dios, fue María: ella lo contuvo y de ella salió.

Después fue su turno y el hombre se despidió: "Que María los cubra con su manto". Mi madre respondió: "Gracias", dos veces. "Gracias" —una por ella y otra por mí—. Solos en la fila, sin las palabras del hombre, mi madre me contó que, siendo niña, pensaba que María, en Madre Monte, era un pájaro blanco, perico o paloma. La estatua era de yeso, y no de bronce, como lo fue luego. Su blancura, dijo, a veces se mezclaba con el cielo blanco, y el pájaro, entonces, dejaba de verse cuando estaba claro: en vez de estar en la cima, parecía que había volado —mitad mujer, mitad pájaro—. Después de escuchar a mi madre, imaginaba a María volando por la ciudad, cruzando el cielo detrás de las montañas —viendo lo que había más allá—.

Una tormenta, contó mi madre, tumbó la estatua de yeso cuando seguía siendo niña. El pájaro, se imaginaba, había volado para siempre, lejos de la cordillera, que era el final. Buscó la vida al otro lado. "Pero en las calles", me dijo, "la gente decía que ya nadie cuidaba la ciudad —un desamparo sin María—". Años después llevaron otra estatua a la cima: es la estatua que yo conocí, que después se oxidó, y que después quitaron, luego de que mi madre se fuera. "Puede caerse en cualquier momento", dijo el hombre de las noticias. "La base está deteriorada". Ya no hay madre ni pájaro en la cima. Sin ella, anterior a Dios, Dios no está.

Ahora, por la calle, en la continuación de mi camino, pasan buses que al poco tiempo dejan de moverse: hay mucho tráfico y ninguno llega a su destino. "Déjeme acá", escucho a uno y después a varios. "Me rinde más a pie". Todos quieren llegar a su lugar —y cuando los veo bajarse, me pregunto cuál es el mío—.

Dejo los ojos en Madre Monte: María no está, Dios tampoco.

En la espera se quiebran las tramas

El teléfono se paga en un local que ya no tiene letrero: parece, así, que no tuviera nombre. La fila empieza en la caja, que está adentro del local, bajando una escalera difícil, y suele seguir por toda la acera hasta dar la vuelta en la esquina. Desde abajo (o desde adentro), una voz dice: "¡Siguiente!", y la fila se mueve —está viva—. "¡Siguiente!". Bajo y vuelvo a bajar —dos escalones más cerca—. "¡Siguiente!". Un hombre y una mujer —parecen amigos— están dos turnos adelante. El hombre dice, mientras suelta un suspiro y mira la fila: "Por acá vamos a estar un tiempo largo". La mujer asiente y se ofusca: "Fila para todo, ¡fila para todo!". No han parado de hablar.

"Acá estuve muchas veces con mi madre", dice el hombre, después de haber contado historias que no me interesaron. "Tú sabes que tuvo una vida difícil. Trabajó hasta el día que murió, fue su miedo de siempre: hacerse vieja sin ahorros ni pensión, con el cuerpo deshecho y la urgencia de trabajar hasta el último día. Éramos los dos y siempre fuimos los dos, aunque no estuvimos juntos los últimos años. Desde que tengo memoria la vi trabajar duro, casi siempre en alguna casa: ella limpiaba y cocinaba por horas, cada día en una casa distinta. Cuando paraba un momento para comer o tomar agua, ella me decía: 'Yo hago esto para que tú tengas una vida mejor'. La primera vez que me lo dijo yo quise crecer ahí mismo, tener plata ahí mismo y poder darle, yo a ella, una vida mejor. Me imaginaba rico y diciéndole un día: 'No tienes que trabajar más'. Comprándole una casa, comprándole comida... Cualquier cosa que ella quisiera. Y deseaba esto con más fuerza cuando la veía arquear la espalda, haciendo un gesto de dolor, antes de barrer o trapear el piso. Yo estaba seguro de que haría mucha plata. Y un día le dije —estaba chiquito—: 'Voy a trabajar mucho para que nunca más tengas que mover un dedo. Voy a partirme la espalda por ti. Trabajaré de sol a sol para que tú puedas descansar. Ya has hecho demasiado'. Ella me miró orgullosa y agradecida. Entonces la quise ayudar: cogí la escoba y empecé a barrer. Le dije: 'Descansa', pero ella se alarmó. Me quitó la escoba, me preguntó: '¿Qué estás haciendo?'. Y me dijo: 'Déjalo. Yo estoy trabajando por ti: no quiero que pases por lo mismo'. Unos días después, al verme jugando mientras ella trabajaba —estábamos en la cocina de alguna de las casas—, mi madre dijo: 'Muy bien, qué maravilla. Tú juega mientras yo trabajo' —su tono era distinto, sentí que había rabia—. Volví a decirle: 'Puedo ayudarte, si quieres, ya mismo me pongo a barrer'. Entonces me dio la escoba y se quedó mirándome adolorida, sobándose los pies, rascándose los ojos, diciendo: 'No me había dado cuenta de que estaba tan cansada'. Seguí barriendo mientras mi madre sonreía. Dijo para sí, aunque quería que la oyera: '¡Qué hijo tan bueno el que me dio la vida!'. Me alegró escucharla y seguí barriendo".

A lo largo de su relato, la voz ha dicho: "¡Siguiente!", y más veces: "¡Siguiente!". Con cada grito hemos bajado un escalón; poco a poco nos vamos acercando a la ventanilla —ahí pagamos el recibo—. De nuevo escuchamos: "¡Siguiente!", y volvemos a bajar. El hombre dice: "Yo seguí ayudando a mi madre. Cada vez trabajaba más. A veces podía decirme: 'Dame esa escoba, yo no quiero que pases por lo mismo que yo'. En cuanto se la daba y yo me ponía a hacer otra cosa, mi madre empezaba a barrer y a dolerse. 'Todo esto lo hago por ti', me repetía, y yo deseaba otra vez tener mucha plata, trabajar de sol a sol para que ella pudiera descansar.

"Cuando cumplí veinte años", sigue el hombre, "me fui de la ciudad" —empiezo a escucharlo atentamente; estoy pensando en mi madre—. "A medida que iba creciendo, mi madre me decía más y más: 'Tienes que hacer tu vida en otro lugar, aquí no hay nada'. Ella nunca quiso irse y siempre se vio acá, quién sabe por qué" —y ahora pienso en mí—. "En todo caso, ella ahorró mucho para que yo me fuera. Yo también ahorré porque yo también trabajaba. ¡Yo también quería irme! Mi madre me acompañó a la terminal: quería verme en el bus y ver el bus salir. Primero me dijo: 'Ningún dolor fue en vano, ningún esfuerzo: por este momento que al fin ha llegado, puedo decir que todo mi trabajo ha valido la pena'. Comimos algo, no teníamos mucha hambre. Mi madre empezó a decirme: 'Te va a ir bien', a cada tanto. 'Te va a ir muy bien, yo lo sé'. Pero cuando fui a abrazarla, ya en la puerta del bus —iba a ser nuestra despedida—, me dijo en un susurro: 'Dejas sola a tu madre. Todo lo que he hecho ha sido por ti, y ahora te vas y me dejas sola'. Me confundió, no supe qué decirle. Antes de subir al bus la abracé más fuerte. Ella se quedó en la acera hasta que el bus salió".

La voz dice: "¡Siguiente!", y otra vez: "¡Siguiente!". Bajamos los escalones. Alguien grita: "¡Muévalo, que está tarde!", y otro más dice: "No sea conchudo, haga la fila". Empieza una discusión que no quiero oír. El hombre sigue hablando: "¡Cómo lloré yo en ese bus! ¡Lloré todo el camino! Pensaba: 'Dejé a mi madre sola'. Quería devolverme. Y no podía entender por qué en algún momento había querido irme. Odié tanto ese bus, ¡lo odié tanto! En las sillas de atrás había dos mujeres. Una le dijo a la otra: 'Mira cómo llora, pobrecito', y la compañera respondió: 'Seguro se le murió alguien'. Me sorprendió escucharlas.

"En algún momento me dormí. Desperté cuando alguien gritó: '¡Mira! ¡Qué alto!', y el conductor dijo: 'Estamos llegando'. Por la ventana vi un edificio que no sólo era alto, sino que parecía dar vueltas —una espiral de hierro y vidrio—. Había unos puentes cerca: dos colgantes, pintados de rojo, y uno que se alzaba en su cemento y se quedaba un rato en el aire para después bajar a una autopista iluminada. Pasaban carros a toda velocidad —luces, luces, luces—. ¡Yo nunca había visto a tanta gente! Mientras miraba ese paisaje, yo pensaba en mi madre y le decía: 'Gracias. Estoy viendo esto por ti'. Y el bus andaba y se metía pitando por avenidas nuevas, siempre iluminadas, y seguían apareciendo edificios inverosímiles. Yo los miraba admirado y luego me ponía triste. Yo quería que mi madre los viera.

"Llegué a un cuarto pequeño, sin muebles, en una residencia; tenía un colchón en la mitad. Lo alquilé por pocos días, mientras buscaba otra casa, pero no encontré nada que pudiera pagar: ahí me quedé todo el tiempo que estuve, casi tres años. Lo primero que hice fue buscar un teléfono: había una cabina cerca, en la cuadra siguiente. Llamé a mi madre y le dije: 'Aquí estoy, llegué, me haces falta'. Los dos quisimos llorar. Hablamos poco ese día: estaba bien y había llegado, eso era lo importante. No deshice la maleta y no compré nada para el cuarto. Tenía suficiente con el colchón y la maleta era mi armario: si se me daba por irme y volver a mi madre, sólo tendría que cerrarla y coger el bus.

"La llamaba todos los días. Yo había empezado a trabajar en un bar; hacía los turnos de la noche, que solían extenderse hasta el amanecer. Le marcaba desde el bar, a escondidas, para que no me cobraran las llamadas. Le preguntaba: '¿Cómo estás?, ¿en qué andas?', y cada vez me decía: 'Trabajando, como siempre'. Yo no podía soportar que mi madre estuviera en lo mismo y que yo tuviera otra vida. Le decía: 'Esto es bonito, pero me haces falta. Tienes que venir a conocer'. Eso la irritaba. '¿Con qué plata?', empezaba a preguntar. '¿No ves que todo está caro y que es muy difícil ganarse la vida? ¡Más con la edad que tengo!'. Entonces yo hacía mi turno pensando en sus palabras. Y cuando salía del bar, por fin, después de haber servido a tanta gente, seguía pensando en ella camino a casa —nunca se iba de mí—. Ante esos paisajes de maravilla, saturados de edificios que prometían tanto —no sé qué, pero algo prometían—, yo caminaba del bar al cuarto y del cuarto al bar, siempre con la cabeza gacha —triste y cansado—. Los edificios dejaban de estar: sólo estaba el suelo por el cual caminaba. Sólo existía la acera.

"A veces miraba a los demás —alzaba la cara— y todos parecían tristes, aunque a veces veía a algunos riéndose, y yo quería eso, pero pensaba en mi madre y todas las risas desaparecían, al igual que los edificios altos, que eran como el futuro. La llamaba y le preguntaba: '¿Cómo estás?', y ella me decía: 'Aquí, bien, la misma cosa'. Y me preguntaba: '¿Cómo estás tú? ¿Contento por allá?'. ¿Y cómo iba a decirle que sí, si no lo estaba? ¿Y cómo iba a decirle que sí, si ella estaba triste? ¿Y cómo iba a decirle que yo estaba triste si ella había trabajado tanto para que estuviera allá?

Cuando me preguntaba por mí, yo le decía: 'Estoy trabajando mucho, madre, la ciudad es cara', y creo que eso le servía de respuesta".

En la fila, algunas personas empiezan a irse. "¡Qué demora!", se quejan. "Cada día peor". La voz dice: "El sistema está fallando, les pedimos paciencia", y más gente se sale. En el local quedamos pocos, eventualmente volvemos a avanzar. El hombre sigue hablando con su amiga: "Yo tenía unas ganas de pensar en otra cosa. ¡Estaba cansado de mi madre! Cansado de llamarla, cansado de vivir como si estuviéramos en la misma ciudad. Una vez me preguntó: '¿Y has conocido a alguien?'. Yo le dije, como siempre: 'No, madre, a nadie. Trabajo mucho, la ciudad es cara', pero colgué y pensé: 'Debería conocer a alguien'. Empecé a caminar con la cabeza alta, sin mirar al suelo, con los ojos abiertos y buscando. En las calles, en el bar, entre los edificios altos, yo miraba a alguien y trataba de imaginarnos. Me imaginaba con uno, me imaginaba con otra... Al principio sólo miraba, y cuando quería acercarme, me quedaba lejos. No sabía qué decir, cómo presentarme. Después dejé el miedo y me empecé a acercar. Me presentaba, saludaba... Salí con varias personas. Yo no estoy seguro de lo que voy a decirte, pero creo que cada vez hice esto: mientras nos conocíamos, yo empezaba a arruinarme. Decía cosas horribles de mí —me da vergüenza repetirlas—: las espantaba, los echaba para atrás... Veía a mi madre sola, trabajando, cansada y aburrida, y después me veía a mí en otra ciudad, olvidándome de ella. No lo podía soportar. Entonces, cuando me despedía de la persona que acababa de conocer, sabiendo que nunca más la vería —uno sabe esas cosas, yo me miraba en sus ojos—, salía corriendo a llamar a mi madre —tenía veinte años—

. Me preguntaba: '¿Cómo estás? ¿A quién has conocido?'. Le decía: 'A nadie, me la paso trabajando'. Y creo que así, con esa información, los dos nos íbamos a dormir, cada uno en su lugar, tristes y tranquilos".

La voz dice: "¡Siguiente!", y otra vez: "¡Siguiente!". Estamos cerca de la ventanilla. Quiero preguntarle al hombre a qué ciudad fue, cómo es eso por allá. Mi madre solía decir: "En cualquier otro lado se está mejor". Yo le creí siempre. Ahora, mientras lo escucho, dudo de eso. Ya no sé qué pensar. Y dice: "Una vez la llamé borracho, después de hablar pestes de mí mismo frente a alguien que quería conocerme. Iba todos los días al bar, nos saludábamos con alegría y se quedaba hasta tarde en su mesa: cuando no había mucha gente, yo me acercaba y hablábamos mucho. Nos reíamos, nos fuimos conociendo. Un día me dijo: 'Salgamos, veámonos en otro lugar'. Yo le dije: 'Por supuesto, me encantaría', y tuve mucha ilusión. Salimos y me destruí. Dije cosas tan horribles… ¡Barrí el piso conmigo! Nos despedimos, cada uno se fue por su lado… Algo me decía que nunca más volvería al bar (volvió, de hecho, pero no fue lo mismo: dejamos de hablar como antes, nos saludamos con distancia o timidez). Esa noche seguí tomando y llamé a mi madre. No me acuerdo muy bien qué le dije. Me preguntó muchas veces: '¿Estás bien?', y yo le dije: 'Sí', pero lloraba, y después le dije: 'No'… Me acuerdo que le dije: 'Estoy triste', y yo no sabía por qué: si por mi madre o por la cita fracasada. ¡Lloré tanto! Quería estar con ella. Quería olvidarla, hacer mi vida. En un momento le dije: 'Si tú no eres feliz, yo no quiero serlo' —lloré mucho—. Y al escucharme pensé que ahí, en ese gesto, estaba el amor: hacerme la vida triste para que se pareciera a la de ella. Mi madre me dijo: 'Pero ¿qué estás diciendo? Si todo lo que he hecho siempre —¡todo, cada cosa desde el día que naciste!— ha sido para que tú tengas la vida que yo no tuve. No quiero que pases por lo mismo que yo'. Seguí llorando: estaba borracho y tenía veinte años. Después me dijo que estaba orgullosa. 'Eres un buen hijo', se despidió, como si mi llanto la alegrara".

Ya faltan dos turnos para llegar a la ventanilla; el hombre que habla es el siguiente (quiero llamarlo "el llorón" o "hijo eterno", pero pienso, rabioso, que si yo contara mi historia, podrían decir lo mismo de mí). La mujer dice —ella es la segunda en el turno—: "Hiciste todo mal, hombre. ¿Qué te digo yo? ¡Has hecho todo mal! Puedes querer a tu madre, pero tu vida no tiene que ser la de ella. Quererla no es duplicarla. ¡Estás mal de la cabeza!".

El hombre la escucha y ella sigue: "Yo estuve a esto —y acerca las manos para indicar una distancia corta— de ser como mi madre: madre de una niña, solas las dos. ¡Yo no quería! Tuve una hija antes de llegar acá, cuando vivía en mi primera casa —yo estaba muy chiquita—. Nunca me preguntes qué pasó: la niña nació, eso fue, no hay más, y entre mi madre y yo la llamamos Sara. Yo no quería tenerla. Mi mamá decía: 'Vas a ver que cuando nazca la vas a querer'. Eso no pasó: ella lloraba, pero yo lloraba más. O si la niña lloraba yo me quedaba quieta, mirando el techo, con los ojos secos, separada de la nena. Mi madre la cargaba más que yo: mi madre era la madre. Pero ella estaba viejita, entonces me decía: 'Yo te ayudo, pero tú tienes que alimentarla: trata de darle teta'. Yo no quería, no tenía leche. Mi madre, en reemplazo, le daba agüita de arroz. Y si me veía en la cama, con la cara lejos y el cuerpo en ovillo, como el de la propia niña, me decía: 'Hija, yo te ayudo, pero tú tienes que poner de tu parte:

Sara no tiene la culpa'. Yo no ponía de mi parte: no quería y tampoco sabía qué hacer. 'La niña está muy flaca', me dijo muchas veces. 'Mira lo flaquita que está. ¡Y pálida! Casi nunca abre los ojos'. La niña murió un día antes de cumplir su primer añito: varios dijeron que estaba desnutrida, quizás para joderme o para ponerme triste. La niña sí comía, que se jodan ellos. Mi mamá quería celebrarle el cumpleaños: compró dulces, invitó a niños de la cuadra. Faltó Sara para la fiesta. Yo no quise saber nada: ni qué fue lo que pasó, ni dónde la enterraron". Después, mientras alguien, otra mujer, grita en la fila: "¡Apúrense, qué demora la que tienen!", ella dice: "Yo no celebro mi cumpleaños. Es un gesto: hacia mi madre y hacia ella. Un gesto, mi forma de recordarlas. Un gesto".

El hombre se acerca a su amiga: "¡No sé qué decirte! No sabía esto". Y ella: "No tienes que decir nada, peores cosas me han pasado. ¡Tú sabes! ¿Para qué te digo si tú sabes?". Él dice: "Así es, te ha tocado muy duro" —y yo me pregunto qué más le ha pasado en la vida—. La mujer le dice: "Llamaste a tu madre, despechado, y dijiste lo que dijiste. ¿Qué pasó después?". El hombre continúa con la historia: "Mi madre se enfermó. La llamé un día desde el bar, le pregunté cómo estaba, y me dijo que regular: le estaban doliendo las piernas. Y yo le dije: '¿Cómo no van a dolerte si te la pasas de pie, barriendo y trapeando de aquí para allá y de allá para acá? ¡Tienes que descansar!'. ¡Se puso furiosa! Me dijo: '¿Cómo voy a descansar si no tengo ahorros ni pensión? ¿Tú acaso me mandas plata? ¿Acaso me vas a mantener?'. Me dio un dolor… Con todo y lo que yo trabajaba, no podía encargarme de ella. Recordé las cosas que le decía: 'Voy a partirme la espalda por ti, trabajar de sol a sol para que tú puedas descansar. Ya has hecho demasiado'. Iba a decirle algo, cualquier cosa, pero otra persona pasó al teléfono y comenzó a hablarme —era doña Santana, que vivía en la casa donde mi madre trabajaba—: 'No quiero preocuparte', me dijo, 'pero tu mami no está bien. Se ha adelgazado mucho y la veo pálida, amarillenta. El doctor viene mañana. Suda mucho, no quiere comer… Anoche vino mi hijo, el que tiene tu edad, y me dijo que parecía un suspiro de serpiente. ¡Así de flaca la vio!'.

"Le dije: '¡Pásemela, por favor!', y cuando mi madre volvió a estar, le pregunté: '¿Por qué no me dijiste nada?'. ¡Qué miedo el que tuve! Mi madre me dijo: 'No quería preocuparte', y empezó a llorar. ¡Me dio un sentimiento! Se me quería salir el corazón. Yo le dije: 'Voy para allá, salgo mañana mismo', y entonces cambió el tono, me dijo: 'No seas exagerado, esperemos a ver qué dice el doctor'. ¡Qué angustia! ¡Qué espera tan larga! Al día siguiente llamé a la misma hora. Mi madre estaba tranquila. Me dijo: 'Vino el médico, me hicieron exámenes… Acabo de tomarme una sopita'. La sentí bien… ¡No podía estar grave! Estaba comiendo, había ido el doctor… Tenía la voz fuerte. Cuando me fui a despedir, tranquilo, sin el miedo de la noche anterior, mi madre dijo: 'Un momento que va a hablarte doña Santana'. Nos despedimos, le mandé un beso —estaba lleno de cariño—. Pero la doña me dijo: 'Espérame un momento y me voy al otro cuarto'. ¡Imagínate el miedo! ¡Otra vez el temor por mi madre! Empecé a preguntarle: '¿Qué pasó? No me deje esperando. ¡Dígame ya, por favor! ¿Qué fue?, ¿qué dijo el médico?'. Ella se tomó su tiempo".

"¡Desconsiderada!", se enoja su amiga. "¡Ponerse con misterios en un momento así! ¿Y qué fue? ¿Qué te dijo?". Yo me he acercado más a ellos —quisiera presentarme—.

El hombre dice: "Me contó lo que le había dicho el médico: que estaba muy mal, que no había esperanza… ¡Mi madre iba a morirse y yo tan lejos! Primero le pregunté: '¿Cómo así? ¿Qué tiene? ¿Cuánto tiempo le queda?', y yo no podía creerlo, y pensaba: 'Me voy para allá, ¡me tengo que regresar ya mismo!'. La mujer dice: "¡Qué horror, qué angustia! ¿Y tú qué hiciste?", pero la voz llama: "¡Siguiente!", y otra vez: "¡Siguiente!". El hombre le dice: "Ahorita seguimos hablando", y camina hacia la ventanilla.

Yo quiero saber qué pasó.

La mujer se mira los pies. Después abre la cartera y empieza a sacar cosas: un pintalabios, un manojo de llaves, dos candados y un cuchillo, un espejito roto, esferos sin la tapa, servilletas sucias (en bolita), lo que parecen facturas o recibos… Finalmente, dice: "Aquí está", cuando encuentra un monedero —tiene bordado un corazón de lentejuelas—. "Qué gastadera de plata tan brava". La mujer suspira y se voltea a ver al hombre, que ya está pagando. Dice: "Mi amigo, pobre, está muy perdido". No sé si está hablando conmigo o es algo que dice para sí. Yo aprovecho para hablarle. "¿Cómo dice?", le pregunto, y ella contesta: "No, nada, disculpe, estaba pensando en voz alta". Y mientras vuelve a meter las cosas en la cartera, añade: "Desde que lo conozco es así: se enreda, ¡no sale de sí mismo! ¡No ha podido salir de su madre!". Después me dice a mí —está peleando sola—: "Yo puedo querer mucho a alguien, pero no por eso tengo que imitar su vida. ¿Sí o no? ¡Él se amarga solito, se hace miserable!". La mujer vuelve a buscar en su cartera: saca un abanico y empieza a agitarlo —ella crea el viento—.

"Yo tengo un amigo", le digo, y pienso en mí —me da vergüenza descubrirme—, "que se parece mucho al suyo.

¡Disculpe! Estoy aquí al lado y escuché lo que hablaban. Le cuento: yo iba mucho a su casa porque éramos vecinos. Lo conozco desde que era chiquito. Su madre se la pasaba diciendo que quería irse. '¡Acá no hay nada!', se ponía a gritar, estuviera donde estuviera. Y gritaba, sobre todo, cuando buscaba trabajo y no conseguía; cuando conseguía y se iba a trabajar; o cuando salía del trabajo en el que estuvo más tiempo —ella hizo turnos en la fábrica que se incendió—. Una vez dijo: '¡Quiero irme, estoy harta!', mientras mi amigo y yo coloreábamos. Él se le acercó, entonces, y le dio un abrazo. Le preguntó: '¿Adónde nos iríamos?'. Ella lo alejó y le dijo: 'No sé, déjame acá un momento', y se quedó sola mirando el teléfono —se estaba dando palmaditas en las piernas—. Le pregunté a mi amigo: '¿Tú quisieras irte?', y me dijo que no sabía. ¡Fue un niño solo! Muchas veces le preguntaron, al frente mío, que por qué estaba triste. La pregunta parecía sorprenderlo y, haciendo una sonrisa, decía siempre que no lo estaba.

"Crecimos juntos. Yo iba a su casa todos los días. Jugábamos un rato —tenía muñequitos—, pero en un punto de la tarde él dejaba todo y se ponía a esperar: para eso se iba a la ventana. Una vez le dije: 'Tú esperas y esperas y esperas… ¿Qué haces cuando ella llega?'. Me dijo: 'Nada', y siguió esperando. Así eran ellos: él la esperaba en el vidrio, y cuando su madre abría la puerta, cansada de trabajar y de haber caminado, iba directo al cuarto a reposar en la cama. Mi amigo se acostaba a su lado y le preguntaba, bajito: '¿Cómo te fue?'. Con la cabeza en la almohada, le respondía: 'Bien, tú sabes: lo mismo de siempre' —igualita a la madre de él—", y señalo al hombre que está en la ventanilla—. "A veces el niño la obligaba a mirarlo. Le decía: 'Cuéntame más', o 'Tengo hambre', pero su madre le pedía que la dejara descansar. 'Ahorita te atiendo', solía decirle. Y entonces ahí, con ella al lado, mi amigo seguía esperándola.

"Él creció y se acostumbró a su madre borrosa: si estaban juntos, al ladito, ella tenía la cabeza lejos o hablaba del viaje que algún día haría; y cuando se separaban —casi siempre cuando ella se iba a trabajar—, él sabía que volvería a la casa. Entonces pasó que, después de años diciendo: '¡Qué ganas de irme!', la madre por fin se fue. Esto fue una sorpresa para mi amigo. Se había acostumbrado (yo también) a escuchar los planes de su madre, pero nunca creyó que fuera a irse. ¡Qué tristeza la que le dio! Cuando su madre partió, otra amiga que tenemos —se llama Luz Bella—, tuvo que decirle: 'Basta ya, me tienes cansada', porque estuvo días y días oyéndolo hablar de su despedida. Él decía: 'Me habría gustado acompañarla'. Nosotros le decíamos: 'Ya fue, olvídalo: ella quería viajar sola'. Mi amigo se puso a esperarla. ¡Volvió a esperarla con la misma pasión de antes! Pegado a la ventana, pegado al teléfono: su madre dijo que iba a volver y que estaría llamándolo, pero ni ha vuelto ni ha llamado".

La mujer pregunta: "¿Ni una sola llamada? ¡Eso está muy raro! ¿Le habrá pasado algo? ¿No se habrá muerto?". Y al oír eso, grito: "¡No!", para espantar el horror y llenar a mi madre de vida. Le explico —y empiezo a recordar y me pongo triste—, que mi madre —se me olvida que había estado hablando de la madre de un amigo— llamó varias veces al principio, recién se fue. "Al principio hablábamos mucho y luego me contó algo que me dio rabia" —y cuando digo *rabia*, la voz dice: "¡Siguiente!", y de nuevo: "¡Siguiente!"—. La mujer se despide, me dice que tiene afán, y yo me quedo en la fila.

El lugar de la madre, el lugar de la plata

La voz que cobra por fin me llama: "¡Siguiente!", y de nuevo: "¡Siguiente!". La espera termina ante un vidrio: a un lado estoy yo —y conmigo, la plata y la factura—; al otro lado está la mujer que cobra. Cuando ella abre la boca, su voz llega a los parlantes y se escucha en el local. Con una palabra suya —"¡Siguiente!"—, el mundo vuelve a moverse. Le digo: "Buenas tardes o días", porque quiero quejarme: hacerle saber que, en la fila, perdí la noción del tiempo. Le paso la plata y la factura, pero ella sólo coge la factura (y los billetes quedan como perdidos, sin ella y sin mí, a ningún lado del vidrio): la revisa y luego escribe algo en el computador. Espera, espera… Y yo espero, espero… Por fin me dice —está mascando un chicle—: "Tenga en cuenta, señor, que desde este mes cobramos el mantenimiento de la línea", y grapa otra factura a la factura: tic, tac, tic, tac.

Le pregunto: "¿Qué?". No quiero pagar más (no puedo pagar más). ¿Por qué habría de pagar tanto? Quiero estar con rabia (no tengo rabia). O decirle, sin mi efusión: "No me alcanza, señorita, ayúdeme", pero cierro la boca (no quiero abrir la boca). Entonces me dice, contando los billetes: "Faltan quince", y hace una cuenca con la mano. Y espera, espera… Y yo espero, espero… La espera sigue ante el vidrio. ¿Qué le digo a la mujer que cobra? Le digo: "No traje más plata, vuelvo otro día". Cojo las facturas y, sin despedirse de mí, ella grita: "¡Siguiente!", y de nuevo:

"¡Siguiente!", para que el mundo se mueva otra vez (y yo, quieto, lo miro moverse).

Pienso en mi madre: si no pago, no vamos a poder hablar. Pero la plata, pero la plata… En la cajita hay poca, me quedaría sin nada. Pero mi madre… No podríamos hablar. Pero la plata, pero la plata…

La plata que no tengo está ocupando el lugar de mi madre, que no está. Pero mi madre…

Camino hasta la fuente: quiero hacer una plegaria. Varias mujeres hacen las suyas. Una dice: "Comida, ¡mucha comida!", y lanza al aire una botella —de vidrio o de plástico— que estalla contra la fuente: era de vidrio. "¡Perdón!", dice, "¡perdón! Iba a tirar ésta". Y entonces tira la otra botella, ésta de plástico, mientras pide a la gran oreja: "¡Mándame un amor!". La botella rebota, se sale de la fuente y se pierde entre las filas, más allá. Otra mujer dice: "¡Que se vaya este dolor!", y ofrece a la fuente un periódico enrollado. "¡Que no vuelva!", le ruega a la gran oreja. "¡Que se vaya de una vez!". Y otra más pide, casi al mismo tiempo: "Tener una casita", lanzando al aire una colilla de cigarrillo.

¿Qué pido yo? Pienso en mi madre. Se me ocurre pedirle a la gran oreja: "Que esté bien, que nos volvamos a ver". Pero la plata, pero la plata… Entonces pienso en mi cajita, a punto de quedarse vacía. Pero mi madre, pero mi madre… Finalmente, arrugo las facturas del teléfono y las tiro a la fuente para hacer mi plegaria.

"Platica", digo. "Plaaa-tiii-caaa".

Pero mi madre…

Un muro al frente del paraíso

Cuando paso por la obra, de regreso al edificio, un hombre con pala le dice a otro, que está mezclando cemento: "Nos quedó bien la paredilla". El hombre que mezcla dice: "Buen trabajo el que hicimos, buen equipo". Ellos miran orgullosos la altura construida; también se buscan para darse un abrazo de felicitación. Entonces llega un ingeniero con plano abierto de la obra: apenas ve la paredilla, se quita el casco y empieza a rascarse la cabeza. Mira el plano y mira el muro. Dice, a los hombres que se estaban felicitando: "Esto quedó mal. ¡Muy mal! La pared va al otro lado". Sin quitar los ojos del papel, les grita: "¡Hay que seguir los planos!". El hombre de la pala responde: "Sí, señor, como mande". El que mezclaba el cemento no dice nada. Luego busco a mi madre en el eclipse del vidrio.

Al sur del eclipse, pisando tierra, Próspero riega sus plantas —ahora les canta una balada romántica—. Al norte del sol oscuro, que es mi madre eclipsada, Madrecita teje una prenda invisible, quizás para Albertico: mueve las manos como si fueran agujas, como si un largo hilo de lana pasara por ellas. Alzo los brazos para saludarla; los muevo, brinco. Le digo: "¡Hola, Madrecita!". Ella dice a los gritos: "¿Qué haces allá afuera? Entra rápido que te vas a resfriar". Luz Bella también se asoma para decirle a alguien —a todos— que ya pronto va a empezar la novela. "¡La novela!", grita un obrero, y otro repite: "¡La novela!".

En la obra, los hombres que hicieron la pared hablan bajito, como diciéndose secretos. Llegando a la puerta del edificio, me los quedo mirando. El ingeniero les pregunta: "¿Por qué no han derribado el muro? ¿Qué es lo que esperan?". Uno de los dos, el que mezclaba cemento, le dice: "La pared va ahí. Antes de hacerla miramos los planos". El ingeniero vuelve a rascarse la cabeza. Desde un andamio, que cuelga sobre ellos, otro obrero dice: "La pared va ahí, mire bien...", y otro más los felicita: "¡Les quedó buena, firme, está bella!". Varios obreros comienzan a aplaudir. El ingeniero se irrita: "¡Que no va ahí, fíjense bien!", pero los hombres insisten: "Ahí va y ahí se queda". Los obreros chiflan, aplauden. Y siguen diciendo: "¡Ahí va y ahí se queda!".

Los miro y miro el muro, y pienso que la obra, por primera vez, parece avanzar. "¡Ahí va y ahí se queda! ¡Ahí va y ahí se queda!". Luz Bella también los apoya: "¡Ahí va y ahí se queda!", y después se dirige al ingeniero: "Quítese de ahí, ¿no ve que estorba?". Madrecita también grita: "¡Ahí va y ahí se queda!", con medio barrigón de almohadas por fuera de su marco. Cuando me sumo al grito, Próspero también lo hace: "¡Ahí va y ahí se queda!". Y todos gritamos más veces: "¡Ahí va y ahí se queda!". Entonces, cuando el ingeniero dice: "¡Tranquilos! Mañana revisamos los planos", no sabemos qué hacer.

Primero, un silencio; luego una alegría que nos cruza.

Los obreros celebran —celebramos— y mi amiga nos recuerda que va a empezar la novela. En esas me llama Próspero. "Tome", y me extiende un sobre, que cojo a regañadientes. "Llegó el recibo de la luz", tic, tac, tic, tac... La alegría está ahora en los otros. Le digo: "¡Déjeme en paz!", y le doy la espalda.

Sigo mirando el muro. Pienso en las veces que dibujé la torre que aún no existe: era tan alta que la cartulina, en vertical, no alcanzaba a contener los últimos pisos. Mi madre decía, siempre que le mostraba el dibujo: "Ojalá quede así: alta y bonita", pero después, comparando mi torre con las grúas de afuera, terminaba diciendo: "La verdad, no creo. Esta no es tierra de milagros".

Pero el muro es un comienzo: entre un muro y una torre, sólo hay días que tienen que pasar.

Todas las caras tachadas

"Amiga, ¡no pude pagar el teléfono!". Cuando abro la puerta, veo a Luz Bella apoltronada en Lucecita, tarareando la canción de la novela: "Te vi, oh, oh, y tú a mí, sí, sí". Mi amiga no atiende lo que digo; sólo grita hacia la obra, sin quitar los ojos de la pantalla: "Silencio, ya va a empezar". Al otro lado de la ventana, desde el andamio más cercano, Guaro se vuelve el eco de mi amiga: "¡Que ya va a empezar!", repite para el mundo, y regresa a Luz Bella para pedirle un favor: "Nos cuenta lo que va pasando, doña". Mi amiga sigue cantando —"Oh, oh, sí, sí"—, al tiempo que yo insisto en darle mis noticias: "¡Mira esto!", le muestro la factura de la luz. "Ya llegó otra cuenta y ni siquiera pude pagar la del teléfono. ¡Subieron la tarifa!". Luz Bella me pide silencio —hace como si la boca fuera una corredera que cierra con llave y candado— y dice: "Basta, siéntate a mirar la novela". Yo imito su gesto —y cuando me cierro la boca cual corredera, hago que tiro lejos la llave de mi candado invisible—.

La primera escena es la repetición de un diálogo que ya ha ocurrido en otros capítulos de la novela: durante el desayuno, antes de irse a "La mogolla fiel", Paloma le pregunta a su tía Inmaculada: "¿Cuándo vas a hablar? Quisiera oír tu voz". La cámara se acerca a los ojos tristes de Inmaculada, como suele hacerlo, pero esta vez no vemos sus lágrimas: Inmaculada no llora, sólo escucha lo que quiere decirle Paloma. "Yo deseo...", dice. "Yo quisiera…". Le da a su tía un pedazo de pan, que antes ha mordido ella. "Yo quisiera saber… Lo que más deseo…". En ese momento, Malva, la madrina, entra a escena abanicándose con una foto; en la otra mano tiene la libreta amarilla que ya habíamos visto en comerciales. "Déjame adivinar", la interrumpe, y empieza a reírse sin ton ni son —tiene los ojos aún más abiertos que la boca—. "Tú quisieras saber por qué te abandonó tu madre y qué fue lo que pasó para que ese estorbo terminara en una silla de ruedas". Malva muestra los dientes, se ríe más; unos tambores acompañan su risa loca. Luz Bella grita: "¡Mira cómo las trata! ¡Es mala!", y al obrero en el andamio le resume la escena así: "Malvada tiene una foto. ¡En esa foto hay algo! Un secreto, la respuesta de todo". El obrero, a su vez, les dice a sus compañeros: "La mala está que mata a alguna, ya se está demorando".

Pero Malva deja de reírse y hace tierna su expresión; por primera vez, parece, mira a Paloma con ojos de clemencia —ya no suenan tambores sino violines dulces—. "No quise reírme", se confiesa. "Por favor, perdóname". Luz Bella la mira incrédula. "¿Será que en el fondo es buena?", se pregunta, ella misma extrañada de su idea. "¿Podría ser posible?". Mientras ambas, Inmaculada y Paloma, la miran con sospecha, Malva se acerca para mostrarles la foto. Dice, con voz de paz: "Mira esto, mijita. Es tu madre cargándote; tú estabas recién nacida". Paloma mira a Inmaculada, que parece inquieta. La cámara vuelve a sus ojos: ahora sí le salen lágrimas. "Tómala", dice Malva. "La foto es para ti". Como Paloma sigue sin moverse, Malva se acerca más. "¡Tantos recuerdos que se perdieron por mudarnos a esta casa!". Luz Bella le cuenta al obrero lo que está pasando: "La mala está cambiando. ¡Es buena!

La foto es de la madre de Paloma". Con un megáfono que hace con las manos, el obrero les dice a los demás: "Que la mala no quiere matar a nadie".

Paloma sigue sin mirar la foto. "Te estás burlando de mí", se queja con su madrina. "No te creo". Entonces Malva, acompañada aún por los violines, le dice: "He sido cruel muchas veces, lo sé, pero quiero cambiar: buscar contigo un nuevo comienzo… Y también contigo" —le habla ahora a Inmaculada, que está cada vez más inquieta: en su cara hay desesperación—. Paloma sonríe, tiene lágrimas. Ahora es ella quien se acerca a su madrina —cada vez son más altos y dulces los violines que nos han conmovido—. Luz Bella grita: "¡Se van a abrazar!", y el obrero repite: "¡Se van a abrazar, la buena y la mala!", pero no se abrazan, no todavía: antes, Paloma coge la foto. Los violines se apagan y la cámara muestra la imagen: una mujer —tiene la cara tachada— que carga a una niña que llora. Y Malva, mala como es, vuelve a darse en su risa loca: "Ahí la tienes", se burla. "¡Bésala! ¡Besa a tu madre! Es ella, mírala, ¡es ella! Bésala, ¿qué estás esperando?". Volvemos a oír los tambores —sólo un tiempo, hasta que la risa de Malva se los traga—. Luz Bella dice: "¡Qué mala! ¡Yo sabía que era mala!", para después contarle al obrero lo que acaba de ver. "Toma esto", sigue Malvada. "Más fotos de tu madre: mírala, conócela", y le tira a Paloma la libreta que traía: en ella hay más fotos de una mujer —debe ser la misma, pero no podemos saberlo: en cada una aparece con la cara tachada—. Inmaculada llora, quiere hablar. Malvada sigue riéndose: sus dientes, la boca abierta, se hacen más grandes que el mundo. Pasan a comerciales.

Luz Bella se alborota. Grita: "¡No! ¡No puede ser!". Se sacude las manos y después se las lleva a la boca. De un salto, además, se para de Lucecita, en cuyos cojines queda la marca de mi amiga. "¿Por qué se puso tan nerviosa la tía Inmaculada?". Aunque me hace la pregunta, Luz Bella no habla conmigo. "¡Es ella!", dice. "¡Es ella la madre de Paloma! Inmaculada, es ella". Da vueltas por la sala: se abstrae, hace cálculos. "¿Qué pudo pasar, a ver? Primero tuvo a Paloma, después se accidentó ¿O será que la madre es la propia Malvada?". Mientras siguen los comerciales —en la pantalla, un niño muerde un pastel, quizás de chocolate, y dice: "¡Qué rico!", antes de limpiarse los labios con la lengua (y yo pienso: "Me haría feliz comerme un pastel de chocolate")—, Luz Bella se asoma por la ventana para hablar mejor con el obrero del andamio: "Una de las dos es la madre de Paloma". El obrero dice: "Es Malva, ¡seguro es Malva!", y enseguida: "No, no, va a ser Inmaculada". Luego les dice a sus compañeros: "Apostemos, hagamos polla. ¿Quién es la madre?". Desde el norte, Madrecita grita: "¡Yo! Paloma es mi hija. ¡Yo soy la madre!".

Y vuelve a sonar la canción de *El más grande espejo*: "Te vi, oh, oh, y tú a mí, sí, sí". Luz Bella informa: "Se acabaron los comerciales", y se despeña en la poltrona —Lucecita está sufriendo—. Paloma ha vuelto a la pantalla: ahora llora frente al espejo. Le pregunta: "¿Sabré algún día la verdad?". Inmaculada llora con ella. Al fondo, desde una habitación que no vemos, Malvada se sigue riendo. Paloma olvida el espejo —deja en él su imagen triste— y empieza a mirar las fotos de la libreta, una a una. La cámara muestra a la niña —es Paloma hace años— con la cara embadurnada de comida: sopa o compota. La niña ríe, está feliz; su madre, mientras tanto, le muestra un tetero con la cara tachada. En otra foto, Paloma está en el suelo —y está un poco más grande—: llora, tiene un zapatico en la mano. La madre del rostro anulado, de frente y arrodillada, tiene en las manos el otro zapatico. "Me acuerdo de ese día, creo", dice Paloma. "Esos zapatos… ¿Tú te acuerdas, tía?". Inmaculada quiere hablar, pero sólo espabila. "¿Qué quieres decirme, viejita?". Ambas lloran hasta que la imagen se ennegrece.

En la siguiente escena, Paloma está en "La mogolla fiel": saca unas panochas del horno, se ha puesto gorro y delantal. Alguien, quizás el patrón —como el resto de trabajadores, tiene harina en la cara y los brazos—, se acerca para decirle: "Has vuelto a llegar tarde" —y cuando el hombre se rasca la cabeza, le sale harina del pelo—. Luz Bella se altera: "Ya viene éste a joder", y le dice al obrero: "Ahora lo que falta es que la echen del trabajo". Él, sin embargo, les dice a sus compañeros: "Nada que la villana mata a alguna". Paloma responde al patrón: "No volverá a pasar, don Ismael", mientras sigue sacando panes del horno. Pero él insiste en su reclamo: "Eso llevas diciendo desde que entraste a trabajar a esta panadería". Entonces, refunfuñando algo sobre las pérdidas y ganancias que deja el pan, don Ismael se va y al encuadre entra Francisco: está cubierto de harina, como siempre que lo veo, y se pone a imitar el regaño del patrón. "Has vuelto a llegar tarde", le dice a Paloma. "Un minuto sin que estés aquí son dos mogollas que no se venden". Se ríen. Paloma le pide que baje la voz. "Nos van a regañar", empieza a preocuparse, pero Francisco sigue remedando a don Ismael: "Siempre tarde, ¡siempre tarde! La entrada es a las ocho; no es a las ocho y cinco ni a las ocho y veinte. ¡Es a las ocho!". Se ríen más. Y Luz Bella se ríe con ellos: "¡Ese Francisco!", suspira, como enamorada del galán.

"¡Ese Francisco es un cuento!". Después le dice al obrero: "¡Llegó Francisco y se están coqueteando!". Desde su ventana, Madrecita pregunta: "¿Quién es ese hombre y qué intenciones tiene con mi hija?". El obrero, en cambio, insiste en predecir un asesinato: "Yo digo que la mala mata al galán, apostemos". A la pantalla vuelve el patrón para regañarlos: "A ver, a ver, los tortolitos: yo les pago por trabajar y no para que estén coqueteando. Estamos en horario laboral". Paloma y Francisco dejan de hablar sin dejar de mirarse: sus ojos se siguen riendo.

Pasan a comerciales. El niño del pastel vuelve a dar su mordisco. Y luego otro niño —lleva un gorro blanco de cocinero, alto como él mismo— sale en pantalla con dos píldoras en la mano: una roja, rectangular; la otra, amarilla, ovalada. El niño las pone en una bandeja y, antes de meterlas al horno, dice: "Sólo toma un minuto". Y sin embargo, cuando cierra la puerta del horno, la abre inmediatamente, antes de que haya pasado un segundo: son los tiempos de la televisión. "¡Listo!", celebra el niño. "Facilito". En la bandeja hay un huevo —la anterior píldora amarilla— y un trozo de carne, que antes fue el rectángulo rojo. El niño se alegra: "¡Qué delicia!", y mi amiga responde: "Qué asco, ni loca me como eso". Al final del anuncio, una voz dice, mientras el niño mastica la carne: "Píldoras La Sustancia patrocina su novela favorita: siga con nosotros". Paloma vuelve a la pantalla.

Y así, en la última escena del capítulo, Francisco la invita a salir. "Deberíamos, tú sabes…", le dice a Paloma —después de las bromas, el galán se ha puesto nervioso—. "Tú sabes… Bueno, a ver, ¿cómo te digo? Tú sabes…". Luz Bella le grita: "¡Díselo y ya! Sin tanta vuelta, ¡al grano!". Francisco le hace caso: "Bueno, lo que quiero decirte es que me gustaría que nos viéramos en otro lugar". Paloma le pregunta: "¿Me estás invitando a salir?", mientras Luz Bella sigue gritando: "¡No cabe de la dicha, mírala!". El obrero quiere saber lo que está pasando: "¡Cuente a ver, patrona! ¿En qué andan esos dos?". Mi amiga dice: "No me desconcentres", y mirando la pantalla agrega: "¡Por fin! ¿Cuántos meses tardaron para decirse eso?". Me asomo a la ventana para contarle al obrero que Paloma y Francisco están quedando para salir. "Eso", le dice Francisco. "Eso mismo: te estoy invitando a salir". Suenan violines —no son los violines dulces del inicio, sino otros muy felices: música que celebra su conversación—. "Sólo espero verte sin harina", le pide Paloma. Vuelven a reírse —Luz Bella también celebra el chiste— y don Ismael aparece para regañarlos: "¡Basta, no más habladuría! A la próxima los echo". La canción de *El más grande espejo* empieza a sonar: así sabemos que hasta ahí, por hoy, ha llegado la historia.

Pero después, en los avances del capítulo siguiente, vemos a Paloma y a Francisco, otra vez, comiendo helado en un parque. Como están felices, una voz pregunta: "¿Cuánto podrá durar la alegría de nuestra protagonista?". Irrumpe, entonces, la risa de Malva, vestida de negro, mientras le muestra a Inmaculada una foto. "¿Te acuerdas?", le pregunta la villana. "¿Te acuerdas de esa noche?". En la foto, la niña que fue Paloma alza los brazos para que alguien, una mujer —su madre, seguramente, con la cara tachada—, la cargue.

¿Qué es una niña mirando a su madre sin cara?

La voz dice: "No se pierda el próximo capítulo de *El más grande espejo*, ya en su recta final".

El más grande espejo

Una vez tuve este sueño:

Estaba en el parque, solo, y el cielo se hacía verde —en vez de nubes tenía flores—. ¡El cielo era verde y tenía flores! Me tumbaba en la grama para ver sus formas: había unas como remolinos, o como bocas y pulpos. Otras parecían estrellas y manos violetas.

Después contaba pétalos. Mientras lo hacía, las flores se agrandaban. Se iban agrandando y se agrandaban más… Las rojas parecían fuego.

De repente, un hombre aparecía entre las llamas falsas. Me alegraba que flotara. Quería ser como él.

Las flores, entretanto, seguían creciendo. Me preguntaba cómo brotaban del cielo, por qué no se caían, de dónde se agarraban, cómo cambiaban tan rápidamente de tamaño.

Poco a poco, el hombre también fue creciendo. Crecía y crecía. Y cuando ya no creció más, me vi en él.

En el sueño entendía que las flores no estaban colgando. Tampoco el hombre flotaba. Ocurría que estaba cayendo del cielo un espejo inmenso sobre mí.

El segundo amanecer del día

Luz Bella está hablando con todos los obreros y con ninguno. "Definitivamente", dice, con voz de profeta, "la mamá de Paloma es una de dos: o Malvada, o Inmaculada. Lo sé, lo estoy viendo: todo va a revelarse pronto". Pero luego agrega, entristecida: "¡Ya en la recta final! ¿Cómo va a ser? No quiero que se acabe la novela. ¡No quiero! ¿Qué voy a hacer sin mi novelita?". Un obrero dice: "Pues, doña, se engancha con otra y ya". Mi amiga se molesta: "Eso no es así, tan fácil. Yo me encariño con los personajes. ¡Mejor póngase a trabajar!".

Después escucho unos ladridos y a Próspero hablar con alguien: "Si dice que está en arriendo es porque está en arriendo". Me asomo por la ventana: habla con un peatón. Próspero señala el anuncio que pegó sin decirme —es el eclipse de mi madre en el vidrio—. Grito: "¡No está en arriendo! Ahí vivo yo". Entonces Luz Bella, llena de amor, me apoya, y desde Lucecita dice: "En ese apartamento vive mi amigo, ¡déjenlo en paz!". El hombre dice: "Disculpen, yo no quería molestar", pero Luz Bella sigue hablando, ahora con el tono de voz de Malva, la villana: "¡Tendrán que pasar por encima de mi cadáver si quieren sacarlo de allí!". Madrecita se asoma para decir: "Me despertaron a Albertico, ¡óiganlo! Está llora que llora". El llanto, sin embargo, no está. Próspero me dice: "Pues si quiere seguir en el apartamento, tiene que pagar. Si usted no paga, yo no cobro. ¿Usted cree que a mí me sobra la plata?". El hombre se despide. "Yo me voy para que puedan arreglar sus cosas", pero mi amiga sigue discutiendo: "Qué belleza: arma la pelotera y se va sin resolverla". Luego le exijo a Próspero que deje de ofrecer mi casa. Se enfurece. "¡Pues entonces pague!", me reta, y parece tan fácil la vida. "Está igualito a su mamá" —y me alegra oír eso—. Próspero nos imita, habla con nuestra voz —la de mi madre y la mía—: "Que el otro mes pago todo lo que debo, que tome este adelanto, que por favor una prórroga…". El llanto de Albertico sigue (aunque no lo escuchemos). Próspero insiste: "Si usted no paga, ¡yo no cobro!", y entra al edificio a hacer mantenimiento.

Aún en Lucecita, Luz Bella dice: "Vamos a quitar ese anuncio. ¿Quién se cree ese pendejo?". Mi amiga, sin embargo, se queda apoltronada. "Quitémoslo ya mismo", insiste, pero no se mueve: Luz Bella está mirándose en su espejo, la pantalla del televisor. Entonces digo: "Buena idea, ya vengo", y voy hasta mi casa, decidido a arrancar el cartel del vidrio. En la obra, alguien grita: "¡Buen trabajo, muchachos!", pero enseguida llega un estruendo —algo se ha desplomado—.

Ahí está el eclipse: el anuncio rojo se interpone entre la foto y madre sol. Una letra del cartel, la *ene* de "arrienda", se trasluce en la foto —el eclipse hace que la letra se inscriba en su cara—. Y pienso, en amor: "Es la letra con la que empieza el nombre de mi madre". Desde el oriente, el hombre de las noticias pide atención —"¡Atención, atención!"— antes de que la vecina enferma pida música. "Mi rey, cambia de emisora, por favor". Antonio dice: "Espera un momento que estoy buscando las pastillas".

Saco el brazo por la ventana para arrancar el anuncio: no llego. Me empino, saco más el brazo —estiro el cuerpo más—, pero sigo sin tocar el eclipse. "Amiga", la llamo, "pásame una escoba, no alcanzo a tocar el cartel". Luz Bella dice: "Ya voy", pero se queda quieta. Al rato me pasa la escoba por la ventana, que cojo por el palo para llegar al eclipse.

Y estrello el cepillo contra el vidrio; y restriego contra el anuncio esa cabeza despelucada, llena de motas, hasta que rompo el papel. Los pedazos vuelan, algunos caen en la jardinera. "¿Esto qué es?", grita Próspero, ahora en la acera.

Ha vuelto a amanecer antes del fin del día.

Cuestionario

Ya es de noche y tengo hambre. El sol del vidrio se ha hecho opaco; mi madre, aunque sol, no esclarece la casa. Desde el oriente, con los gemidos de la vecina, que son el sonido de la enfermedad, llega una canción que a mi madre le gustaba cantar. El coro dice: "La angustia de nacer, la angustia de nacer, la angustia de nacer". Canto el verso en mi cama, triste y amando, hasta que Próspero vuelve a mencionar el arriendo: "Mañana a primera hora paso a cobrarle: si quitó el anuncio de la ventana, ya tiene con qué pagar". Antes de que pueda responderle, Luz Bella le grita: "¡Busque oficio! ¿Qué hace pensando en el arriendo de los demás?". Nos reímos —y sin embargo, estoy preocupado, tic, tac—. Próspero responde con groserías (entiendo una palabra: *holgazán*) y, después de que ambos lo ignoramos, mi amiga me invita a comer. "Tengo arroz, pollito y papa". A la voz de comida, Madrecita aparece para decir: "¡Ya bajo! Donde comen dos, comen tres". Y cuando Luz Bella le dice: "Te espero, mamita", Próspero grita: "¡Partida de locos!".

Me quedo en la cama: no quisiera pararme nunca —suspiro—; yo quisiera tener siempre esta vida horizontal, dormir mucho más. Pienso en las facturas: la del teléfono, que no pagué; la de la luz, que tengo que pagar. Ante mi demora, Luz Bella pregunta: "¿Todavía no sales? Ya me estoy quitando la sandalia". Le digo: "Ya voy, amiga", y suspiro otra vez. "No vayas a tirar las chancletas". Cuando llego al apartamento, Madrecita me saluda con la boca llena: "¿Qué son estas horas de estar despierto? Comes y a dormir". Está sentada en la mesa, mordiendo su parte del pollo —y chupa el hueso que le tocó mientras dice: "Qué rico, qué rico"—. Luz Bella sale de la cocina con su plato y el mío. Apenas ve nuestra comida, Madrecita dice: "¿Por qué tan poquito? Ustedes están creciendo, necesitan alimentarse". Entonces corta su papa en tres: reparte, y a cada uno nos toca un pedazo, pero a cambio nos quita un mordisco de nuestro pollo —es la fuerza de sus antojos—. Mi amiga dice: "Mira lo que tengo por aquí". Me pasa una revista que se llama *Pobres y famosos*. En la portada están Paloma y Francisco, sonrientes y abrazados, con ropas distintas a las que suelen usar en la novela (no hay harina en los brazos del galán). Un titular cruza los cuerpos: "Amor en la vida real", y a la izquierda del texto, una introducción: "Después de quedar en bancarrota, los protagonistas de *El más grande espejo* responden nuestro cuestionario".

Antes de que mi amiga empiece a hablar de la novela, le cuento mis preocupaciones, como suelo hacerlo —Madrecita, entretanto, come arroz de mi plato—: que no pude pagar el teléfono, que subieron la tarifa, que ya llegó el recibo de la luz, que debo tres meses de arriendo, que no quiero ver cuánta plata me queda… A diferencia de otras ocasiones, en las que mi amiga, al escucharme, solamente dice: "¡Ya empezó la cantaleta!", esta vez comenta algo distinto: "Aprovecha", y muerde el muslo del pollo. "Aprovecha para olvidarte de eso, y olvidarte de ella, y dejar de esperar, y hacer otra vida". Yo la escucho —la escucho bien— y no sé qué pensar —suspiro—: pienso en la tristeza que me da. Digo: "No sé qué hacer". Mientras busca una página de la revista, Luz Bella vuelve y dice: "Aprovecha". Y después, cuando llega a la página que buscaba, propone que respondamos el cuestionario. Madrecita dice: "Primero comen, después juegan". Seguimos comiendo.

Cuando queda poco en los platos —papa en el mío, un pedacito; el hueso sin carne en el puesto de mi amiga—, Luz Bella dice: "Vamos a ver, primera pregunta". Pega los ojos en el papel: trata de leer, no puede. Aleja la revista, la acerca un poco más… Por fin dice: "Tu color preferido". Mientras pensamos, mi amiga lee las respuestas de Francisco y Paloma. A él le gusta el marrón —dice que así era el agua del río que cruza la ciudad de su infancia, ahora negra—; a ella también le gusta el marrón, que es el color de los ojos de Francisco. "Por eso es que se aman", sugiere Luz Bella. "Se entienden en sus gustos". Madrecita dice: "Mi color es el plateado porque plateada es la piel de mis hijas, Dolores y Caridad". Nos reímos. Luz Bella dice: "Pero tienes que brillarlas, mi amor, porque esas ollas están sucias", y luego corrige, mirándome: "Nuestras hermanitas". Mi amiga dice que su color preferido es el blanco. "Por mis canas", nos explica, peinándose con los dedos. "Es el color de mi edad". Y cuando me dice: "Ahora tú", yo pienso en el color que diría mi madre —naranja o violeta—, pero no en el mío: no sé cuál es mi color. Le digo a Luz Bella: "Tengo que pensar".

Siguiente pregunta: "¿Qué animal te gustaría ser?". Sin pensarlo un segundo, Madrecita responde: "A mí déjenme como estoy: con dos brazos y dos piernas, y esta panza que guarda la vida" —ella saluda a su barriga acolchonada—. Mi amiga dice: "El otro día vi en un programa, después de las noticias, que hay un perico gris —no sé por dónde vuela— al que le salen plumas de colores a medida que envejece: entre más joven, más gris; entre más viejo, más colores. Yo quisiera ser como él". Según la revista, Paloma respondió: "Una paloma" —"Para seguir siendo yo misma", dijo—, y Francisco: "Una tortuga: para ser mi propia casa y estar en ella siempre". Pienso: "Mi madre nunca habló de animales que le gustaran". Cuando Luz Bella me dice: "Ahora tú" —de nuevo mi turno—, tampoco sé qué decir. Sigo pensando en mi madre: "¿Qué animal le gustaría ser? ¿Alguna vez se habrá hecho esa pregunta?". Pienso en mi madre, pero no pienso en mí. ¿O pienso en mi madre porque no pienso en mí? Le digo: "Me corchaste, no se me ocurre nada". Luz Bella se molesta, tuerce los ojos. Yo la entiendo: tampoco me gusta mi propia ausencia.

"Esta que sigue tienes que responderla: un olor que te agrade". Recuerdo cuando mi madre se iba: después de acompañarla hasta la puerta, yo volvía a la ventana para verla irse. Aunque afuera, ella seguía estando en el olor del cuarto —la presencia de su ausencia—. Digo: "Me agrada a lo que huele un cuarto cuando alguien que quieres ha estado durmiendo: me gusta pensar que esa persona ha descansado". Mi amiga sólo dice: "¡Qué asco!", pero después da su respuesta: "A mí me gustan los olores que salen de la cocina y llenan mi lugar. Hace tiempo, en mi primera casa, cuando alguien cumplía años o había dinero (estos eran los días especiales), mi madre hacía una sopa con plátano y guandúes; le echaba cerdo y yuca, y no sé qué más —era bien espesa, la servía con arroz—, y siempre, al tomármela, quedaba tumbada: había que dormir después de esa comida, que devorábamos todos los que vivíamos allá —nunca quedaba nada en la olla, ni un pedacito de yuca: estoy hablando de devorar—. Y entonces nos despertábamos de la siesta, y el olor de la sopa seguía en la casa. No había sopa, sólo su olor. Y si mi madre decía: 'Abran las ventanas para que entre el aire', todos le decíamos: '¡No! Déjalas cerradas'. Queríamos que siguiera habiendo sopa. Yo respiraba fuerte para tomármela por la nariz. ¡Qué hambre me daba! Pero por más que dejáramos las ventanas cerradas, el olor se iba: volvía a acabarse la sopa. Después me fui de la casa… Durante un tiempo traté de hacer ese plato, pero nunca me quedó como le quedaba a ella. Ya me rendí: es un olor que se fue del mundo".

Afuera, Próspero refunfuña: dice que el polvo que sale de la obra no es bueno para sus flores: "¡Todas mis maticas llenas de mugre!". Cuando alguien en la calle le dice: "Écheles agüita", él se queja más: "¡Sólo sale agua sucia de la manguera!". Mi amiga le grita desde la mesa: "¡Baje la voz! ¿No ve que estamos trabajando?". Y llega música del oriente… La Adolorida aúlla: "No puedo quererte, tú sabes por qué".

Luz Bella sigue: "¿Qué te hace feliz?". Se queda pensando… "A ver, a ver, ¿qué te digo yo?". Aún chupando el hueso —una parte del costillar, donde antes hubo un corazón vivo—, Madrecita dice: "A mí me alegra saber que mis hijos están arriba, sanos y durmiendo: Albertico, en su cuna; Dolores y Caridad, en los estantes de la cocina". Madrecita vuelve y saluda a los cojines de su panza. Y dice: "También me alegra comer: fríjoles, más que todo, piña y pan de queso. ¡Yo tengo que alimentar a este niño!". Luz Bella regresa a Lucecita; se deja caer —mucho dolor de resortes— y lee más respuestas desde su trono de esponja: "Paloma fue feliz hace poco, cuando volvieron a pagarles por actuar en la telenovela. Francisco dice que es feliz siempre que está con Paloma".

Me pregunto qué me hace feliz. Yo vivo entre el amor y la tristeza, pero no siento alegría cuando estoy en amor. Luz Bella me dice: "A ti ni te pregunto, mejor pasamos a la siguiente".

No me gusta mi propia ausencia.

Lo que falta para la fiesta

Como Luz Bella ahora, mi madre me hacía preguntas que yo no sabía responder. A veces, cuando llegaba cansada en la noche —la cara doblada por el trabajo en la fábrica— y me preguntaba qué quería comer, yo pensaba: "No hay casi nada en la nevera", y le decía, entonces: "No tengo hambre", aunque quizás tuviera hambre. Entonces, si ella decía: "¿Cómo que no vas a comer? Tienes que comer", y abría la nevera, y la esculcaba diciendo: "Hay fruta y pollo y arroz de ayer", yo le decía: "Lo que haya, lo que tú quieras", y nos dividíamos: fruta y pollo y arroz para los dos, un poquito cada uno. Lo mismo pasaba con los regalos que quería darme cuando cumplía años. Me preguntaba: "¿Qué vas a querer? Se acerca tu día". Yo le decía: "No sé", porque ya la plata había ocupado un lugar en mi frente.

El cumpleaños que más recuerdo fue la espera de un regalo que no pedí. Mi madre quería celebrarme, eso dijo la noche antes. "¡Diez años no se cumplen todos los días!". Estábamos a punto de quedarnos dormidos: yo, como siempre, sobre el lado izquierdo del colchón, más cerca de la ventana, y ella sobre el otro lado, que era —aún es— el lado de la puerta. Cuando desperté, ella estaba hablando por teléfono. Desde la sala llegaba su voz: "Trata de venir", decía. "Estás un ratico". Lo dijo más veces: "Trata de venir". Y estando medio dormido, medio despierto, no sabía si hablaba con una o muchas personas. Oí que dijo: "Te espero". Al salir del cuarto, mi madre empiyamada me saludó diciendo: "Hoy vas a conocer a alguien muy especial". Me abrazó, me dijo: "Feliz cumpleaños", y siguió hablando desde la cocina: "Comemos algo rico y me pongo a preparar tu fiesta". Pero después del desayuno, mi madre quiso dormir. "Estoy tan cansada", dijo. "Tanto trabajo en esa fábrica...". Volví a la cama con ella.

Nos despertó una vecina, Clemencia —ella vivía donde ahora vive Madrecita—, la mujer que todo el tiempo gritaba: "¡Me voy a podrir! Tengo que irme de acá". Llegó con globos y pudín, y al saludarme estuvo Dios en su boca: habló de él en sus deseos para mí. Los globos y el pudín eran blancos: ese fue el color de la fiesta. "A él le gusta el blanco", dijo mi madre. "Le encanta ese color" —y al oírla me pregunté si el blanco me gustaba; pensé que sí—. La vecina dio una explicación: "Me traje los globos de una boda, pero el pudín lo hice yo". Mi madre dijo: "Gracias", y después me dijo: "Da las gracias". Yo repetí: "Gracias" —su eco—. También dijo: "Qué casualidad: yo estaba por hacerle su torta de cumpleaños, pero con este pudín ya tenemos: a él le encanta el pudín". Enseguida le pidió a la vecina que se quedara conmigo: "Cuídamelo un rato". Mi madre dijo que tenía que comprar algo. "Hoy es un día importante". Después, cuando salió, me pregunté si el pudín me gustaba; pensé que sí.

Mientras mi madre estuvo por fuera, Clemencia dijo muchas veces: "¡Me voy a podrir! Tengo que irme de acá", por momentos en grito y por momentos en llanto. Entonces hacía cálculos: sumaba y restaba, me parecía, asomada a la ventana, y preguntaba a Dios y a su madre: "Pero ¿a dónde, María? ¿A dónde, Dios mío? ¿Para dónde coge una?", y volvía a sumar y a restar, y decía: "Allá están peor, no, no, ni hablar, ni loca me voy para allá", y hacía más cuentas hasta que gritaba su pensamiento final: "¡No hay para dónde coger!", que de inmediato contradecía: "¡Cualquier lugar es mejor que esto!". Ella estaba al borde de una decisión.

Si no hablaba de sus dudas, Clemencia me miraba para decir: "¡Qué regalo el que te va a dar tu madre!". Yo no estaba esperando un regalo, pero tanto habló la vecina de lo que estaba por llegar —"¡Te quiero ver la cara!", decía. "¡Vas a estar días con la boca abierta!"— que empecé a anticipar una alegría: algo bueno me iba a pasar. "El regalo es una persona", le decía yo a Clemencia, "eso lo sé, mi madre me dijo". Ella aclaraba: "No es solamente una persona, sino una persona muy especial, ya vas a ver". Pero después de hablar del regalo, volvía a llorar: "¡Ay, no, no, no! ¡Me voy a podrir! ¿Qué hago, Dios mío?, ¿qué hago? ¡Ilumíname! Tengo que irme de acá". Por pensar en el regalo dejé de consolarla.

Mi madre volvió con tres cajas, una encima de la otra, y apenas abrió la puerta preguntó: "¿Me demoré mucho? ¡No me digan que ya llegó!". Clemencia dijo: "Nadie ha tocado ese timbre", y después, mirando las cajas, que subían de las manos de mi madre hasta su boca, contó: "Uno, dos, tres regalos… ¡Cómo te quiere tu mamá!". Sin embargo, ella aclaró: "Esto es comida. Traje lo que más le gusta: pasteles de guayaba, deditos de queso, albóndigas…". La vecina le dijo a mi madre: "¡Tiraste la casa por la ventana!", y a mí: "Yo no sabía que te gustaban tanto las albóndigas". Mi madre dijo: "No, a él no", y después, con la intención de corregirse, me preguntó: "¿A ti te gustan las albóndigas, verdad que sí? Son muy ricas". Le dije: "Sí" —su eco—, y ella siguió preguntando: "¿Y los pasteles de guayaba? ¡Tienen que gustarte! ¿Cómo no van a gustarte los pasteles de guayaba?". Le dije: "Sí", otra vez, y otra vez: "Sí", cuando me preguntó si me gustaban los deditos de queso. Dijo: "Se van a llevar muy bien", para hablar de quien pronto llegaría.

Mi madre abrió las cajas; puso la comida en platos, y el pudín de Clemencia en el centro de la mesa. "Qué bonitos los globos", dijo, y señaló uno, el que estaba solo en el sofá, fuera de los racimos. Nadie habló, pero al rato, Clemencia dijo: "¡No hay para dónde coger!" —una continuación de su llanto—. Cuando por fin sonó el timbre, mi madre dijo: "No puede ser, ¿tan rápido?", y corrió hasta la puerta. Era Próspero, joven, cobrando el arriendo o entregando un recibo. Mi madre expresó una sorpresa: "¿Ya pasó un mes? ¡No puede ser!", y después le dijo a Próspero: "Hemos tenido unos gastos inesperados —el cumpleaños del niño—, así que le pido que nos tenga paciencia". Próspero se fue y volvimos a esperar: mi madre se fue para la ventana. Y aunque Clemencia siguió diciendo: "Dios mío, ¿qué hago?", durante la espera, el lugar del tiempo lo ocupó mi madre, que marcaba su paso diciendo: "Ya debe estar por llegar", a cada tanto —dos, tres minutos: "Ya debe estar por llegar"—.

Pienso en esto mientras Luz Bella lee la siguiente pregunta del cuestionario: "¿Cómo te gusta celebrar tu cumpleaños?". Madrecita se queja: "¿Con qué cabeza voy a celebrar algo si esos niños allá arriba no paran de correr y de pedir comida y de romper cosas?". Luz Bella, entonces, comparte las respuestas que dieron Paloma y Francisco: "Él dice que, aunque no han pasado un cumpleaños juntos —se acerca la fecha—, le gustaría pasar el día con Paloma: estarse en la cama todo el tiempo y pararse, si acaso, para salir a comer" —largo suspiro de mi amiga—. "A Paloma le gusta la respuesta de Francisco y dice que la próxima vez que cumpla va a imitarlo: cama y comida para celebrarse". Madrecita dice para sí: "Tengo ganas de hacer una fiesta", y después de un silencio de estar pensando, nos dice a nosotros: "A ver, niños, no se les olvide que mañana cumple Albertico" —mi amiga se cubre la risa con la mano—. Hecho el anuncio, Madrecita se despide y nos manda a dormir.

A ese cumpleaños de globos blancos, quien iba a llegar no llegó: no hubo regalo. Mi madre se quedó en la ventana hasta tarde en la noche. Decía: "Esperemos, cruzar el centro es difícil, quizás se perdió", y también, mirándonos a Clemencia y a mí: "No se coman las picadas, esperemos a que llegue". Nunca llegó, pero hizo una llamada. Cuando sonó el teléfono, mi madre corrió a contestar —se tiró al suelo, donde estaba el aparato—. Dijo: "¿Aló?", y después: "¿Te pasó algo?". Ella escuchó la voz que llegaba del otro lado. Pero empezó a ofuscarse: "Tú sabías que era hoy, lo hablamos esta mañana". Un silencio. "¡Tú sabías, yo te dije!". Mi madre ahogó la voz de su madre, nuestro regalo: "La misma historia siempre". Lloró, gritó más: mi madre y su madre hablando. "Todo el día esperándote: si no vas a venir, no vengas, pero no digas mentiras". Colgó —dijo: "Adiós", después de haber colgado— y nos llamó a comer. Clemencia se embutió las albóndigas mientras decía: "Están muy ricas, no puedo parar". Después me cantaron el cumpleaños —el pudín no tenía vela, y sin vela no hay deseo que pedir—. Me dio vergüenza: yo sentí que ninguna de las dos quería cantar.

Pensar un final

¿Cuánto tiempo ha pasado ya?

"Hace mucho se fue", dice Luz Bella —ha apagado el televisor y se abanica con la revista—. "Tienes que ir pensando que no va a volver".

Voy a la ventana: quiero ver si los obreros de la noche están. No han llegado, o ya subieron su escalera y no puedo verlos.

"¿Hasta cuándo vas a esperar? ¿Cuánto llevas esperando?". Luz Bella busca mi cara —yo la evito—. "Tú sabes que quiero mucho a la doña, pero ella no va a volver. Ya no volvió, mejor dicho".

¿Y si vuelve? A veces pienso que en cualquier momento podría llegar.

"Calcula tú", sigue mi amiga. "¿Desde hace cuánto no te llama? ¿Cuánto tiempo ha pasado ya?".

¿Cuánto tiempo ha pasado?

Yo quiero pensar que mi madre me ha llamado justo cuando he estado por fuera. En días de amor pienso eso: ella me llama y yo no estoy —no podemos encontrarnos—. Los días tristes son lo opuesto: yo estoy y no me llama, ella no quiere encontrarme. A veces pienso que mi madre ni siquiera imagina que la estoy esperando.

"¿Qué vas a hacer? ¿Cuánta plata te queda?". Mi amiga insiste, me arrincona. "Tienes que pensar qué vas a hacer". Yo no quiero pensar. Y no quiero esto: olvidarla. Podría esperarla más… "¿Qué te imaginas haciendo, mejor dicho?

¿Qué te gustaría? ¿Vas a esperar hasta cuándo?". Y que repita esa pregunta, ¿hasta cuándo?, me ayuda a pensar.

¿Cuánto más voy a esperar?

Podría fijar una fecha y empezar desde ahora una cuenta regresiva. Le digo a mi amiga: "Voy a esperarla hasta que pongan el último ladrillo de la obra". Nos reímos —y sin embargo, es la forma de decirte, madre, que podría esperarte siempre—. Luz Bella dice: "No, señor, nada de eso. Ponte serio. Una fecha". Le digo: "Voy a esperarla hasta que nazca el bebé de Madrecita". Nos reímos más.

Yo quiero que termine la espera. Tampoco puedo esperar mucho más —tic, tac, tic, tac—: se acaba el tiempo de las monedas. Este es el final que quiero: mi madre llama, dice que está saliendo para acá y a las pocas horas llega. Mientras trato de imaginar el primer saludo —qué nos decimos, qué me dice ella—, empiezo a mirarme en otro final: mi madre sigue sin volver y poco a poco la voy olvidando: olvido por qué se fue, la despedida, su historia conmigo. Luz Bella dice: "Tienes que terminar con eso, hacer otra cosa". Mi amiga deja la revista sobre el televisor apagado; ahí están Francisco y Paloma bajo el título de su historia: "Amor en la vida real".

Luz Bella se despide, tiene sueño. Me pide que cierre bien la puerta. Cuando llego a mi casa, escucho las noticias del oriente: el testimonio de un hombre que venció el hambre comiéndose a sí mismo. "Al principio estaba débil y no podía comerme el brazo. Después del primer mordisco, sin embargo, tuve más fuerza para seguirme comiendo". *Tro-tro-tro-tru*. El ruido muere y llega la música. Trato de dormir.

Paisaje sin luz

Me acuesto.

He despertado.

Tuve este sueño:

Mi madre y yo estamos en la casa, pero no es la casa nuestra —estamos entre muebles que nunca hemos tenido—. En la ventana hay un paisaje negro: son las montañas del fin de la ciudad, pasadas por un fuego que ya se apagó. La hierba no es verde —ha perdido su primer color— y sale humo de los árboles… No hay ciudad después del vidrio. Mi madre pregunta: "¿Y cuándo es que Madrecita va a dar a luz?". Pienso: "Madrecita llegó cuando mi madre se fue. Mi madre no conoce a Madrecita". Y sin embargo, me está preguntando por el parto.

En el sueño, mi madre no me dejó.

Le digo: "No creo que nazca. El niño va a quedarse en ella".

Abrazo en piedra

"Ya no tengo mucho más que hacer acá", dijo mi madre, incendiada la fábrica, y dedicó su tiempo a preparar el viaje: se iría en diez días, tic, tac. Entonces dejó de gritar: "¡Qué ganas de irme!", a cada tanto, pero cuando empezó a hacer las maletas —sólo se llevó dos, que yo cargué hasta la despedida—, también empezó a decir, alto y con recurrencia, como para convencerse de la idea: "¡Es mejor viajar liviano!". Y así, con las puertas del armario abiertas y todos los cajones salidos, mi madre se puso a escoger lo que se llevaría y lo que iba a vender —ella quería irse con todo el dinero posible—: en cajas de cartón, todas alrededor de la cama, iba metiendo cachivaches y prendas que no quería. "Esta falda", la estiraba, y se quedaba pensando, "la tengo hace tanto… Es tan cómoda… Me la llevo" —y pasaba a guardarla en la maleta—. "Y este pantalón, a ver, este pantalón… Tiene un roto, mejor lo vendo" —y lo echaba, sin cuidado, en una de las cajas—. "¡Es mejor viajar liviano!". A veces Luz Bella gritaba, sin pararse de Lucecita: "¡No se deshaga de tantas cosas, doña, se va a arrepentir!". Mi madre se quedaba pensando, pero después volvía a decir: "¡Es mejor viajar liviano!", y seguía separando la ropa: unas prendas para el viaje, otras para la venta.

Quiso que mi amiga le comprara cosas. Le mostró un vestido y trató de convencerla: "Para que cambies de pinta, vecina. ¡Estoy cansada de verte con la falda curuba!". Luz Bella le dijo: "A mí me gusta", y alisando la tela agregó: "Cuando tenga plancha, la plancho". Mi madre también le ofreció cosas a Próspero: medias sin su par, más que todo, que ella quiso venderle como si fueran bayetas. "Para que limpie el piso y las ventanas", le propuso una tarde —estaba regando las flores—. Próspero dijo: "No, señora, no trate de meterme los dedos en la boca. Esas medias están más sucias que las propias ventanas", y ahí mismo gritó, mirando los vidrios: "¡Ay, este viejito! Más chueco cada día".

Mi madre, entonces, tuvo que vender en La Casita todo lo que estaba en las cajas de cartón —ahí mismo había vendido el pescadito de fantasía—. Yo la acompañé, entre los dos cargamos las cajas. Al vernos llegar, el dueño dijo: "¡No, no, no! No me llenen el local de porquerías" —yo lo detesto con fuerza—. Mi madre le dijo: "¿De qué porquerías habla? ¡Respete!", y empezó a mostrarle lo que trajimos: tres blusas que nunca le vi puestas; un par de zapatos viejos; una pañoleta roja que usó unas veces como balaca; una correa de cuerina sin su hebilla; y ropa, también, que había sido mía —camisas y pantalonetas que no me quedaban ya—.

Mientras el dueño y mi madre negociaban —se hablaban con vehemencia: ella le decía tacaño; él la amenazaba con no comprarle nada—, vi al fondo del local, colgando de un perchero, un vestido elegante, con naranjas y violetas, parecido al de la actriz en el periódico: hacía mucho que no pegaba la foto en el vidrio. Recordé a mi madre en el mercado, cerquita de María Alegre, diciendo: "Qué elegante", mientras miraba la foto de Sol. "Cuando tenga plata, voy a hacerme un vestido así". Decidí comprarlo: volvería al día siguiente, solo, y antes del viaje se lo daría de sorpresa.

Ellos, por su parte, siguieron discutiendo. El dueño volvió a decir que las cajas estaban llenas de porquerías. Mi madre le cantó lo que ella misma llamó "sus tres verdades" —le dijo mezquino, avaro, chichipato, aprovechado— y después, insistiendo en que había traído cosas buenas para el local, trató de llegar a un acuerdo con él: "No demos más vueltas y hágame una oferta". El dueño le dijo: "Tengo esto y nada más", y le dio a mi madre seis billetes medianos. Quedamos sorprendidos; ninguno de los dos esperaba recibir tanto. Disimulando su alegría, mi madre dijo: "Le acepto esta oferta, aunque salgo perdiendo" —e hizo un gesto de humillada—. Cogió los billetes y salió del local. Yo le pedí al dueño que me guardara el vestido (y señalé los colores del fondo, naranjas y violetas del perchero). "Vengo por él mañana", y caminé detrás de ella.

Lo compré al día siguiente. Era de seda y organza; tenía polvo y estornudé cuando lo olí. Le pedí un descuento por lo sucio que estaba. El dueño refunfuñó: "No, señor, hoy no tengo paciencia. Lo toma o lo deja, yo no voy a regatear" —¡lo detesto!—. Cuando fui a pagarle, sonrió, victorioso. Dijo: "Lo que su madre se llevó, usted me lo devuelve". Me fui sin despedirme —ella en la cabeza— y pensando cuándo sería el mejor momento para darle el regalo.

(El vestido está en el armario: no se lo di).

Esa tarde, en la casa de Luz Bella —fuimos a visitarla y a ver televisión—, mi madre dijo: "Estoy lista, podría irme esta noche". Estaba feliz con toda esa plata inesperada. Mi amiga le dijo: "¡Cálmate! ¿Cuál es el afán? Aprovecha estos días con él" —me puso la mano en la barriga—. Mi madre dijo: "¡Claro que sí! ¡Por él es que estoy acá! ¡Por él es que me he quedado tantísimo tiempo!". Y entonces me abrazó y empezó a peinarme con la mano abierta. Yo me sentí raro, estuve tímido: no supe qué hacer con la caricia. Pensaba, además, en lo que había dicho: "Podría irme esta noche", tic, tac… Yo la abracé, pero los cuerpos quedaron lejos. Le dije: "No nos despeguemos de aquí hasta que te vayas". Luz Bella gritó: "¡Qué amores!", y yo sentí un placer, pero también vergüenza. Le pedí que pusiera otro programa —en un concurso, dos hombres competían por una bolsa de dinero: ganaría el que comiera más tarros de mermelada—. Mi amiga dijo: "Qué rico comer tanto".

Acercándose el viaje, mi madre y yo nos obligamos al cariño: ya iba a irse, pero todavía estábamos en el mismo lugar. Mientras acomodaba y reacomodaba las maletas —sacaba prendas de una y las metía en la otra, y luego otra vez: quería distribuir el peso o seguir pensando en el viaje, todo era el viaje—, ella paraba un momento para decir: "Me vas a hacer falta". Me daba un beso y volvía a las maletas. Y decía: "Vas a estar bien, al igual que yo. No vayas a ponerte triste. Esto es algo que he querido hacer desde hace mucho". Y seguía empacando y reempacando. Si me quedaba en silencio, me daba un abrazo. Muchas veces me quedaba quieto, sin abrazarla de vuelta —podía estar triste o con rabia: era un viaje que podíamos hacer juntos y era un viaje que no sabía si quería hacer—. Y cuando me quedaba quieto, queriendo irme con ella, queriendo quedarme acá, mi madre decía: "¡Estás como una piedra!", y me volvía a abrazar; me llenaba de besos la cara rígida. Y entonces yo pensaba: "¡Se va a ir en nueve días!", "¡Se va a ir en ocho días!", "¡Se va a ir en siete días!", y me iba hasta su cuerpo, y la abrazaba —¡la apretaba, la apretaba tanto!—, y le decía desesperadamente: "¡Te voy a extrañar muchísimo!".

En la casa nos abrazábamos; en la cama, antes de dormir, y así nos tratábamos de quedar: si ella se movía, yo la buscaba para seguir pegados. Nos abrazábamos en la sala, entre las dos maletas, y en la ventana, mientras mirábamos al mochuelo o hablábamos con mi amiga; mientras peleábamos con Próspero por el arriendo atrasado. "Denos un plazo", nos imitaba él, "cerraron la fábrica y estamos sin trabajo". Un día le preguntamos: "¿Usted no se cansa de perseguirnos?". Se metió al garaje sin responder; mi madre y yo nos abrazamos más.

También nos abrazábamos cuando salíamos a caminar. Una mañana, yendo al mercado —faltaban tres días para que ella se fuera—, mi madre dijo: "No le digas a ninguna que me voy, no me quiero despedir". Nos abrazamos en el puesto de María Amarga, mientras la oíamos decir: "La leche estaba bien hasta que ustedes llegaron". Nos abrazamos en el puesto de María Alegre: le compramos frutas, verduras; nos dio la ñapa —unas rodajitas de piña—. Mi madre le dijo: "Gracias por todo, tú siempre has sido buena". Esa fue su despedida. María Alegre contestó: "De nada, mi amor, ¿acaso estamos bravas?" —lo que siempre le decía—. Nos fuimos a la casa agarrados de la mano.

Pasando por la obra, le dije: "¡Ay, mami, ya faltan tres días!", y volví a desesperarme: le di otro abrazo —uno más fuerte— y luego un beso en su cara de esperanza —¡sólo faltaban tres días para el viaje!—. Le pregunté: "¿Cómo te sientes?", y respondió: "¡Feliz, no veo la hora!". Enseguida, sin embargo, y obligándose al cariño, dijo: "¡Me vas a hacer mucha falta!". Yo la abracé otra vez —más, más, más— y después, caminando de gancho, le mostré un banquito y dije: "Sentémonos un rato". Nos pusimos a ver la obra: un hombre empujaba una carretilla, llena de sacos de cemento; la grúa subía unos bultos hacia el andamio de santa Volqueta. Otro preguntó: "¿Dónde va esto?" —venía cargando un rollo de cables—. El ingeniero dijo: "Eso no va en ninguna parte". Sonaron taladros y picos.

"Me fui", dijo mi madre, "y no pude ver lo que van a hacer". Y al oírla pensé, ya no que iba a irse, sino que su viaje era definitivo: *Me fui y no pude ver.* Entonces la cogí de las manos, la miré. Le dije —y quería decirle otra cosa—: "Tienes que volver para ver cómo avanza". Mi madre dijo: "Así ha estado siempre y así va a estar". Y yo pensé: "¡No va a volver! ¡No quiere volver!". Le dije —qué miedo, qué triste—: "Si no quieres volver, yo puedo visitarte". Me dijo: "¡Claro que voy a volver! Voy a volver para verte y saber cómo estás". Y yo quise llorar y decirle que no se fuera. Le dije, sin embargo: "¡Te va a ir muy bien, te va a ir muy bien!", y volví a abrazarla y ella me abrazó —no fue una obligación de cariño: estábamos aprovechando el tiempo—. Pegué la boca a su oreja y le dije: "Me vas a hacer mucha falta", y me dijo: "Tú también, mi cielo, tú también", y le olí el pelo, y dejé la nariz en el pelo —olía, olía—, y ella me dio besos en la angustia de mi cara.

En un momento dejamos de estar los dos. Un hombre pasó y se quedó mirándonos; alzó las cejas y llevó los ojos por los lugares de nuestro amor: su pelo y mi nariz, su boca y mi cara... Mi madre se soltó. Le pregunté: "¿Qué pasa?" —se había sonrojado—. Me dijo: "Vámonos ya". No entendí lo que ocurría —ahora entiendo más—. Cuando llegamos a la casa, yo la abracé, pero los cuerpos quedaron lejos. Le dije: "Estás como una piedra".

No se dice adiós, se dice adiós

La noche sigue en noche.

No he podido dormirme otra vez. La música llega desde el oriente y hasta mi cama. He acompañado en susurros las canciones que me sé. Ahora suena una lenta —es triste, un grito de La Adolorida—:

No se dice adiós.
Se dice: "Para.
¿Por qué te vas?".
Se dice: "Quédate
Otro tiempo".

Esa canción me hacía llorar —ya no me hace nada—. Una vez, recién mi madre ida, empezó a sonar en la casa de Luz Bella —mi amiga, como siempre, estaba viendo televisión—. Desde la cama le pedí: "¡Súbele! ¡Súbele, por favor!", y no había terminado de hablar cuando sentí que la voz se me fue. Quería decirle: "¡Esa canción me la recuerda!". Empecé a llorar. Y lloraba y cantaba:

El fin iba a ser
El fin de la vida.
El fin no iba a ser
Este adiós.

Luz Bella me llamó *amigo* por primera vez. Me dijo: "Amigo, no sé qué hacer para ayudarte" —igual se quedó en la poltrona—. Habría querido decirle: "Tranquila, estoy bien", pero no quise (y no era verdad). Seguí cantando:

No se dice adiós.
¡No se dice adiós!
Yo no quiero despedirme.

Luz Bella me tiró una chancleta —también fue la primera vez que lo hizo—. "Levántate, ven a visitarme". Y como no le respondí, lanzó la segunda, que entró por la ventana como un pájaro con rabia —yo quisiera que algún día entrara a visitarme el mochuelito—. "¡Estás despechado!", me dijo. "Tu madre te rompió el corazón" —mi amiga me hizo pensar—. Ahora canto como ese día:

¡En la tierra
Al mismo tiempo
Y separados!

Y el coro va diciendo —primero en susurros, luego alto—:

Cada uno en una casa.
Cada uno en una casa.
¡Cada uno en una casa!

Luz Bella volvió a decirme: "¡Levántate, ven a visitarme!", y cuando por fin le dije: "Voy", mi amiga gritó: "¡Por favor, tráeme las sandalias!". Seguí cantando mientras las recogía:

¿Es amor si estamos lejos?
¿Hay amor sin cuerpo?

Cuando llegué a su casa, me preguntó: "¿Qué es lo que te pasa?". Le dije, con la canción: "¡Ay, amiga! Yo acá y mi madre allá, tan lejos, ¡no tiene sentido!". Y ahora canto:

¡Mira!
Tengo un hueco
En el pecho
Con tu forma.

Nada en la letra me hace sentir… Antes me partía. Luz Bella dijo: "¡Ya sé! Tomémonos algo", y en cuanto se alzó de la poltrona, me pareció verla de pie por primera vez. Le subí el volumen al televisor y La Adolorida siguió cantando:

¡No se dice adiós!

Y después, con trompetas —yo también cantaba—:

¡No se dice adiós!

Y luego, con el trago:

Se dice: "¡Vete!
Si eso quieres, ¡vete!
Pero recuerda
que te voy a esperar".

Mi amiga también le cantó a alguien —no supe en quién pensaba cuando cerró los ojos—. Yo le serví otro trago. Gritamos juntos:

¡Yo no quiero despedirme!

Y la canción se fue terminando —se está terminando ahora—. Hay un eco que prolonga la voz de La Adolorida:

No se dice adiós...

Y el eco:

Se dice adiós...
Se dice adiós...

Va a amanecer.

Adiós...
Adiós...

Luz Bella volvió a decirme: "Amigo, estás despechado" —ya estaban sonando las últimas trompetas—. Le dije: "Tanto tiempo diciendo que se iría... Toda la vida a punto de irse... Yo pensaba que se iba a quedar". Mi amiga volvió a la poltrona; bajó el volumen del televisor. Seguí diciendo: "No entiendo el afán de irse sin mí" —otro trago—. "Yo habría podido acompañarla".

Y entonces suenan las últimas trompetas —allá, en el fondo, el eco del adiós—. Esa noche mi amiga dijo: "La doña se fue sola porque quiso irse sola. Se despidió de ti, aprovecharon el tiempo. Estuvieron juntos muchos años.

Ella dijo que iba a volver, que llamaría: espérala, entonces".
Ahora pienso en lo que ha estado diciéndome estos días:
"Tienes que ir pensando que no va a volver".

¿Cuánto más voy a esperar?

¿Y cómo me despido?

No se dice adiós...
Se dice adiós...
Adiós, adiós...

La luna está en el vidrio. Pienso: "Es la luna, que da
vueltas. No soy yo". Quiero volver a la primera palabra.
"Es la luna, no soy yo". Luego miro la foto de mi madre
en el vidrio. Y pienso: "No es mi madre ni es su foto: es
la foto de una actriz que mi madre admiró. Es un recorte
de periódico, no es el sol del vidrio".

Adiós...
Adiós...

Va a amanecer. Y no será mi madre quien esté en lo
alto: será el sol. Sus rayos no son lágrimas.

Quiero volver a la primera palabra.

No se dice madre —se dice sol—.

No se dice madre —se dice foto o se dice recorte de
periódico—.

No se dice yo —se dice luna—.

No se dice adiós —se dice adiós—.

Adiós...
Adiós...

Naranjas y violetas

Está amaneciendo.

Una luz ha abierto el cielo. La puerta del armario también está abierta: se asoma el vestido como el sol ha empezado a asomarse. Hay naranjas y violetas arriba —naranjas y violetas adentro—. La ventana, en cambio, está cerrada. Me paro a abrirla y entra el aire. Me quedo mirando la foto deslucida: la cara que había en ella no dice nada.

Madrecita grita: "¡Nació!", y el mochuelo canta: "La espera".

La enferma pide: "¡Musiquita!".

Antonio le dice: "Buenos días".

La Adolorida se está lamentando: "¡Yo quisiera volver a nacer!". La vecina canta con ella.

Y Madrecita dice: "¡Feliz cumpleaños, hijo!", pero no escucho lo que dice el niño.

Luz Bella también se despierta: "¡Ay, qué dolor! ¡Ya casi se acaba la novela!".

Y Próspero riega sus flores.

El mochuelito canta: "Otro día, la misma espera" —está volando sobre el árbol que desde hace años dice: "Yo te amo"—.

Antonio le pregunta a su madre: "¿Qué quieres desayunar?". Ella dice: "Nada".

Y La Adolorida sigue: "¡Volver a nacer para volver a vivir!".

Los obreros comienzan a llegar. Uno saluda a santa Volqueta, otro celebra que el muro esté.

El muro también dice algo —en la noche escribieron un mensaje sobre él—: "¡Adelante y para arriba!", en letras blancas.

El ingeniero ordena: "¡Hay que limpiar el muro!". Alguien responde: "Dejémoslo así, nos da ánimos".

Nadie grita: "¡Como mande!".

Y la enferma dice: "Pasé mala noche".

Antonio dice: "Ya te traigo el desayuno".

La foto en el vidrio no dice nada. La miro y pienso en mi madre: el día que se fue, temprano en la mañana, le mostré el periódico —quería darle el vestido en ese momento—. Le pregunté: "¿Tú te acuerdas de Sol?". Mi madre dijo: "No". Le expliqué: "La actriz de esa telenovela que veías, se llamaba *Algún día seré feliz*. La daban en las noches y tú me decías que era para grandes. Todo el tiempo había escenas de violencia". Otra vez dijo: "No, ni idea", y yo seguí con el recuerdo: "En un episodio, ella estaba con su hija —se llamaba Violeta—: tenían una peluquería. Sol escondía sus ahorros en el piso, debajo de una alfombra y de una tabla suelta. Las dos querían irse, como tú: no estaban contentas en la ciudad". Mi madre se desesperó: "¡Tantas telenovelas que he visto! Creo que me acuerdo de la canción". Le dije: "Cuando estaban a punto de viajar —habían reunido mucha plata—, un hombre las atracó con un revólver, le disparó a Sol". Mi madre dijo: "¡Qué horrible! ¿Para qué me cuentas eso?", y después, de nuevo: "He visto muchas novelas, ésta no me suena".

Yo tenía el vestido en una bolsa de papel; le había puesto un lazo rojo —era mi regalo de despedida, la forma de decirle: "Desde hace mucho he querido darte algo"—. Con el periódico en la mano, le pregunté: "¿Y no te acuerdas que una vez fuimos al mercado, al puesto de las frutas, y que al ver esta foto de Sol, dijiste que el vestido te gustaba?". Mi madre dijo: "¡Qué memoria la tuya! No me acuerdo de nada". Empezó a cerrar las maletas: con una pudo enseguida, la otra no se dejó. "La llené mucho", dijo, y sacó un par de blusas. Trató de cerrarla otra vez: tampoco pudo. Entonces sacó una falda y un pantalón; por fin, y haciendo mucha fuerza, pudo cerrar la corredera. "Estoy lista", dijo.

No le entregué el vestido: de todos modos, no cabía. Al rato nos fuimos a la terminal. Faltando unas cuadras, me dijo: "Ya estuvo, despidámonos acá". Me acerqué: "Quería ayudarte a cargar las maletas". Me dijo: "¡Pero si no pesan nada!", y a medio camino nos despedimos.

El vestido está en el armario.

Miro la foto en la ventana.

No ha vuelto a sonar el teléfono.

Madrecita pregunta: "¿Qué día es hoy?", y ella misma se responde: "¡Es el cumpleaños de Albertico!".

Un obrero grita: "¡Hoy pagan!", y Próspero dice: "Usted me tiene que pagar" —desde abajo me mira—.

Y ahora canta La Adolorida: "Este el cuerpo que puedo ofrecerte. ¡Es el amor que puedo ofrecerte!".

La enferma le pide a Antonio: "Acércame a la ventana", y él le dice: "Madre, mejor quédate reposando".

Luz Bella se queja: "¡Ay, qué dolor! ¡Mañana se acaba mi novela!".

Y la enferma se queja: "¡Estoy harta de estar en la cama!".

Y Antonio le dice: "Yo te ayudo a pararte".

Próspero también se queja: "¡Este viejito! ¡Más chueco que yo!" —y pienso que tengo que pagarle—.

La enferma pide: "¡Llévame a la ventana!", y luego: "¡Ay, con cuidado, ay!".

Y sigue La Adolorida: "¡Ay! No es mucho lo que tengo, ¡ay!".

El mochuelo ha dejado de cantar, pero el árbol sigue diciendo: "Yo te amo".

Madrecita grita: "¡Los espero en mi casa para celebrar!".

Y Luz Bella dice: "Voy cuando se acabe la novela".

Yo le deseo un feliz cumpleaños a Albertico —y mi amiga se ríe, y yo me río, y los obreros celebran que hoy les pagan—.

Y Próspero insiste: "¡Me paga porque me paga!".

Le grito: "¡Déjeme en paz! ¿No se cansa de perseguirme?".

El teléfono está callado.

La enferma asoma la cabeza; las canas le tapan el rostro.

El vestido está en el armario.

La foto no dice nada.

Teléfono roto

El teléfono, me parece, ha comenzado a sonar —no creo: el deseo del timbre me ha engañado muchas veces—. ¡Ring, ring! Podría estar sonando… ¡Ring! Quizás es la radio, el anuncio de la alerta: "¡Ring, ring! ¡Noticia de última hora!". O quizás un programa que esté viendo Luz Bella —¿habrá prendido el televisor?—. Le pregunto: "Amiga, ¿tú oyes eso?". Me dice: "No, ¿qué?", y le digo: "El timbre del teléfono". Se queda callada y lo sigo escuchando. ¿Podrá ser posible? ¡Ring, ring! Vuelvo a dudar. Entonces Luz Bella me dice: "¡Está sonando, corre!", y corro a contestarlo.

Una mujer me dice: "Buenos días", y pregunta por mí. Le digo: "Con él habla", y me extraño. En su lado se oyen sirenas, sonidos de ambulancia. ¿Quién puede ser? ¿Por qué me llama? La mujer dice: "Tengo que darle una información importante" —más sirenas—. Me alarmo —un susto— y pienso: "¡Le pasó algo a mi madre!". Grito: "¿Qué fue?, ¿qué pasó? ¡No me haga esperar!". Me pregunta si la estoy escuchando bien. Le digo: "Sí" —me desespero—. "¡Sí!". Y más alto: "¿Qué fue?, ¿le pasó algo a mi madre?". La mujer me dice: "No, señor, lo estoy llamando por otro motivo". Sigo gritando: "¡Diga! ¡Hable ya!". Me dice: "Queremos recordarle que, si no paga el recibo —quedan tres días para la fecha de corte—, suspendemos la línea". Alivio y rabia: mi madre está bien, pero sigue sin llamarme —ahora estoy a punto de quedarme sin servicio—.

La primera vez que llamó, estaba hablando con mi amiga: ella en la poltrona y yo en la ventana. Mi madre se había ido dos días atrás, venía esperando su saludo: quería saber cómo estaba, si había llegado bien. "Ya me estoy preocupando", le dije a Luz Bella, "nada que llama" —mi amiga, mientras tanto, veía televisión—. Al rato oí el timbre. ¡Ring, ring! Salí corriendo, empecé a desear: oír su voz, hablar con ella. ¡Ring! Dije: "¿Aló?", y mi madre me llamó *nene* —esa fue su primera palabra—. "Nene, ¿cómo estás?" —nunca me había dicho así—. Le dije: "Bien, mami, ¿cómo llegaste?", y ocurrió el cariño. Yo pensé: "La amo. Le voy a decir que la amo". Mi madre dijo: "*Eh-uh-ah*", y después: "¿Me escuchas?". Le dije: "Sí, ¿cómo estás?", y ella: "*Chas*", y enseguida: "*Uh-ah*, está entrecortado". Volví a decirle: "Te escucho", y luego: "¿Dónde estás?, ¿cómo llegaste?". Mi madre dijo: "*Tre-las-por-me...*". Tuve que decirle, esta vez yo: "No entiendo, espera, está entrecortado" —siguió hablando—. Oí que dijo: "Noche", y: "Bus", y: "*Ten-que-col-ya*". Alcancé a preguntarle: "¿Tienes que colgar?". Mi madre dijo: "*Oh-eh-cho*". Antes de colgar, me animé a decirle: "Te amo". Entonces dijo: "No", o: "Yo", y después, más lejos: "*Cho*". Me pregunté si dijo: "No te escucho", o: "Yo también te amo mucho".

Me quejo con la mujer de los precios del teléfono. Me dice, como ya me había dicho su compañera: "Desde este mes cobramos el mantenimiento de la línea". Le digo: "¡Rateros! No voy a pagar. Si quiere córteme el servicio ya mismo". Cuelgo sin despedirme y desconecto el teléfono: ya sé lo que haré. Luz Bella toca la puerta —hace mucho no venía hasta acá—. Cuando le abro, me pregunta: "¿Era tu madre?". Algo en mí la hace decir: "¡Lo sabía! ¡Yo sabía que te iba a llamar!". No me atrevo a contradecirla. Le digo: "Me llamó, pero no quiero hablar de eso" —no sé qué estoy diciendo—. Luz Bella pregunta: "Pero ¿está bien?". Le digo que sí. "¿Y por qué no había llamado antes?". Le digo: "¡Ay, amiga! ¡No quiero hablar! Después te cuento". Entonces me abraza, no sé si en amor o en tristeza.

Vida y repetición

Tengo a Próspero en la cabeza. "¡Me paga porque me paga!", ha seguido diciendo. Ahora cuento los billetes que aún están en la cajita: como no pagué el recibo, todavía me alcanza para un mes de arriendo. "No es uno ni son dos", insiste en recordarme. "Son tres meses los que debe". Lo ignoro y me alisto para salir. Luz Bella, entretanto, me llama: "¡Amigo! ¿Qué dijo la doña? Quiero saber cómo está". Vuelvo a decirle: "Después te cuento", y me despido —el mochuelito está cantando al otro lado del vidrio—. Afuera, mientras un obrero dice: "Se acabó el cemento", y su compañero grita: "¡Alcemos otro muro!", le digo a Próspero: "En un rato le doy la plata". Él se queda con sus flores y, regadera en mano, hace que llueva sobre ellas. "Lloviznita tierna, lloviznita tierna".

En cuanto entro a La Casita, el dueño pregunta: "Pero ¿cómo? ¿Aún tiene cosas para vender?" —¡lo detesto!—. Al fondo, en el escaparate, veo que hay cosas que dejé hace tiempo: la pintura de las montañas y la del mar con la ciudad prendida; también una cacerola que alcanzo a reconocer. Le digo: "Traje dos cosas que le van a interesar" —le muestro el teléfono y el vestido con naranjas y violetas—. "Esto se lo vendí yo", me dice. "¿Qué pasó? ¿Por qué me lo devuelve?". Pienso: "¡Ya empezó a molestar!". Le digo, sin embargo: "Toque la tela usted mismo, mire: ¡pica mucho!". El dueño mete el brazo en las mangas del vestido; después lo huele y tuerce la boca. "Esto ya era viejo cuando usted se lo llevó. ¿Y ahora quiere que se lo compre con más tiempo encima?" —¡lo detesto!—. Entonces camina hasta el perchero y empieza a mostrarme ropa que no ha podido vender. "Esta falda, por ejemplo, lleva meses aquí. ¡Meses! ¿Para qué la compré? ¡Para nada!". Mientras va mostrándome prendas —se va quejando de casi todas: "¡Nadie me las quiere comprar!"—, reconozco una camisa que fue de Pepe —ya no quiero llamarlo mi compañero invisible—.

El día que lo conocí, yo llegué al local mientras él negociaba con el dueño. Pepe había puesto en el mostrador varias cosas: unos zapatos sin cordones, una jarra de vidrio. El dueño estaba irritado: "¿Cómo quiere que le compre esto?", alzó un zapato con asco. "¿Lo ha olido? ¡Y mire esas suelas!". Después le dio vueltas a la jarra. "Quiero saber si está escarchada". Pepe le dijo: "Está como nueva, fíjese; la habré usado diez veces". Yo estaba desesperado: quería que el dueño me atendiera —quería plata—; iba a vender las persianas de mi cuarto. Siguieron negociando. El dueño hizo su oferta: "Le compro la jarra pero no los zapatos". Y Pepe, la suya: "¡Los zapatos están buenos! Yo se los doy limpiecitos". Pensé: "Los voy a apurar", y cuando quise preguntarles: "¿Se demoran mucho?", Pepe hizo un ruego: "Cómpreme todo, por favor. Ya casi completo lo del viaje" —empecé a mirarlo—. "¡Qué ganas de irme!", dijo. "Ayúdeme, usted tiene plata". Y como el dueño siguió diciendo: "No", y otra vez: "No, no, no", decidí ayudarlo yo mismo. "Se ven cómodos los zapatos", dije, "¡lástima no tener para comprarlos!". El dueño insistió en su respuesta hasta que por fin los compró. "¡Me voy a arrepentir! ¡Lo sé! ¡Ya me veo llorando sobre estos zapatos!". Pepe se fue de La Casita con la plata que quería.

Después de vender las persianas, me fui a hacer mercado. En el puesto de las frutas lo vi hablando con María Alegre. "Estoy vendiendo todo", decía Pepe —y volví a mirarlo: estaba mordiendo una naranja—. "He ahorrado bastante". Los saludé y nos presentamos. María Alegre dijo: "Mi amor, cómete alguito", y me dio una guayaba. "Hace tanto no veo a tu mami". Le dije: "Por ahí anda", y empecé a escoger verduras para llevarme. Ellos siguieron hablando. "Hace rato quiero irme", dijo Pepe, y en mi cabeza, entonces, mi madre volvió a decir: "Esto es algo que he querido hacer desde hace mucho" —lo miré más—. María Alegre le preguntó: "¿Para dónde te vas?". Pepe dijo: "Aún no sé" —y mi madre, ¡mi madre!, mi madre volvió a decir: "Todavía no sé"—.

¡Cómo se repite la vida!

Pepe y yo nos despedimos. Pensé que no volvería a verlo, pero nos seguimos encontrando en La Casita. Un día me preguntó —acababa de venderle al dueño un casco amarillo—: "¿Tú también ahorras para irte?". Le dije: "No, yo quiero quedarme". Se alarmó. "¿Y por qué? ¡Si acá no hay nada!". Le dije: "Estoy esperando a alguien. Va a volver —ella lo prometió—, y si me voy de acá, ya no podremos encontrarnos". Soltó una risa. "¡Estás enamorado!", y siguió diciendo: "¡El hombre está enamorado!" —me preocupé al escucharlo, me hizo pensar—. "¡Está enamorado, está enamorado!". No quise aclararle a quién esperaba.

Como mi madre, Pepe hablaba mucho de plata. Salíamos de La Casita y caminábamos un rato. Después de vender su casco, Pepe usaba las manos para protegerse del sol —hacía de ellas una cachucha—. "¡Mira cómo me he quemado!", se quejaba, pasándose el dedo por la cara y los brazos rojos —y mientras hacía eso, yo lo miraba más—. Entonces, cuando gritaba: "¡Ya he vendido casi todo lo que tengo!", yo le decía: "Es mejor viajar liviano".

¡Cómo repetimos la vida!

Cada vez que mencionaba el viaje, yo pensaba en ella. Le hacía preguntas —una y otra vez, las mismas que yo quise que mi madre respondiera—: "¿Y ya decidiste para dónde vas?". Pepe decía: "No. Eso no importa. En cualquier lugar estaré mejor". Luego le preguntaba: ¿En qué fecha te irías?". Casi siempre se quedaba en silencio, pero también podía decir: "No sé, estoy ahorrando. Quiero viajar con todo el dinero posible".

Una tarde le pregunté: "¿Con quién vives?". Dijo: "Con mi hermano, que es como mi hijo" —lo miré más que nunca—. "Nació mucho después que yo". Quise saber si se irían juntos. Me dijo: "No. Él está grande y quiero viajar solo" —y mi madre, ¡mi madre!, mi madre volvió a decir: "No vayas a ponerte triste. Esto es algo que he querido hacer desde hace mucho"—. Seguí haciéndole preguntas: "¿Y no te da tristeza separarte de él? ¿Por qué no quieres que vaya contigo?". Pepe dijo: "¡Claro que me hará falta! ¡Es mi hijo, un compañero!". Yo le insistí —te hablaba a ti, madre—: "¿Y entonces por qué no te vas con él?". Se irritó, no le gustó la pregunta. "Ya te dije, hombre, ya te dije" —y no sé, madre, si tú también me respondiste ahí—.

Yo me acostumbré a verlo. Cuando lo oía decir: "¡Ya falta poco para el viaje!", pensaba: "No va a irse nunca". Entonces llegaba a La Casita y volvía a verlo. Él vendía sus cosas, yo las mías —cada uno desarmaba su casa—. Un día fui y no estaba, pensé que nos habíamos cruzado. Le pregunté al dueño por él, me dijo: "No lo he visto por acá".

Ahora me dice: "¡Y acá sigo con los zapatos que le compré a su amigo! Mire esto: ni con las suelas nuevas me los han querido llevar". Vuelvo a mostrarle mis cosas, el teléfono y el vestido. Le digo: "Ayúdeme, por favor, usted tiene plata". Los termina recibiendo y le doy las gracias tres veces. El dueño lleva el vestido al mismo perchero donde estuvo antes; exhibe el teléfono en el mostrador. "¿Y su madre?", me pregunta. "No ha vuelto por acá". Le digo: "Por ahí anda, por ahí anda". Finalmente, mientras estira la mano para darme la plata, agrega: "Y tampoco he visto a su amigo". Cuento los billetes y monedas. Le digo, ya en la puerta: "No nos hemos vuelto a ver".

La cama es una casa dentro de la casa

Quiero hablarte mientras camino.

Estuve en La Casita y el dueño me preguntó por ti. Le dije: "Por ahí anda". O le dije: "No hemos vuelto a vernos". Vendí unas cosas y ahora tengo dinero —no va a durarme nada en el bolsillo: debo el arriendo y quiero quedarme donde estoy—. En esa casa te he imaginado conmigo, allí he querido recibirte.

Siempre estoy abriéndote la puerta.

Cada vez que entras, digo lo que acabo de decir: "Desde hace tiempo he imaginado que te recibía". Me das un beso, o yo a ti, y entras a la casa con una maleta. La casa parece vacía —no creo que lo esté: hay un cojín en la sala—. Siempre llegas sudando. Pides agua y yo me alegro: es lo que tengo en la nevera —no sé si tengo lo que quieres, pero tengo lo que necesitas—. Te invito a sentarte en el cojín. Cuando traigo el agua, me arrodillo en el suelo —así se encuentran los ojos—. El cojín es el lujo que puedo darte. Es poco, pero es todo lo que tengo: es poco, pero es todo.

Hablamos, me cuentas por dónde estuviste. Oyéndote pienso: "No se fue, estaba viajando". Te pregunto si tienes hambre; me dices que mucha. Preparo un arroz con fideos. La porción más grande es la tuya —quiero llenarte de regalos—.

Vamos al cuarto después de comer. Ahí están la cama y el armario oscuro; lo abro y entra luz, de un palo cuelga mi ropa sola. Te digo: "Hay mucho espacio para ti: puedes guardar tus cosas". Yo te ayudo a desempacar la maleta. Nuestra ropa se hace compañía.

Te invito a quitarte los zapatos —yo he estado descalzo desde que llegaste—. Te digo: "Estás en tu casa" —tú te sientes en casa: te quitas los zapatos—.

Quiero que descanses.

En la cama hay dos almohadas. En una ha estado mi cabeza, la otra ha sido tu cuerpo. Quiero que ocupes el lugar de la almohada que abrazo cada noche. En esa almohada nació muchas veces la cabeza de Dios; quiero que en ella repose la tuya.

Quiero que descanses.

Cuando te acuestas, cierras los ojos. Te arropo con la cobija que no tengo —mis sábanas están sucias y prefiero ofrecerte lo que imagino—. Te cubres todo el cuerpo para dormir —la cama es una casa dentro de la casa: el colchón es el piso y la cobija es el techo; es una casa de paredes suaves—.

En esa casa te he imaginado conmigo, en ella he querido recibirte.

Quiero que ocupes el lugar de la almohada que abrazo cada noche.

Quiero que tengamos una vida horizontal.

Tu madre tiene un nombre

En la obra están hablando de *El más grande espejo*. Uno pregunta: "¿Qué pasó ayer?". Todos contestan algo distinto. Guaro dice: "Paloma y Francisco van a salir. Seguro se besan en este episodio". Otro repite lo que Guaro decía ayer: "La mala está que mata a alguna, ya se está demorando". Y otro —empuja una carretilla— recuerda las fotos de una mujer, la madre de Paloma, con la cara tachada. "¿Quién será la madre?", pregunta el obrero. Varios dicen: "La que está en silla de ruedas", y otros: "La mala, ¡seguro es la mala!". Cuando llego a la puerta del edificio, Luz Bella les grita: "¡Cállense, que va a empezar!". Y enseguida: "¡Ay, qué dolor! ¡Mi novelita se acaba mañana!". Madrecita se asoma para decir: "Ya tengo todo listo para la fiesta". Mi amiga le pide que nos espere.

"Le tengo una plata", le digo a Próspero —está mirando el edificio de arriba abajo: seguro anda aburrido y busca algo que reparar—. "Suba conmigo si quiere que le pague". Entretanto, llega hasta la calle la canción de la novela: "Te vi, oh, oh, y tú a mí, sí, sí". Luz Bella vuelve a pedir silencio, pero Próspero dice: "¡Ay, este viejito! Hay que hacer mantenimiento", y señala las letras de "Lomas del Paraíso" —ahora la *ere* está a punto de caerse—. Entramos juntos a la recepción; saca lo que parece un cuaderno contable. "¿Cuánto va a abonar?", me pregunta. Le digo: "Lo de un mes", y comienza a anotar algo —escribe mucho, pero no alcanzo a leer—. "¿Cuál es la demora?", lo afano. "¿No ve que ya empezó la novela?". Próspero dice: "No voy a multarlo por el atraso" —se siente magnánimo—. Yo me lo quedo mirando sin darle las gracias.

Subimos hasta mi casa, pero le pido que se quede afuera. Cierro la puerta y camino al cuarto —también cierro los ojos para no ver la sala sin teléfono—. Busco la cajita para reunir la plata que traigo con la que tenía. sumo, resto, vuelvo a restar… No quiero hacer más cuentas. Completo lo del mes y vuelvo a Próspero. Le digo: "Me hace el favor y me da un comprobante. Después se le olvida que pagué, ¡ya me lo conozco!". Le doy la plata y me da el recibo; en él ha escrito: "Un mes solamente", subrayando dos veces la última palabra. En el pasillo me hace una advertencia: "Mañana mismo le cobro el resto", a lo que respondo: "No lo escucho, ¿qué dice?", y entro a la casa de Luz Bella. Me alivia no verlo más.

Sin que le pregunte nada, mi amiga dice: "Ya empezó: Paloma y Francisco fueron a un parque". En la pantalla, los dos están contentos. Ella habla y sonríe; él escucha y sonríe… La cámara muestra cómo quieren agarrarse de la mano: cada uno se acerca al otro, mueve los deditos y se termina alejando —hacen esto varias veces—. Mi amiga grita: "¡Bésense, pendejos!", y entierra las uñas en los brazos de Lucecita. "¿Por qué tanta espera?". Desde su andamio, entonces, Guaro pregunta: "¿Qué está pasando?". Luz Bella le dice: "Nada. Hablan y hablan y no se besan". Francisco, entonces, mete el dedo en su helado (debe ser de vainilla) y embadurna de dulce la nariz de Paloma. Ella lo imita (su helado es de fresa) y los dos se ríen; también se hacen cosquillas. Mi amiga se desespera —esto es algo que ocurre siempre que ve televisión—: se jala el pelo y les pide más fuerte que se besen.

La cámara muestra a una niña que corre hacia ellos. "Estoy buscando a mi mamá", les dice, y sus lágrimas llenan la pantalla. "Estoy perdida, no la veo". Paloma se agacha para estar con ella: la peina con los dedos y le pregunta el nombre —se llama Angelita—. "Todo va a estar bien", le asegura Francisco. "¿Dónde la viste por última vez?". La niña dice: "Allá", y señala un rodadero. Paloma le dice: "Nosotros te ayudamos a buscarla". Entonces los tres caminan hacia el juego —Angelita entre los dos, cada uno le da la mano—. Luz Bella está molesta: "¡Tenía que estropearlo todo!", y les cuenta a los obreros lo que está pasando. Guaro pregunta: "¿Y la mala en qué anda? ¿No ha matado a nadie todavía?". Cuando llegan al rodadero, la niña les dice: "Acá estaba ella", y se para en un punto de la tierra; pone los pies sobre las huellas que dejó su madre. Paloma le pregunta: "¿Cómo se llama tu mami?". Angelita responde: "Mamá". Francisco le dice: "No, nena, el nombre, ¿cómo es? Ella tiene un nombre". Pero la niña vuelve a decir: "Mamá", y la llama: "Mamá". Grita: "Mamá, ¿dónde estás?". Y otra vez: "¡Mamá, mamá!". Paloma y Francisco la acompañan en su grito. La pantalla se va haciendo negra mientras ellos gritan: "¡Mamá!". Pausa publicitaria —suceden los mismos comerciales de siempre—.

Luz Bella dice: "Estoy harta de esta novela, ¡por fin se va a acabar!". Enseguida, sin embargo, se arrepiente de lo dicho. "¡Qué pesar tan grande! ¡Ya mañana se termina!". La canción suena otra vez; Angelita vuelve a la pantalla. "¡Mamá!", sigue gritando. "¡Mamá!". Paloma y Francisco también la llaman. "No te preocupes, nenita, la vamos a encontrar". Los protagonistas, entonces, corren en cámara lenta —buscan a la madre que no conocen—. Poco a poco los gritos bajan en volumen y los usuales violines reemplazan su voz —es música que me emociona—. Una mujer aparece llorando; corre también en cámara lenta. Los violines suben, suben, suben… Paran, de pronto, para dar paso a su llamado: "¡Hija mía, aquí estoy!". La cámara, ahí mismo, muestra a Angelita, que corre hacia su madre con los brazos abiertos; los violines vuelven a sonar. "¡Mamá!", se alegra y llora la niña. "¡Mamá! ¿Qué te hiciste? ¡Mamá!". La madre le dice: "Fui a comprarte un helado y, al volver, ya no estabas". La madre y la niña se abrazan. "Pensé que te había pasado algo". Ambas agradecen la ayuda de los protagonistas. Y mientras ellos celebran el reencuentro, Luz Bella les grita desde el mueble: "¡A ver, pues, a lo que vinieron!". Parece que le hacen caso. Francisco dice —un galán—: "Sigamos en lo nuestro", y Paloma sonríe. Otra vez se agarran de la mano. "¡Por fin!", grita mi amiga. "¡Por fin! ¡Bésense de una vez!". Cuando Francisco cierra los ojos —¡ya va a ser, va a ocurrir el beso!—, Paloma se aleja diciendo: "No puedo". Luz Bella se enfurece: "¡Pendeja! ¿Y ahora qué fue?". Guaro le pregunta: "¿Qué está pasando?". Mi amiga lo manda callar. "Ver a esa niña", dice Paloma, "verla con su madre… Yo ni siquiera sé quién es la mía". Francisco quiere consolarla, pero ella sale corriendo —su beso queda para el futuro—. Corte, siguiente escena.

De la casa de palo, arriba en la montaña, irrumpe una carcajada furiosa: es Malvada celebrando su crueldad. Después, llena la pantalla la boca abierta de la villana. Sigue riéndose mientras la cámara se aleja: ahora la vemos de negro, mostrándole una foto a Inmaculada —en realidad se la ha puesto sobre la cara—. En la silla de ruedas, Inmaculada llora; trata de hablar y de moverse. Malva le restriega la foto bruscamente. "¡Oye, pero qué mala es!", se asombra Luz Bella. "¡Es mala como ella sola!". Desde afuera le gritan: "¿Ya mató a alguien?". Mi amiga les dice: "No, ya dejen de hacerme esa pregunta". Malva deja de reírse. "¿Te acuerdas?", desafía a Inmaculada —empieza a caminar alrededor de la silla—. "¿Te acuerdas de esa noche?". En la foto, la mujer con la cara tachada está a punto de cargar a Paloma —era una niña en ese momento—. "Claro que te acuerdas", sigue la villana. "¿Quién podría olvidar lo que hiciste? ¡Maldita! ¡Cuánto te odio!". Inmaculada, que ya estaba llorando, llora más —se le escapan gemidos, mueve la boca: hay algo que quiere decir—. "No ha pasado un día sin que piense en eso. ¿Cómo pudiste, desgraciada? ¡Debería matarte!". Ahora es Malva la que llora; la pestañina se le corre, tira la foto al suelo. Paloma entra a la casa durante el grito. "¿De qué están hablando?", pregunta, y repican tambores de suspenso. "Dígame la verdad, madrina: ¿de qué está acusando a mi tía?". La cámara muestra a las tres, una a una: Inmaculada y Malva lloran —la villana, furiosamente—; Paloma está confundida. Pantalla a negro y comerciales. Luz Bella se alborota: "¿Qué pudo pasar?", y va hasta la ventana. "¿Será que Inmaculada es mala también?". Le cuenta a Guaro la escena y hace conjeturas con él, una más disparatada que la otra —soy incapaz de seguir lo que dicen: hablan de intrigas y enredos sentimentales—. Por fortuna vuelve la canción y, con ella, *El más grande espejo*.

Malvada dice: "Siéntate y escucha, tontarrona, a ver si abres los ojos y entiendes de una vez que esa vieja —esa cosa que llamas tía— tiene el corazón podrido". La villana suelta una carcajada y enseguida llora. "Ahí donde la ves" —ahora está gritando—, "tu tía es una asesina. Eso es lo que es: ¡una asesina! ¡Y dime que no, maldita! ¡Atrévete a negarlo!". Malva coge un jarrón que no estaba en la escena y lo estrella contra el piso; luego lanza porcelanas a una pared. Paloma, mientras tanto, corre hacia su tía —llora más de lo que ha llorado en otros capítulos— y se tira de rodillas para hacerle ruegos y preguntas: "¡Háblame, tiita, por favor! ¿Es verdad lo que dice mi madrina? ¡Dime que no es verdad!". De la boca de Inmaculada salen babas —también llora mucho— e inesperadamente comienza a decir: "Tú, tú, tú…". Paloma grita: "¡Está hablando!", y le pregunta a ella: "¿Qué quieres decir?". Mi amiga se muerde las uñas, lleva un tiempo sin espabilar.

Tumbando cosas, Malvada se acerca a ambas. La cámara hace un primer plano de su cara mientras grita: "¡Asesina! Eso es lo que eres: ¡una asesina!". Y mientras Inmaculada intenta hablar: "Tú, tú, tú" —parece al borde de una convulsión—, la villana sigue con su relato: "¿Y sabes a quién mató?" —Paloma llora, se tapa los oídos—. "¡Mató a mi niña! ¡A mi hija! ¡Estaba recién nacida!". Luz Bella grita: "¡No es posible!", y Malva aúlla de dolor.

Hacia el final del episodio, Paloma corre al espejo; quiere hablarle a su madre ausente. "¿Estás viva, mamita? ¿Me escuchas? Estoy más perdida que nunca". La mala se le acerca poco a poco: se está calmando, ha dejado de llorar. "Hay otra cosa que tienes que saber", le advierte, fría —Paloma tiene miedo—: "Tu madre es esa asesina. Deja ya de hablarle al espejo". Luz Bella grita. Corte y anuncio: "Espere mañana el gran final de su telenovela favorita".

Estatuas musicales

"¡Ya empezaron a llegar los invitados!". Parece que hay niños jugando en la casa de Madrecita: corren por su suelo, que es el techo de mi amiga; son pasos fuertes y desordenados. "Ya vamos para allá", le digo, pero Luz Bella trata de arrinconarme: "De acá no nos vamos hasta que me cuentes qué hablaste con la doña". Cierro los ojos y me pongo a pensar: no sé qué decirle. Me quedo quieto entre su cuerpo y la ventana. "Pero ¿al menos está bien?", me pregunta. Le digo: "Sí, está contenta. Después te cuento lo demás". Luz Bella se lleva las manos a la cabeza: "¡Un día de estos me vas a volver loca!". Le digo: "¡Pero loca ya estás!". Nos reímos y salimos para la fiesta.

En el pasillo, Madrecita nos espera; sostiene pacientemente una bandeja invisible. "Ya casi se acaban", nos advierte, "Albertico no ha parado de comer". Luz Bella estira la mano y hace que agarra algo; muerde y dice: "¡Qué empanada tan rica!". Ella la corrige: "Son palitos de queso", y me da uno. Le digo: "¡Delicioso! ¡Qué hambre tenía!", masticando el aire. Me agacho, entonces, y recojo un paquete que no está. "Le traje un regalo al niño" —se lo entrego a Madrecita—. "Es un libro para colorear". Luz Bella truena los dedos. "Yo también traje un regalo, a ver dónde lo metí". Busca algo en los bolsillos. "A ver, a ver, a ver... ¡Acá está!". Entonces le pasa una caja enorme —ha abierto mucho los brazos— mientras se queja del peso: "Es una bicicleta, para que vaya aprendiendo a montar". Madrecita le agradece —está emocionada— y nos invita a pasar. Le preguntamos por el niño. "Debe de estar jugando por allá adentro", nos dice, y luego a él —un grito hacia el cuarto—: "Albertico, ven y saluda, ¡te trajeron regalos!". No dice nada.

"Al nene le encanta el amarillo, por eso los globos y serpentinas". No hay globos ni serpentinas amarillas; hay, sí, seis sillas en círculo en el centro de la sala. Dolores y Caridad se han sentado juntas: ambas ollas están llenas de confetis. A la derecha, en la silla siguiente, está una matera sin planta, y a su lado, una cerámica rota (quizás fue un aguamanil) —son hijas de Madrecita que no conocía—. Mi amiga y yo nos sentamos al frente de la matera. "¡No se han puesto los gorritos!", se alarma la anfitriona. "Aquí están, hay para todos". En la mano, sin embargo, sólo tiene uno —es un cono amarillo con bolitas grises—: voltea a Dolores y se lo pone a ella; los confetis se riegan en la silla. Después nos corona al resto con los gorritos que no tiene.

"Miren eso", nos muestra Madrecita —mientras se ríe, pone las manos en la barriga de tela—. "Ramiro llegó disfrazado". La aspiradora sale de la cocina dando vueltas y arrastrando un mantel. "Esa es su capa", nos explica. "Es un superhéroe y su enemigo es Próspero. Cuéntame, mi amor, ¿ya lo derrotaste?". Sorprendentemente, Ramiro dice: "Trabajo realizado", antes de apagarse, y se echa a dormir en un rincón.

"¿Y Albertico?", volvemos a preguntar. Madrecita grita: "¡Nene, ven ya!", antes de ponerse a repartir comida; en su bandeja invisible sigue habiendo deditos de queso. Luz Bella le dice: "Yo quiero albóndigas", y Madrecita se enoja: "Tienes que aprender a comer lo que hay, no seas malcriada". Mi amiga, entonces, cierra el puño en el aire

—ha cogido un dedito— y da un mordisco de mala gana. Cuando me toca comer a mí, suena el timbre: quizás es Próspero buscando la aspiradora. Me ofrezco a abrir la puerta: tengo ganas de discutir con él, decirle que Ramiro va a quedarse hasta el final de la fiesta. En el pasillo, sin embargo, esperan dos obreros. Para presentarse y saludar, se quitan los cascos: uno dice que el otro se llama El Bagre; El Bagre dice que su compañero es Florecito —los dos se ríen—. "La señora nos invitó a la fiesta", explica uno. "Dijo que había comida". Antes de que pueda reírme, Madrecita se acerca y les dice: "Pasen, por favor, pasen" —los lleva al círculo de sillas—. "Compartan asiento con sus hermanas". No alcanzo a ver su reacción, sólo el momento en que se acomodan con las ollas. Mi amiga les dice: "Yo soy Luz Bella, la que les da instrucciones y les cuenta la novela". El Bagre le pregunta: "¿Usted es la mujer que grita?" —mi amiga abre los ojos—, y una vez más, Madrecita llama al cumplimentado: "¡Nene, sal ya! ¡En la sala puedes jugar!". Los gritos despiertan a Ramiro: "Iniciando limpieza", informa, y vuelve a pasearse por la sala —se va chocando con cada una de las sillas—.

Florecito pregunta por la comida: "¿Qué están dando?", quiere saber. Luz Bella le dice: "Deditos de queso", y empieza a reírse —se tapa la boca con las manos—. Madrecita se acerca con los brazos extendidos. "Prueba", y mirando a El Bagre, dice: "Tú también". Los obreros se miran, quieren entender… Como no hacen nada, yo estiro la mano para merendar de nuevo. Madrecita me dice: "No más, después te llenas y te quedas sin probar la torta" —señala una mesa vacía: El Bagre y Florecito vuelven a mirarse—. Entonces llega un ruido desde el cuarto: algo se ha desmoronado. Quiero ver qué pasó, pero Madrecita se me adelanta —atraviesa la sala con pasos duros—. "Te dije que no lo hicieras tan alto", la escuchamos gritar: está regañando a Albertico. "¡Desobediente! Ven y saluda: todos quieren felicitarte". Otro ruido, más pasos. "¡Ven para acá, sal de ahí!". Pero después de un silencio, Madrecita regresa sola, con varios cubos de madera: "Allá estaba el niño jugando al edificio. Lo hizo muy alto y se derrumbó". Luz Bella no pierde la ocasión para decir fuerte, mirando a los obreros: "¡Ay, carajo, lo que nos faltaba! Otro edificio que se queda en veremos". Mi amiga toma los cubos y empieza a jugar: cuando alza una columna, Ramiro pasa y se la lleva por delante.

El timbre suena otra vez: debe de ser Próspero, ahora sí. Abro la puerta y es él. "Vengo por la aspiradora", suelta enseguida. "Les dije el otro día que es propiedad del edificio". Le digo: "No moleste que acá no está", pero Ramiro informa: "Limpieza en acción", y se acerca a la puerta. Próspero grita: "¡Yo sabía que estaba acá!", y después, mirando a Madrecita, agrega: "Doña Ida, esa máquina no es para jugar. ¿Por qué le puso un mantel?". Luz Bella le pregunta: "¿Quién lo invitó a esta fiesta?". Empiezan a discutir: "Yo sólo vengo por la aspiradora". Y mi amiga: "¿Para qué se la quiere llevar si acá está feliz?". El Bagre y Florecito no dejan de mirarse; uno de los dos pregunta si realmente habrá torta. "¡Ramiro es mi hijo!", entra Madrecita al altercado —golpes de pecho como la última vez—. "¡Es mi hijo y acá se queda!". Yo digo: "Estamos en un cumpleaños, ¿qué le cuesta dejarlo acá?". La máquina sigue limpiando: ahora se acerca a la mesa vacía. Y sigue el alboroto —más cantaleta y refutaciones— hasta que Próspero, por fin, se da por vencido: "Acá la dejo hasta que partan la torta". Celebramos la decisión mientras él mismo cierra la puerta —se queda refunfuñando del otro lado—.

"Es la hora de jugar a las estatuas musicales". Madrecita desbarata el círculo de sillas; las pone, una a una, contra la pared. "Ya tienen espacio para moverse". El juego es así: mientras ella canta, nosotros bailamos, y en cuanto se calla, nos quedamos quietos; pierde la primera persona que se mueve sin querer. "¿Y Albertico?", pregunta alguien, quizás yo mismo. Madrecita dice: "Sigue allá el malcriado. Juguemos nosotros, ya verán que sale apenas me oiga cantar". Y canta: "Uno, dos, tres… ¡El mundo está al revés! Y uno, dos, tres… ¡Que empiece otra vez!". Luz Bella mueve los hombros; yo, las caderas. El Bagre y Florecito nos imitan: ambos, además, levantan y agitan las manos. "Gira, gira, gira…" —vamos dando vueltecitas, Ramiro también—. "Arriba, arriba, arriba…" —saltamos ahora—. El niño sigue sin aparecer. Madrecita se calla y nos quedamos quietos: nadie se mueve, nadie habla, pero Ramiro sigue revoloteando por la sala. Madrecita le dice: "Perdiste, quedaste afuera", y se agacha para apagarlo. "Cordial saludo", se despide la máquina.

Dejamos de ser estatuas: nueva ronda y nueva música, volvemos a bailar. "¡Trompo, trompo, trompo! ¡Güepa, güepa, güepa!". Madrecita aplaude, está animada; nosotros hacemos el trencito, Luz Bella a la cabeza —va moviendo los brazos en remolino—. "¡Vuelta, vuelta, vuelta!". Florecito se zafa para bailar mejor: ahora cierra los ojos y se muerde el labio, quizás para concentrarse o llevar mejor el ritmo. Madrecita deja de cantar y los cuatro congelamos una pose: como El Bagre queda con un pie en el aire, rápidamente cae. "Perdiste", le dice mi amiga, "fuera del juego". Gran alharaca: El Bagre le dice que primero se movió ella, Florecito le dice que eso es mentira. "Tú no te metas", le grita su compañero.

De nuevo el timbre. "Seguro es Próspero", digo, "no se cansa de molestar", pero Madrecita me corta: "¡Imposible! Él se murió". Desde el pasillo, sin embargo, Próspero grita· "No, señora, yo estoy muy bien: vivito y coleando". Cuando abro la puerta, lo veo con alguien: una mujer muy parecida a Madrecita, pero peinada y sin la panza de almohadas. La he visto muchas veces: todos los meses llega con platica. "Ahí la dejo con el loquero", dice Próspero. "Le encargo, por favor, la aspiradora". La mujer camina hacia el cuarto mientras saluda a Albertico: "¿Cómo está el niño más lindo?", va diciendo. "¿Dónde te metiste?". Madrecita corre detrás de ella. "¡Salúdame a mí también!", le pide, abrazándola por la espalda. Se ríen, se hacen cosquillas. "¿Y cuánto tienes ya?", le pregunta la mujer —le está haciendo caricias a la barriga acolchonada—. "Ya ni sé", le confiesa Madrecita. "Estoy harta, ya quiero que nazca". Cada vez están más cerca del cuarto. "Míralo ahí", se sorprende la mujer. "¡Míralo ahí! ¡Te estoy viendo el zapatico!". Albertico se queda en silencio. "¿No vas a saludar a tu tía?". Nada. Madrecita dice: "Ha estado así desde que empezó la fiesta. ¡Está muy pechichón!". Ambas caminan hasta la sala. Ella saluda, nos presentamos: se llama Lucía. "No los quiero interrumpir", dice. "Ustedes sigan en lo que estaban". Los demás, entonces, vuelven a discutir: El Bagre insiste en que Luz Bella se movió primero, antes de que el pie se cayera del aire; Luz Bella dice que ni un segundo el obrero estuvo quieto. Florecito le da la razón y los tres vuelven a discutir.

"Guarda esto muy bien", dice Lucía, y le pasa a su hermana un sobre y un papel. "Ya está pago lo de este mes. Si te cobra, le muestras esto". Madrecita guarda el comprobante en el sostén y se queda con el sobre en la mano: se transparentan los billetes. "¡Vamos a partir la piñata!", nos llama, y Lucía pregunta: "¿Cómo así? ¿Quién está cumpliendo años?". Madrecita le dice: "Albertico", y empieza a señalar los globos y serpentinas que nadie ve; también le pone un gorrito. "¡Me despelucaste!", se ríe Lucía. "Ahora estoy como tú". Los seis llamamos al niño. Decimos: "El nombre a la cuenta de tres", y después de contar hasta tres, gritamos al unísono: "¡Albertico!" —se queda en el cuarto—.

El Bagre y Florecito preguntan de nuevo si habrá torta; nadie les contesta. Decidida a romper la piñata —entiendo que es una estrella—, Madrecita busca una escoba. "¿Preparados?", nos pregunta, y la blande en el aire. "Pónganse debajo". Los cinco, Lucía incluida, nos juntamos en un punto —abrimos los brazos para recibir todo lo que podamos recibir—: encima nuestro está el techo blanco. "Un momento", nos pide Madrecita, "falta Ramiro". Se agacha para activarlo. Dos pitidos e informa: "Iniciando limpieza". La máquina retoma sus volteretas. "¡Uno!" —ahora contamos nosotros: Madrecita da el primer palazo y, aunque no hay piñata, queda una grieta en el aire—. "¡Dos!" —la escoba hace un hueco en la estrella: aún no sale nada—. "Y ¡tres!". La piñata se quiebra y empiezan a salir regalos: nos tiramos al piso a recogerlos. Lucía dice: "¡Me tocaron dulces y frutas!". Y entonces Luz Bella exclama: "¡Me tocó un televisor!" —los obreros la miran confundidos—. Yo digo: "¡Y a mí me tocaron muñequitos!" (animales y personas, más de una sin cabeza, y una cabeza suelta). El Bagre, en cambio, se lamenta duro: "¡A mí no me tocó nada!". Y Florecito dice: "Yo no sé lo que es esto", con las manos abiertas y vacías.

Por fin llega la hora de cantar el cumpleaños. Albertico desiste de salir: se queda jugando, según dice Madrecita, debajo de la cama. "Yo les prometí torta y torta comerán". Nos convoca alrededor de la mesa —no hay nada encima—. Entonces dice: "Como no está el niño, voy a pedirle a otro que sople la vela". Después de pensarlo, se decide por mí. Explica su decisión a Lucía: "Él ha estado triste desde hace tiempo". Apenas prende la vela —hace esto chasqueando los dedos—, todos cantan mecánicamente: "Cumpleaños feliz, te deseamos a ti" —aplauden mientras me miran: tengo vergüenza—. Madrecita dice: "Antes de soplar, pide un deseo". No sé qué pedir. "Un deseo, ¡un deseo de cumpleaños!". Pienso, pienso, pienso... Se está acabando la canción. "Que los vuelva a cumplir... Que los siga cumpliendo...". Dejan de cantar: vuelvo a ser la estatua sin música. Mi amiga grita: "¡Bravo!", y rompe en aplausos, seguida de los obreros. Madrecita y Lucía se suman a la bulla. Soplo la vela sin pedir el deseo: la llama se apaga.

Un pan bajo el brazo

Bajo a mi casa cuando ya es de noche. Sobre la cama está la cajita —aún queda algo en ella—. Estoy tan cansado... Desde el oriente, el hombre de las noticias informa: "Hoy peor que ayer", y destaca como suceso del día el ataque que sufrió una mujer (no entiendo su nombre) muy cerca de la Plaza del Arbolito. "¡Mi hijo está bien!", grita y llora. "Pero mire cómo quedé yo. ¡Por un pan! ¡Por un pedazo de pan!". Me quedo esperando a que llegue la música, alguna canción de La Adolorida. Eso no ocurre. La vecina no pide: "¡Quítalo! Yo no estoy para oír eso". La noticia continúa.

"Empecemos por el principio", sugiere el locutor, y pregunta: "¿De dónde es usted?". Ella dice: "Yo vengo de un lugar difícil, cerquita del mar —le dicen Las Luces—. Se necesitan tres días para llegar en bus desde acá: lo más demorado es cruzar las montañas. La ciudad es grande y parece rica —tiene zonas florecientes—, pero yo vivía sola en un barrio pobre, pegado al agua".

"¿Y allá qué hacía?", pregunta él —me acerco a la ventana para oírlos mejor—.

"Trabajaba de mensajera. Llevaba encargos por la parte alumbrada de la ciudad, todo el día me la pasaba en bicicleta. Un día me atropellaron. No me acuerdo de nada —se me quebró el cráneo—, pero le puedo repetir lo que me han dicho: un carro me llevó por delante. La bicicleta quedó inservible, me la regresaron sin llantas ni manubrio;

yo salí disparada contra una vitrina —rompí el vidrio con la cabeza y quedé inconsciente—. Mire estas marcas".

El hombre dice: "Siento lo que nos cuenta", y a nosotros, los oyentes: "A esta hora escuchamos el suceso del día. Hoy peor que ayer…". La mujer sigue: "Estuve en cama mucho tiempo, no podía trabajar. Algunos movimientos me tumbaban de dolor. En la convalecencia me cuidaron los vecinos: llegaban a la casa con comida, me prestaban plata… Y cuando les decía, preocupada: 'No sé cómo pagarles', siempre respondían lo mismo: 'Tranquila, para eso estamos' —nunca me entendieron: realmente no sabía cómo devolver la plata que me estaban prestando—. La cosa se complicó: resulté embarazada. Lloré de amargura y de terror. '¡Qué mala suerte!', grité mucho. '¡No quiero tenerlo!'. Los mismos vecinos me decían: 'Pero ¿cómo dices eso? ¡Es un regalo que te manda Dios! ¡Un milagro después de tu tragedia! ¡Recíbelo, recibe ese regalo!'. Yo no quería. ¡Y no quería y no quería! Una vez les dije: 'No tengo dónde caerme muerta. No tengo qué comer ni puedo trabajar. ¿Cómo voy a tener un hijo?'. Todos trataron de calmarme: 'No te preocupes, los niños nacen con el pan bajo el brazo'. Con el tiempo les fui creyendo: quise tener esa esperanza".

"¿Y cómo terminó acá?", le pregunta el locutor. No he dejado de esperar la música —pienso: "En cualquier momento llega una canción"—, pero la vecina sigue sin pedirla.

"Pasó algo más, algo terrible. Allá en nuestro barrio hubo una matanza. ¡Descuartizaron a un gentío! Todo el mundo empezó a irse. Y los vecinos me decían: '¡No puedes quedarte! Ese niño debe nacer en otro lugar'. Me fui sin pagarles nada, me vine para acá… El viaje fue terrible:

tenía dolores, me desmayaba… Era el embarazo y los estragos de mi accidente. Tenía a veces la impresión de que iba a perder al niño. Ese pensamiento me aliviaba, pero también me ponía triste. No sé: ya me había hecho a la idea de que naciera. Llegué a esta ciudad con una mano adelante y la otra atrás: estaba barrigona. ¡Qué difícil conseguir trabajo! Me la pasé tocando puertas. Y las mismas personas que no querían abrirlas decían lo mismo que mis vecinos: ya tendrá suerte, los niños llegan siempre con el pan bajo el brazo. ¡Qué rabia! Primero me decían: 'No', y luego salían con eso. ¡Una y otra vez! ¡Una y otra vez! Yo estaba desesperada".

"¿Cuánto tiempo lleva en la ciudad?".

"La edad de mi hijo: seis meses. Yo llegué antecitos de tenerlo. También me decían: 'Pero ¿cómo es posible que esté en las calles con semejante barriga?'. A la gente le gusta hablar. ¿Qué sabían de mí? ¡Nada! Tenía monedas y un hijo por nacer. ¿Qué iba a darle? Nació en un hospital porque llegué arrastrándome. Casi quedo privada en la sala de urgencias. Me pidieron papeles, grité, les dije que no tenía nada. Mucha gente se acercó a decir: '¡Ayúdenla, miren cómo está!'. Me ayudaron: tuve al niño, me echaron a los tres días. 'Va a estar bien', me dijo una enfermera. 'También el nenito'. Le pedí que me dejara más tiempo en esa cama: me dijo que no. ¡Lloré tanto! Le conté del accidente, le mostré mis cicatrices —nada: dijo que lamentaba mi situación, pero que debía irme—. Le hablé de la masacre y del viaje y de mi llegada tan difícil. 'Otro día más, por favor, ¿qué le cuesta?'. No se pudo, me echaron. La enfermera también me dijo que los niños nacen con el pan bajo el brazo. ¡Mentiras! El pan he tenido que dárselo yo: la historia de siempre".

"¿Le ha costado conseguirlo?".

"¿El pan, dice? Pues es lo que le vengo diciendo. ¡Claro que me ha costado! Volví a tocar puertas, ahora con el niño en brazos. Pero me gritaban —aún me gritan—: '¡Cuídelo! ¿Cómo es posible que esté en las calles con esa criatura?'. Yo no sé qué es lo que espera la gente: yo no tengo a nadie. Si lo dejara solo, o con un vecino, dirían que no soy buena con él. ¡Cómo les gusta hablar!".

"¿Y qué pasó hoy? ¿Cuál es su versión del ataque?".

"¡No hay justicia! ¿Usted cree que son justas las heridas que tengo? ¡Mírelas! Otra vez la piel rota: nuevas marcas sobre las marcas de mi accidente. Yo estaba en el centro, llegando a la Plaza del Arbolito. El niño empezó a llorar. Le di teta, no quiso. La leche empezó a derramarse. Probé si eran gases: tampoco —le di palmaditas y lloró más duro—. Le canté, lo arrullé: por fin se calmó. Seguí caminando y me llegó un olor de pan recién horneado. Me dio un hambre… Entré, hice cuentas: no me alcanzaba y no me importó. Empecé a comerme una mogolla: no me duró nada en la boca. Cogí otra de las canastas y el niño empezó a llorar —el dueño me vio por culpa del niño—. Me dijo: 'Debe un pan', pero me hice la loca. Salí de la tienda como si le hubiera hablado a otra persona. Pero insistió en su plata: 'Señora, me está debiendo lo que se comió'. Salí corriendo. El hombre gritó: '¡Cójanla!', y una gente empezó a perseguirme. ¡Yo corría con el niño en brazos! Casi me caigo, casi lo mato a él. Paré y les dije: '¿Qué quieren? ¿Qué me van a hacer?'. Me quitaron al niño y me golpearon. ¡Mire! ¡Mire esto! Yo les decía: '¡Malparidos! ¿Nunca han tenido hambre?'. Llegó una mujer y se puso de mi lado: golpeó de vuelta a quienes me estaban golpeando. También les gritó: '¡Malparidos! ¡Gente horrible! ¿Qué creen que están haciendo?'. Todos defendieron al dueño del pan. '¡Le robó! ¿No ve que es una ladrona?'. La mujer les gritó más. Y yo les decía: '¡No entienden nada!'. El niño lloraba como yo. No lo había escuchado: ¡así de atormentada me tenían! ¡Lloraba mucho el bebé! En un momento pude decirles: '¡Dénmelo!'. La mujer preguntó: '¿Cómo así? ¿Por qué lo tienen ustedes?', y ahí me enloquecí. Les dije: '¿Lo quieren? ¡Quédenselo, entonces, quédenselo!'. ¡Qué rabia tenía! La mujer trató de calmarme. 'Estás muy alterada', me dijo, pero yo seguí gritando: '¡Todo suyo, malparidos! ¡Cójanlo!'. ¡Lloré tanto!''.

El locutor la interrumpe para decirnos que el niño está con ella, en la cabina: "Duerme en sus brazos, muy tranquilo, parece un angelito...". La mujer le dice: "Todo suyo. Y si no tiene plata, no se preocupe: usted sabe que los niños vienen con el pan bajo el brazo".

El hombre se ríe —se ha puesto nervioso—. "Ya volvemos con más noticias", dice, y continúan las noticias: no vuelve a llegar música del oriente. La vecina no la pide.

Un grito desde el lado de la vida

"¿Mamá?".

La voz de Antonio llega mientras siguen las noticias —personas que han llegado a esta ciudad en busca de trabajo; personas que se van porque acá no hay nada—.

"¿Mamá? ¿Qué haces oyendo eso? Ya te pongo musiquita".

Un ruido y las noticias se van, suena esta canción que dice: "¡Bailemos siempre!".

"Mamá, ¿qué pasa? ¿Mamá?" —baja el volumen de la canción—.

"¿Mamá?".

Y en la radio: "¡Vueltecita! ¡El cuerpo no se cansa!".

"¿Mamá?".

"¡Ay, mamita, no me hagas eso!".

Y los cantantes: "¡Qué rico, qué rico!", mientras Antonio llora: "¡Mamá! ¡Di algo, mamá! ¡Di algo!".

"¡Mamita!".

"¡Ay, no, no, no, no!".

"¡Mamita!" —apaga el radio; él grita desde el lado de la vida—.

"¿Cómo va a ser? Yo estaba en el comedor".

"¡No nos despedimos! ¿Cómo va a ser?".

"¡Mamita, mamita!".

Muchas flores crecieron entre la niebla

En el pasillo me encuentro con Luz Bella. "¿Qué pasó?", me pregunta, y le digo lo que ya sabe: "Se murió la señora", y señalo la puerta del Segundo C. Mi amiga se da un abrazo.

Suenan sirenas.

Madrecita aparece con dos de las sillas que tenía en la fiesta. Las deja en el pasillo y vuelve a subir: pronto aparece con dos sillas más, que deja al lado de las otras —pegadas a la pared, las cuatro quedan al frente de donde estamos—. Entonces sube y baja otra vez: ahora llega con Dolores y Caridad y con las hijas que no le conocía —la matera sin planta y la cerámica rota—. Madrecita las pone en sus sillas y, mientras les explica lo que acaba de ocurrir, les muestra el apartamento al tiempo que dice, bajito: "Murió. Hay que despedirla".

Un hombre sube las escaleras cargando una camilla con rueditas; se ve cansado y sin aire. Cuando llega a nuestro piso, baja y empuja la camilla; antes de tocar la puerta, Antonio se la abre —está llorando—. El hombre le dice: "Lo siento mucho" —evita mirarlo—, y entra en silencio a la casa. Luz Bella se sigue abrazando. La puerta queda abierta.

Antonio grita: "¡Mamá! ¿Cómo vas a morirte?". Alcanzo a ver que, entre los dos, pasan el cuerpo de la cama a la camilla. La muerta está descalza; con una sábana la cubren toda. El hombre empuja fuerte, Antonio lo frena: ni el cuerpo ni el hijo quieren salir.

Una vez en el pasillo, el hijo se quiebra: "¡Ay, mamita! ¿Cómo puede ser? ¡No nos despedimos!". A un lado, sobre las sillas, están los objetos; al otro lado, las personas: el cuerpo pasa entre nosotros —esto es un camino de honor—.

"Se me fue", llora Antonio. "Se fue mi madre, me quedé solo". Mi amiga lo abraza primero. Le dice: "Fuerza", y le digo: "Fuerza". Nos dice: "¿Cómo?", y llora más. "No voy a poder". Madrecita lo llama: "Hijo, ven acá", y le pide: "Escúchalos: mucha fuerza". Antonio hunde la cara en la barriga del cadáver —bajo la sábana está ella con la boca abierta—. Y grita: "¡No nos despedimos! Se fue mi madre, me quedé solo". Eso decía yo cuando mi madre se iba: "Me quedé solo" —era un niño—. Recuerdo el Temporal-2000. Activo la máquina. Y el hijo llora: "¡Se fue mi madre!" —somos niños—, y su tristeza se vuelve niebla.

Hay mucha espesura en el pasillo.

"Quedó en piyama", nos dice. "Vendió su ropa al enfermarse... Dijo que ya no volvería a usarla. ¡Ni un vestido para su entierro!". Y pienso en el vestido que vendí. ¡Cuánto quisiera tenerlo! Entonces traigo el Visiblex. Digo: "Vestido", y aparece el vestido. Ya no hay sábana sobre el cuerpo sino la seda con naranjas y violetas. La vecina está elegante y colorida.

La camilla sigue el recorrido entre la bruma; Próspero llega con flores. Y le dice a Antonio: "Llore todo lo que tenga que llorar". Antonio, entonces, llora con las flores, que pone sobre el pecho de la muerta. Y digo —el Visiblex está prendido—: "Muchas flores", y las flores de Próspero se multiplican: el pasillo se llena de begonias mientras el cadáver, brillante de colores, se dirige a las escaleras.

El hombre pide ayuda para bajar la camilla. "Esto pesa", dice, "no parece, pero pesa". Antonio no quiere cargarla. "No puedo", se pone a llorar. "No me da el cuerpo". Cogemos la camilla entre Próspero, el hombre, Luz Bella y yo, cada uno desde una esquina. Madrecita nos dirige: "Viene el primer escalón; cuidado ahí, cuidado". En una inclinación, los brazos de la muerta se escapan de la tela. Mi amiga grita: "¡Ay!", y se calla enseguida —ahora es ella la que evita al huérfano—. Bajamos el resto de la escalera con los brazos de la muerta colgando.

En el primer piso, las flores siguen creciendo entre la niebla. En la calle, mal parqueada y con las luces prendidas, está una vagoneta. El hombre dice: "Hay que meterla en el baúl". Antonio ruega: "¡No se la lleve todavía!" —empieza a hacer mucho frío: es la máquina haciendo tristeza—. El hombre responde muy serio: "¿Cómo se le ocurre? Después comienza a heder" —reacomoda los brazos de la muerta en la camilla—. Antonio insiste: "¡No me importa, es mi madre! ¡Déjela otro rato!". Yo me acerco a los demás para decirles: "¡Miren cómo la amaba!".

Pero el hombre dice: "Lo siento, no puedo", a pesar de las súplicas. "Tengo que llevármela". Sigue bajando la temperatura. Antonio se tira otra vez sobre el cadáver. "¡Ay, mamita! ¿Cómo vas a morirte?". La camilla va acercándose a la puerta. "¡Me dejaste solo, me dejaste solo!". Para despedirla, entonces, digo: "Canción", y aparece La Adolorida en el pasillo —lleva el mismo vestido de naranjas y violetas—. Desgarrándose, grita: "¡Qué pronto llega la muerte!".

Seguimos caminando hacia la puerta, el cuerpo entre nosotros: seguimos rodeados de flores y de niebla. "¡Yo no quiero despedirme!", llora Antonio. Por fin salimos del edificio. Antes de entrarlo al baúl, La Adolorida grita: "¡Mira!", y abre los brazos ante el cadáver. "Tengo un hueco en el pecho con tu forma".

La vagoneta parte y Antonio se arrodilla —llora con las manos en la cara—. Me arrodillo con él y le digo: "Hermano".

Reparación

"Nene, ¿eres tú?", escuché a mi madre al otro lado de la línea —ya era de noche y llevaba tiempo esperando su llamada: habíamos hablado muy pocas veces—. "¿Eres tú? Se te oye la voz rara". Le dije: "Soy yo", y empecé a hacerle preguntas: "¿Qué tal todo? ¿Dónde andas? ¿Cómo has estado?". Sin que respondiera alguna, seguí hablando yo: "¡Te extraño! Por acá todo igual. ¡Soñé contigo!". Como siguió en silencio, volví a preguntarle: "¿Dónde estás ahora?", pero agregué —no quería olvidarme—: "Tenemos vecina nueva" —me refería a Madrecita—. "Apenas me vio, me llamó hijo. Tiene un niño chiquito, pero no lo he visto todavía". Mi madre no dijo nada. Entonces le pregunté: "¿Se oye bien?", y ahí mismo comenzó a llorar: "¡Se murió, nene, se murió! ¡No volví a verla!". Me quedé yo en silencio. "¡Mi mamá! ¡No alcancé a verla!". Volví a preguntarle: "¿Dónde estás?". Me dijo: "Se murió hace rato, yo no sabía".

Mi madre colgó. Alcanzó a decirme: "Te llamo después". Alcancé a decirle: "Deberías regresar". No le dije nada sobre su madre muerta.

Ahora, en la calle, Antonio sigue llorando —el cadáver ya va por la esquina—. "Toma un poquito de agua", le ofrece Madrecita, y le pasa un vaso invisible. "Vas a ver que te sienta bien". Antonio lo recibe y se lo lleva a la boca.

Cierro los ojos y vuelvo a esa llamada de mi madre —hago de cuenta que hablamos hoy—. "No volví a verla", me dice. "¡Mi mamá! ¡Mi mamita!". La escucho llorando más tiempo: es una llamada larga. "Llora todo lo que quieras", le digo finalmente. "Lo siento mucho. Yo sé lo que es eso, hermana".

Otra persona en otro lugar

En cada llamada que hacía, mi madre me preguntaba: "¿Y cómo está todo por allá?". Siempre le respondía con mentiras. Sobre la obra podía decirle: "¡No vas a creer lo adelantada que está! ¡Ya es un edificio más alto que el nuestro!". Mi madre se emocionaba mucho: "¿Cómo va a ser? ¿A qué horas pasó eso?". Yo seguía insistiendo: "Está avanzadísima. ¡Tienes que venir!" —era eso lo que, a fin de cuentas, quería decirle: "¡Tienes que venir!"—. Cuando colgaba, entonces, y la imaginaba en su regreso, volvía a pensar otra mentira: "¡Mira lo que hicieron!" —le mostraba la obra tal y como está—. "Cambiaron los planos y echaron abajo la estructura... ¡El mismo cuento otra vez!".

"¿Y cómo está todo por allá?", me saludó otro día. Le dije: "¡Ya están terminando el edificio! No es una obra, ¡es un edificio!". Mi madre dijo: "Te marqué la otra noche pero no me contestaste" —mentira: yo esperaba su llamada a toda hora—. Sin embargo le contesté con otra mentira: "Seguramente estaría cuidando al hijo de Ida, la vecina nueva". Entonces le hablaba del niño sin haberlo conocido: "Se llama Albertico y si vieras... ¡Habla hasta por los codos! Se la pasa comiendo. Le gustan las verduras. ¡Está grande!". Y en cuanto mi madre decía: "¡Qué bueno, qué lindo!", yo le insistía: "¡Tienes que venir! ¡Lo tienes que conocer!". Luego, al colgar, me veía con ella presentándole a Madrecita; la imaginaba arrullando a Dolores y a Caridad.

En otra ocasión me preguntó por Luz Bella. "Mi amiga está como la dejaste", dije —y eso era cierto—, "sentada en su poltrona, todo el tiempo compartiendo profecías". También dije —ahí no hubo verdad—: "Siempre dice que te extraña, siempre dice que vas a volver". Entonces me preguntó —fue una sorpresa—: "¿Y tú? ¿En qué estás trabajando? ¿Cómo son tus días?". Un silencio para pensar. Le dije otra mentira: "Estoy trabajando en la fábrica. ¿Cómo te parece que la van a volver a abrir?". Mi madre se sorprendió: "¡Mira tú! ¡Qué buena noticia! ¿Y qué tienes que hacer?". Le dije: "Yo estoy pintando las paredes, me la paso con brocha y bolillo: aún queda mucho por hacer".

Una verdad le decía siempre: "Te extraño", antes de colgar. Mi madre nunca me dijo: "Yo también".

"¿Y la casa?", me preguntó otra noche —yo ya había vendido casi todo lo que tuvimos—. "La casa está hermosa", le mentí. "¡Tendrías que verla! Ahora hay tapetes que yo mismo he tejido: un tapete en la entrada —parece un amanecer, con naranjas y violetas a lo largo— y otro en la sala, redondo —los mismos colores—, sobre el que me siento a jugar con Albertico". Mientras hablaba con ella, imaginaba la casa en su vestido de amanecer, mi madre adentro, vuelta sol.

Con un trabajo que no era, pintando la fábrica que no abrió más, viviendo en la casa sin tapetes —con tan poco—, de cara a un edificio que no estaba, yo era otra persona en otro lugar: mi madre también. Cada vez que llamaba, estaba en un sitio distinto y hacía algo distinto. "¿Cuándo fue la última vez que hablamos?", me preguntaba. Yo hacía las cuentas y le decía, por ejemplo: "Va a ser un mes". Mi madre se mostraba estupefacta y, antes de contarme en qué andaba ahora, gritaba: "¡Muchacho, cómo pasa el tiempo! ¡Ha corrido agua bajo el puente!". Recuerdo que fue contadora en alguna ciudad, cocinera en otra… No podía imaginármela. Le hacía preguntas, entonces, tratando de entender: yo quería tener un dibujo de su vida: "Pero ¿por qué te mudaste?" —mi madre me oía e, inesperadamente, la llamada se cortaba—. "¿Y dónde estás ahora? ¿Con quién vives allá?". Borrosa, mi madre decía: "Habla duro, no se escucha". Nunca hubo respuestas.

De igual forma, siempre le pedía un número al que pudiera llamarla. "¿Qué dices?", empezaba a gritar. "¡No se escucha!", y enseguida: "Te dejo, voy a comer" —mi madre también decía mentiras—. Antes de colgar, alcanzaba a decirle: "¡Tienes que venir!".

.   La última vez que hablamos —una mañana, temprano, aún no amanecía—, mi madre me llamó para decir: "Acá estoy muy bien, pero estoy pensando en irme". ¡La esperanza me subió alto! Le pregunté: "¿Y para dónde te quieres ir? ¿Por qué no vuelves?" —y más alto seguí subiendo—. Me dijo: "No, no, allá no hay nada", y me caí duro de la esperanza —ahora había rabia—.

"Acá estoy yo", le dije.

No hubo respuesta.

"Acá estoy yo…".

Nada.

Empecé a gritar: la insulté, dije cosas horribles —no quiero pensar en esto—. Mi madre dijo —se oía lejos—: "Tú estás muy alterado, te llamo después", pero le pedí un momento: "Por favor, no cuelgues", y se quedó en la línea.

Le dije: "Quiero verte", pensando que así la convencería de volver.

"Quiero verte…".

Mi madre dijo: "No te escucho", seca, "después te llamo". Le tiré el teléfono y no volvimos a hablar.

La fuente de la rabia

Cuando el cielo da a luz, Madrecita nos despierta: "¡Nació!". Ya hay hombres en la obra, comienza el día. Luz Bella se asoma para preguntarme: "Amigo, ¿estás despierto?", y sin esperar razón, me tira la chancleta, que aterriza en la almohada que abrazo. "Vamos a tener mucha plata". Ya puedo imaginar lo que sigue —soñó con billetes, seguramente— y sin embargo le digo: "¡Qué alegría!" —quiero creerle—. "Háblame de eso". Mi amiga dice: "Estamos a punto de ganarnos la lotería". Me río entre las sábanas. "¿Casi le pegas al número?", le pregunto. Luz Bella me dice: "Sí, sólo me faltó comprarlo, pero soñé con él: seis, nueve, uno, cuatro, dos… ¡Lo vi clarito!". Me acerco al vidrio para saludar la mañana. En el muro de la obra, al lado del mensaje que dice: "¡Adelante y para arriba!", ahora hay uno que dice: "Te quiero, Wilfrido". Debió de escribirlo a escondidas, bajo el cobijo de santa Volqueta, un obrero de la noche (y pienso, en amor: "Ya me sé el nombre de uno").

Mi amiga quiere saber qué planes tengo para hoy. Cuando le digo que voy al centro, sale y dice, como acordándose de algo: "¡Pero qué pregunta la mía! Ya lo había visto en mi cabeza". Y así, animada y decidida, agrega: "Voy contigo: tú haces lo que tienes que hacer y yo compro el número ganador". Al oír esto, Madrecita grita desde el norte: "Yo les he dado todo en la vida y espero que se acuerden de su madre cuando tengan plata". Después de su carcajada, Luz Bella me pide a los gritos: "¡No se te olvide traerme la sandalia!".

Me quedo mirando la foto, aún borrosa en la ventana. Recuerdo a mi madre con el recorte, mirando a la actriz y su vestido, María Alegre diciéndole: "Son igualitas". Intento recordarla como era: su cara brillaba como el sol, la apariencia de su rostro se hizo otra.

Despego la foto del vidrio; la miro y la doblo en cuatro —la guardo en el bolsillo—. Y pienso: "¡Qué despejado está el cielo de la ventana!". En el árbol de afuera no está el mochuelito. El árbol insiste en decir: "Yo te amo".

Luz Bella me llama: "¡Apúrate, que estoy lista!", y de inmediato agrega: "Hoy puede que llueva como puede que no". Le digo: "¡Ve bajando, amiga, ya te alcanzo!". Hay algo que me hace falta… Es la música que llegaba del oriente. Con cada canción, la vecina continuaba; cada canción era el recuerdo de que estaba viva. Yo quiero saludar a Antonio: toco su puerta, pero no está —quizás no quiere abrirme—.

Afuera, mi amiga discute con Próspero. "Si va a hacer mantenimiento", le dice, "que sea después de la novela. ¿No ve que hoy se termina?". Próspero le dice: "Lo siento mucho, señora, pero hay trabajo que hacer. Si me toca bajar los tacos, los bajo y se aguanta". Ambos repiten lo que se han dicho, ahora alzando la voz. En la jardinera hay un espacio vacío: ahí estaban las flores que Próspero, en amor, le dio a la muerta.

"¡Te quiero, Wilfrido!", grita un hombre. A un lado del muro, varios obreros se ríen, y a uno, que seguro es Wilfrido, le hacen cosquillas —él también se ríe—. "¡Te amo, Wilfrido! ¡Te adoro, amorcito!". Entre el grupo, hay uno que no dice nada —se ha alejado y parece tímido—.

Y pienso: "Es él, es el otro". Los miro y vuelvo a mirarlos: por fin tienen cara.

¡Por fin tienen cara!

Y en sus caras concretas se calma mi deseo.

Mi amiga dice: "¡Vámonos!", y cuando empezamos a caminar, Próspero me habla a mí: "Recuerde que está en deuda". Una moto pasa y ahoga su voz; cruzamos la calle. "Hablando de deudas", dice Luz Bella, "no me has contado lo que hablaste con tu madre". Pero enseguida, mientras pienso qué decirle, mi amiga cierra los ojos —es un rapto— y comienza a dictarme números: "¡Urgente! ¡Anótalos! Uno, ocho, cuatro, cero, nueve". Yo no tengo en qué anotar. "¡Cambio, cambio! Cero, cuatro, nueve, ocho, uno". En esas sigue un rato más: en cada dictado, cambia el orden de los mismos números. "¡Espera, ahora sí! Ocho, cero, nueve, cuatro, uno". Cuando, por el Paseo de los Sauces, por fin llegamos a la Plaza del Arbolito, mi amiga interrumpe el dictado. Furiosa con los alcaldes de piedra, grita, como siempre que los ve: "¡Puros cafres!", y da un escupitajo al más bigotón. "¡Buena!", celebra Agua María. "¡En la boca, por toda la cara!". A mí se me da por decir: "¡Que alguien le afeite el bigote!".

Hoy, otra vez, la gente existe en filas —también está desesperada—. "¡Muévalo!", grita una señora. "¡Ya llevo tres días acá!". Las filas parecen llegar a las faldas de todas las montañas. Un hombre le dice a otro: "Desde esa punta nos cuidaba María" —busco con ellos la cima rocosa de Madre Monte—. "Hace un tiempo quitaron la estatua, la ciudad se quedó sola". No entiendo por qué dice eso: incluso con María en la montaña, firme en su piedra o a punto de caerse, la ciudad estaba sola.

"Metámonos por acá" —Luz Bella me arrastra por un callejón—. Miro hacia atrás para darle un saludo al arbolito—. Dos cuadras arriba hay una tienda. Adentro están el cajero —un gato blanco duerme en sus piernas— y dos mujeres que esperan a ser atendidas. "Buenos días", saluda mi amiga, y pasa a hablarle directamente al cajero: "Me vende un billete, por favor, quiero un número específico". Las mujeres se quejan, ambas a la vez: "Disculpe, señora, nosotras llegamos primero". Luz Bella les dice: "Están equivocadas, yo había llegado antes". Las dos se miran confundidas y vuelven a esperar. Entonces, detrás del mostrador, el cajero pregunta: "¿Qué número quiere?". Luz Bella se dirige a mí: "¿Qué fue lo último que te dicté?", pero, por fortuna, ella misma se responde: "Nueve, uno, ocho, cuatro, cero" —no creo que ese fuera el orden—. "Lo veo clarito", dice mi amiga, y paga el billete, "con este papelito vamos a ganar". El cajero nos dice —el gato salta y maúlla—: "Vayan pensando qué hacer con tanta plata". Salimos felices de la tienda. "¿Y tú qué tienes que hacer?", me pregunta Luz Bella —al centro ha llegado más gente—. Le digo: "Acompáñame a la fuente de las plegarias". En el camino, mi amiga aprieta fuerte el billete; por momentos lo mira y le da besos.

"Plaaa-tiii-caaa", empezamos a escuchar más allá de la plaza. "Plaaa-tiii-caaa". Pero en la fuente, las personas no hacen plegarias sino reclamos furiosos. Uno grita: "¡Sigo enfermo, carajo!", y quiebra una botella contra el piso de la fuente. "¡Cuidado!", le pide una mujer. "¡Casi me cae una esquirla!". Otra se lamenta: "¡Me quitaron la casa, maldita vida!" —y hace volar un ladrillo—. "¡Me quedé en la calle!". Y otro llega con un pote de basura, que vierte en la fuente chillando: "¡Yo pedí comida y volví a tener hambre!".

Los gritos se confunden con otros que llegan de la esquina: "¡Ahí va, mírenlo, es él, ahí va!". Mucha gente corre hacia un furgón; alguien le arroja una piedra al espejo retrovisor. Pregunto: "¿Quién va ahí?". Me dicen: "El alcalde", y mi amiga grita: "¡Detesto a ese cafre!". Una a una, las personas de la fuente recogen lo que habían tirado y, armados, corren a la esquina. Los tres reclaman al alcalde lo que habían pedido: "¡Estoy enfermo, carajo!", "¡Me quitaron la casa!", ¡Yo pedí comida y volví a tener hambre!". Mientras gritan, le arrojan al furgón el pico de botella, un pedazo de ladrillo y el pote de basura.

La fuente se queda vacía. Con cuidado saco la foto que había doblado en cuatro. "¿Qué haces tú con ese periódico?", me pregunta Luz Bella. Lo miro por última vez —en la cara borrosa ya no hay ojos que pueda mirar—. "Quiero hacer dos plegarias", y parto la foto por la mitad. "Una por mi madre y la otra por mí". Entonces tiro a la fuente las bolitas de papel, una después de la otra. Cuando están en el aire, pido por ambos. Mi amiga dice: "No puedo creerlo. Esto es algo que no había visto en mis profecías".

Piedra del viaje y la esperanza

"Durante un tiempo, cuando era niño", le cuento a Luz Bella, de vuelta a Lomas del Paraíso —estamos a orillas del agua negra—, "yo acompañaba a mi madre de la casa al trabajo y del trabajo a la casa. En esos caminos, ella buscaba oro —pensaba que a alguien, por ejemplo, al estar corriendo, se le podría haber caído un anillo o una cadena—. Nunca encontró nada que tuviera valor, yo tampoco. Aunque en vez de oro, yo buscaba formas en las piedras: recogía las que pudieran servir de utensilios o las que tuvieran aires de escultura; a esas les ponía un nombre".

"Pero no entiendo", me interrumpe Luz Bella. "¿Qué hablaste con tu mamá en la llamada?". Le explico: "Te estoy contando", y sigo: "Entre las piedras que nos llevamos a la casa, hay una en la que pienso mucho: tenía unas rayitas que formaban el dibujo de un ancla. Apenas mi madre la vio, la pensó como amuleto. Dijo que el ancla es la protección del viajero y, cuando hablaba de irse, sobaba la piedra o se la llevaba al corazón —apretarla entre las manos le traería buena suerte—. El nombre que le dimos a la escultura fue 'Piedra del viaje y la esperanza'".

"Imagínate que, una tarde, Próspero, joven, llegó a cobrar el arriendo" —al oír esto, mi amiga abre los ojos y dice: "¡Jodiendo desde chiquito!"—. "Mi madre estaba alterada porque no le habían dado turnos en la fábrica. Llevaba todo el día buscando trabajo y en esas llegó

Próspero a tocar a la puerta: que ya se acabó el mes, que hay que pagar, que él tenía que hacerle mantenimiento al edificio… Lo que siempre dice: '¡Toca rogarles para que paguen!'. A mi madre le dio rabia: le pidió un respiro, acababa de pagar lo que debía. Pero Próspero se negó, discutieron duro. En un momento, mi madre gritó: '¡Lo que usted quiere es vernos en la calle!', y se puso como loca: empezó a tirar por la ventana las piedras que teníamos. Las fue tirando todas: utensilios y esculturas —yo tenía muchas con formas de casa y de corazón—. Solamente dejó en su lugar la piedra del ancla. De resto, ¡fuera! Todas por la ventana. Próspero estaba con la boca abierta. '¡Se volvió loca!', le gritaba, '¡se volvió loca!' —yo también me enloquecí—. Cuando ya no tuvo piedras que tirar, le dije: 'Mira, te faltó ésta', con la piedra del ancla en la mano. ¡Qué rabia tenía! Mi madre dijo: 'Ya está, siento mucho el arrebato', y quizás dijo también: 'Si quieres vamos por las piedras'. Le dije que no y que ya no las quería. Y le dije: '¡Mira lo que hago con tu viaje!' —tiré su amuleto por la ventana—. Mi madre sólo dijo: 'Mi piedrita, ¡qué pesar!'. No me gusta pensar en eso: cada vez que recuerdo ese día, trato de contarme que, en su rabia, mi madre tiró todas las piedras".

"Pero ¿de qué hablaron?", me pregunta Luz Bella. "¿Cómo está? ¿Qué dijo cuando llamó?".

"Empezó diciendo que había intentado comunicarse muchas veces. '¿Dónde has estado?', me preguntó. Le dije que quizás me había llamado cuando estaba afuera o contigo. Me dijo que se había acordado de mí: que el día antes, en el camino a su casa, había pateado una piedra sin querer. Según ella, era igualita a la 'Piedra del abrazo': fue una escultura que tuvimos en ese tiempo, rojiza, con la forma de dos cuerpos que se habían acercado, uno más alto que el otro. Mi madre me dijo: 'En ese entonces, yo era la parte más alta de la piedra, pero tú eres el alto ahora'. ¡Me enterneció tanto! Le dije: 'Mami, yo me acuerdo siempre de la piedra del ancla. ¡Siento tanto haberla tirado! Me habría gustado que viajaras con ella. Mi madre dijo: 'No me acordaba de eso. Igual pensé que la había tirado yo. No te preocupes, no me ha hecho falta: he estado bien y me ha ido bien, la vida ha sido buena'. Con eso nos despedimos y quedamos en volver a hablar".

Nacimiento

"¡Es mi hijo!", está gritando Madrecita —desde la esquina puedo ver su panza de cojines—. "¡Me hace el favor y no me lo toca!". Próspero se sulfura: "No sé cómo más decirle que esa aspiradora es propiedad del edificio". Ramiro da vueltas en la acera; está lleno de polvo y arrastra un cartón. "¿Por qué quiere tenerlo encerrado? ¡Es un niño y está en todo el derecho de jugar afuera!". Próspero insiste en contradecirla: "Hasta que no dañe la máquina, no va a estar contenta. Con su permiso, voy a entrarla". Ramiro trata de cruzar la calle; antes de hacerlo, sin embargo, Próspero lo carga y lo lleva a la recepción.

"¿Y el portero?", pregunta Luz Bella. "¿Dónde está?, ¿qué se hizo?". Madrecita responde: "¡Murió!", como siempre, pero esta vez no me da risa. "Hace un ratico sufrió un patatús". Al escucharla, atónito, Próspero vuelve a salir. "Más respeto, por favor", nos habla bajito. "Hay alguien arriba que está de luto" —y señala el apartamento de Antonio—. Entonces alzo la vista: quiero saber si está en la ventana, pero los ojos se van a la mía. Me quedo mirando el vidrio sin foto.

Madrecita se acerca. "Estás distinto", me dice, "¿te pasó algo?". Le digo: "No, para nada", pero vuelve a su pregunta: "¿Qué te pasa? Dime, puedes confiar en tu madre".

Y como sigo mirando el vidrio, Madrecita me imita: mira la ventana y después a mí.

Y mira la ventana y después a mí…

Con los ojos abiertos se queda en mi cara y grita: "¡Nació!".

Último episodio

"¡Silencio!", nos pide Luz Bella. "¡La novela! ¡Empezó la novela!". Y enseguida: "¡Qué dolor, se va a terminar!". Apenas se sienta en Lucecita, un resorte rompe la tela y se sale de la espuma. "Cuando tenga plata", dice mi amiga, "la mando a arreglar". Al tiempo que suena la canción, una voz dice: "Anoche, en *El más grande espejo*", y en la pantalla aparecen escenas del episodio anterior. Malva vuelve a llamar asesina a Inmaculada, y vuelve a decir: "¡Mató a mi niña! ¡A mi hija! ¡Estaba recién nacida!". Y otra vez Inmaculada trata de hablar; vuelve a decir temblando: "Tú, tú, tú…", mientras que Paloma pregunta: "¿Es verdad lo que dice mi madrina?" —ella vuelve a correr: vuelve a llorar frente al espejo—. Malvada, finalmente, vuelve a advertirle: "Hay otra cosa que tienes que saber: tu madre es esa asesina", señalando a Inmaculada.

Afuera, en su andamio, Guaro pregunta: "¿Ustedes creen que es verdad lo que dice Malva?". Mi amiga responde: "¡Ni idea! No sabemos porque ella es mala". En la pantalla, Paloma se aleja del espejo; está boquiabierta y no sabe qué hacer. Llora a cántaros, ahora de pie entre Malva e Inmaculada, que en su silla de ruedas sigue tratando de hablar: "Tú, tú, tú…". Malva dice: "Voy a contarte todo", y tira un candelabro hacia la puerta —una de las velas está encendida—. "Lo primero que debes saber es que tu madre y yo somos hermanas" —Paloma llora más: no sabe qué hacer con tanta información—. "Nos adorábamos. Siempre estábamos juntas, queríamos compartir la vida. Y hasta nos enamoramos del mismo hombre. Él se llamaba Hortensio y las dos salimos con él, muchas veces nos veíamos los tres; éramos felices. Pero cuando quedamos encinta (recibimos la noticia al mismo tiempo), Hortensio se fue —salió despavorido— y a ninguna le importó: nos teníamos a las dos, ¡nos amábamos tanto!".

Paloma escucha atenta —en momentos, sin embargo, se tapa las orejas: no quiere oír—. Pregunta a su madrina: "¿Entonces mi padre se llama Hortensio?". Malva le dice: "Así es, pero él no es nadie en esta historia: a los tres días de irse lo encontraron muerto, parece que alguien lo envenenó" —y la villana fuerza una carcajada que causa en Paloma una mueca de terror—. Mi amiga se sobresalta: "¡Seguro lo mató ella!", y sin que Guaro le pida nada, va y le grita: "Después te actualizo, no me molestes ahora".

Inmaculada se intenta parar de la silla. No puede: todo el cuerpo está entumecido. "Dimos a luz el mismo día", continúa Malva, "el mismo día, a la misma hora: éramos inseparables. Tú naciste bien, pero mi niña salió enferma —la llamé Beatriz—: tenía una condición rara, no respiraba bien, ¡maldita vida!" —le da un puñetazo a la pared—. A todas estas, ninguna ha visto que un tapete se está quemando: la vela del candelabro lo prendió. Luz Bella se alarma: "¡No puede ser! ¡Van a quemarse por pendejas!", y un obrero transmite a los demás: "¡Que todas se van a morir!".

Inmaculada quiere hablar: "Tú, tú, tú…" —no le salen más palabras—. Malva dice: "En el hospital nos dieron una esperanza: la niña podría salvarse con una pastilla que vendían en otra ciudad. 'Es costosa', me advirtió la doctora, 'es costosa, pero fácil de conseguir'. A mí no me importó. ¡Cómo iba a importarme! Era mi hija, ¡mi hija! Yo estaba dispuesta a hacer lo que tocara".

La llama está creciendo: la casa ha empezado a incendiarse.

"Nos fuimos en un bus por la medicina. En el viaje, mi hija estaba débil: no quería comer, cerraba la boca si le daba teta. Tú, en cambio, comías mucho y hasta parecías sonreír. La gente se la pasaba diciendo: '¡Qué niña tan bonita!'" —lanza una copa contra la pared—. "Nadie miraba a mi hija. Y si la miraban, quedaban estremecidos: decían que era un monstruo a punto de crecer". Paloma le dice: "Lo siento, madrina", pero ella la manda callar: "¡Cuánto te odio, estúpida!" —y siguen sin ver que hay fuego en la casa—.

"Nosotras íbamos adelante, muy cerca del conductor. Inmaculada dormía, te tenía en brazos. Yo iba concentrada en mi niña: la veía pálida, sudaba mucho. En un momento empezó a temblar. ¡Fue horrible! Pegó un grito y los ojos, blancos, se le fueron para atrás. Yo pedí auxilio: '¡Ayúdenme, por favor! ¡Se me muere la niña!'. Inmaculada se despertó: '¿Qué pasa?, ¿qué fue?'. Le dije: '¡Se me muere la niña!', y las dos gritamos: '¡Pare, por favor! Ayuda…'. El conductor aceleró. 'Por acá es peligroso', nos dijo, y muchos pasajeros gritaron: '¡No pare, no pare!'. ¡A nadie le importaba mi niña!". El fuego crece, mientras tanto, y Malva se arrodilla para llorar. Inmaculada y Paloma lloran también.

"Oímos disparos. '¿Qué está pasando?', preguntó el estorbo. Le dijeron: 'Por acá siempre hay balaceras'. Los pasajeros se tiraron al piso, algunos empezaron a llorar. Entonces pasamos por una casa. ¡Por fin una casa en el camino! Le rogué al conductor que me dejara bajar, pero el hombre se negó: '¿No ve que están disparando? ¡No sea loca! Ahí vive gente mala, muy mala'. Siguió de largo. ¡Y la niña ahogándose! ¡Muriéndose! ¡Estaba morada! Los demás dijeron: '¡No pare, no pare!'. ¡Asesinos como ella!'', y señala a Inmaculada.

El fuego ya es incendio. Pero en esta novela, los incendios no hacen humo: ellas no han visto el fuego, tampoco tienen calor.

"Cuando ya la casa —¡la esperanza de mi niña!— estaba lejos y quedamos, otra vez, en la mitad de la nada, yo les supliqué: '¡Devolvámonos, por piedad!'. Pero Inmaculada me dijo: 'Resignación'. ¡Me dijo resignación con la niña viva!''. Ahora le habla a ella: "¡Maldita! ¡Te odio y te mereces todo lo que pasó!'' —la cámara muestra distintos planos de la silla de ruedas—. Mi amiga se muerde las uñas: el fuego ha comenzado a rodearlas.

"¡Beatriz se murió en la buseta!'', aúlla Malva. "¡Qué dolor intolerable! ¡Y qué rabia con los asesinos! Dejé en la silla a la niña muerta y me lancé contra el conductor: ¡quería morirme y matarlos a todos! ¡Matarlos porque mataron a mi hija! Inmaculada me dijo: '¡Hermanita, resignación, nos vas a hacer chocar! ¡Asesina!'' —y más duro le grita: "¡Asesina!''—. "¿Sabes qué hice, Paloma? ¿Sabes qué hice? Llegando a una curva, torcí la cabrilla: me gritaron loca y la buseta se volcó. Todo el mundo murió, menos nosotras. ¡Tú también te has debido morir!'' —señala a Inmaculada—. "Pero mira cómo quedaste: resignación, hermanita, resignación'' —Malva se ríe y muestra los dientes—. Mi amiga dice: "¡Qué mala!'' —está aturdida, al igual que Paloma—.

Las tres mujeres ya están en un círculo de fuego. "Tú, tú, tú...". Inmaculada quiere hablar. La cámara está en ella. "Tú, tú, tú...". El cuerpo se va aflojando. "Tú, tú, tú...". Las piernas se empiezan a mover. "Tú, tú...". Finalmente se para de la silla. Paloma dice: "¡Es un milagro!", al mismo tiempo que mi amiga. Inmaculada empieza a caminar: parece una niñita a punto de caerse. "Tú, tú..." —se está acercando a Malva—. "Tú, tú...", por fin le dice. "Tú, querida hermana, eres la madre de Paloma. Yo intercambié a las niñas en el hospital". Caras de estupor y pausa publicitaria.

Luz Bella grita: "¡No puede ser!", y sale corriendo a la ventana; le hace a Guaro un recuento de lo ocurrido. "Yo creo que el fuego las mata a todas", sospecha mi amiga. "Y yo creo", dice Guaro, "que se arma una pistolera. Alguna debe de tener un arma". Cuando vuelven a la pantalla, Malva le pregunta a Inmaculada: "¿Qué es lo que acabas de decir, maldita escoria?" —se le ha desencajado la boca—. Las llamas crecen y tocan el techo. Por fin, Paloma grita: "¡Se está quemando la casa!". Y ahora que lo han visto, el incendio empieza a existir: es un incendio con fuego y humo.

"¡Cuidado!", se estremece Inmaculada. "¡Ayúdenme, yo no puedo correr!". Paloma le dice: "Vamos, yo te cargo", pero Malvada la empuja, fuerte y feroz. "Tú no vas a ayudar a nadie", y se acerca a Inmaculada. "Así quería verte", le dice, "llorando en el infierno, miserable. ¡Te mereces estas llamas! ¡Hasta aquí llegaste!". Malva se va contra ella: la tumba al suelo y le rasguña la cara. Paloma no sabe qué hacer: las llamas las están acorralando. Pero entonces, inesperadamente, todo se apaga: no el fuego sino el televisor —se ha ido la luz—. "¡Ay, este viejito!", escuchamos a Próspero. "Los tacos están fallando".

Luz Bella dice: "Lo voy a matar", y se quita las chancletas. Desde la ventana grita, lanzando la primera: ¡Usted sabe que están dando la novela! Y le pregunta: "¿Dónde está? ¿Qué hace?", mientras arroja la otra. "¡Vuelva a subir los tacos!". Próspero se asoma para decir: "Paciencia, esto toma su tiempo", y le muestra un alicate. Mi amiga se sienta a esperar, no sé si ansiosa o molesta —también parece triste—.

Pasan minutos y seguimos sin luz. Los obreros, uno a uno, retoman sus tareas, Guaro el último. "Nos cuenta si puede verla", le pide a mi amiga, que ante el televisor apagado le grita a Próspero los mismos insultos que Malva ha proferido a lo largo de la novela: "¡Eres una cosa! ¡Una escoria! ¡Sabandija!".

Cuando vuelve la luz, aparece en la pantalla un ataúd. Paloma llora y abraza la madera; a su lado está una mujer con la cara vendada —tiene quemaduras en el cuello y los brazos—. "¿Quién se murió?", pregunta Luz Bella. Corte a la escena siguiente: vemos la libreta que Malva tenía. "Pude salvarla del fuego", dice Paloma, y le enseña a Francisco las fotos. "La cara de tu madre no se ve en ninguna", observa el galán. Paloma le dice: "No, pero en todas me veo yo". Se dan un beso y aparece en rojo, sobre el espejo de siempre, la palabra *Fin*.

Un camino para mi madre

Quiero pensar que tengo, como Paloma, una libreta de fotos.

En una, la primera, mi madre está hablando por teléfono —puede verse su párpado caído—. Tiene la bocina entre el hombro y la oreja, y mira al lente, fijo, enseñando el retrato que le hice. En el retrato también habla por teléfono. Los ojos que dibujé están fuera de línea, uno más arriba que el otro. Aunque mi madre sonríe en el retrato, en la foto se ve triste.

Luego estoy yo en mi cumpleaños: soy un niño entre globos blancos, voy a comerme un pastelito de guayaba —lo tengo en la mano abierta, como ofreciéndolo a la cámara—. Mi madre está en la foto, pero aparece desenfocada: sale, en el fondo, hablando por teléfono. Yo me muestro feliz.

Otra es una foto del pescadito: acabo de dejarlo en el camino de mi madre.

También hay una en la que estamos con Luz Bella. Mi amiga y yo sonreímos a la cámara. Mi madre sale con los ojos cerrados. En una mano tiene fósforos; en la otra, un papelito —y alcanza a leerse la palabra *viaje*—. Ella está a punto de pedir un deseo.

Hay una foto de abundante comida: es la del banquete que, antes de irse, mi madre nos dio. Ambos salimos con la boca llena.

Sólo una está en blanco y negro, y parece tomada desde la puerta del cuarto. Mi madre aparece en la ventana, de espaldas a la cámara: tiene las manos en el vidrio y ha girado la cabeza, como si alguien le hubiera dicho: "Voltéate para la foto". Pero ella está a contraluz y la cara no se ve.

En la última página hay dos fotos.

No sé dónde estamos en una: el fondo es negro y el suelo es negro; todo está negro, menos los dos. Mi madre está rígida, con los brazos pegados al cuerpo; yo, en cambio, estoy pegado al suyo. Mi madre mira a la cámara —no quiso sonreír— y yo la miro a ella.

La otra es la foto del último día. Estamos llegando a la terminal, en la Avenida del Río, donde antes hubo agua. Yo estoy rígido, cargando las maletas, mientras mi madre se pega a mi cuerpo. Miro a la cámara mientras ella me mira. En esa foto está feliz.

Profecía

Después de pelearse con Próspero —se han dicho palabras que no conocía—, mi amiga regresa a la poltrona y me habla como profeta: "Así vamos a estar él y yo hasta que uno de los dos se muera —yo estoy vieja y me voy a morir primero—: ofendiéndonos y olvidando que nos ofendimos. Lo puedo ver en mi cabeza: mañana hablaremos como si nunca nos hubiéramos insultado. Me cobrará el arriendo, le diré que ando sin plata y con eso volveremos a empezar: dirá que las puertas están abiertas; que si no pago, puedo irme; que nadie me está reteniendo. Lo mismo pasará contigo: te hablará de la deuda y, cuando le pidas un plazo, te dirá que no puede esperarte. Tú te pondrás ansioso y así estarás mucho tiempo: desesperado un día porque te cobra, aliviado al siguiente porque sigues en tu casa. Escúchame bien: Próspero es bueno y nos quiere, está muy solo y jamás va a echarnos".

"Cuando llegué a este lugar, dije mil veces que me iría: me arrepiento. No quiero ningún viaje, acá voy a quedarme. Con poca plata, eso sí: la pensión y poco más. Me habría gustado ganarme la lotería, pero el destino ha dado un giro —acaba de darlo y puedo verlo en mi cabeza—: el número ganador será otro, muy distinto al del billete que compré. Voy a cansarme de esperar ese dinero: no soñaré más con eso. Voy a esperar otra cosa. Y tú también vas a cansarte de esperar —ya estás cansado: has esperado mucho—. Querido amigo: tú también vas a esperar otra cosa".

"Tu madre va a estar bien: lo puedo ver en mi cabeza. Pasará por momentos de amor, pasará por momentos tristes. Tú también. Yo también".

"No volveré a verla, pero a ratos la pensaré. Cuando eso ocurra, le desearé salud: ya estará más vieja".

"Te conozco, hombre, y en mi cabeza está tu pregunta. No voy a decirte lo que quieres saber: es mucho lo que has esperado. Tú vas a esperar otra cosa".

"Por favor, mira hacia afuera: la obra será un edificio. Llegarán mujeres a trabajar. Ahora están las primeras piedras, ellas pondrán las últimas: tú estarás ahí, serás un amigo. Lo estoy viendo clarito. Habrá casas al frente, espacios como el tuyo y como el mío: discutiremos con vecinos y acogeremos a otros —otros nos van a acoger—".

"Puede que llueva mañana como puede que no. Y pasará el tiempo —te estoy hablando de años y años, cuando ya no estemos aquí—. Todo va a caerse: el edificio nuevo y el nuestro, la fábrica arruinada y los postes de luz —en la Plaza del Arbolito, solamente el arbolito seguirá—. Pero el sol seguirá brillando un tiempo más; sus rayos, al igual que hoy, tardarán ocho minutos en tocar el mundo —ocho minutos con diecinueve segundos—".

"Escucha mis palabras: así será".

El parto de una estrella

En la puerta se encuentra Antonio con ropa oscura; nos pregunta, en su luto, si tenemos algo de comer. "Mi nevera está vacía", nos dice, "no me había dado cuenta". Luz Bella lo invita a seguir: "Claro, hombre, coge lo que quieras", y aunque le promete: "Ya te enseño la casa", se queda en Lucecita mirando el televisor. Soy yo quien lo lleva a la cocina: en la nevera, que tiembla fuerte, hay recipientes y ollas que no tienen nada. "Está peor que la mía", se sorprende Antonio, y nos echamos a reír. Le pregunto: "¿Cómo estás?". Me dice: "Ahí vamos" —le pongo la mano en el hombro—.

"Tenemos que hacer mercado", le aviso a mi amiga. "Salgamos ya, que van a cerrar". Molesta, Luz Bella dice: "Próspero tiene mis sandalias", y vuelve a pelear con él. "Si no me las regresa", pega el grito, "olvídese de mi arriendo" —mientras Antonio la escucha, se rasca la cara roja—. "¿Para qué me las tiró?", le pregunta Próspero. "¿Quién la manda? Venga usted por ellas". Cuando bajamos los tres, mi amiga descalza, Madrecita se asoma por la ventana: "Espérenme, voy con ustedes: el niño está durmiendo". En la acera, por las flores, Próspero está con las chancletas de mi amiga. "Tenga en cuenta", le advierte, "que si las vuelve a tirar, tendré que decomisarlas". Con eso retoman la discusión. "Ni crea que voy a pagarle", le dice Luz Bella, ahora calzada. "Espere sentado esa platica.

Pero siéntese bien para que no se canse". Antonio la escucha admirado.

Entonces llega Madrecita en camisón; tiene la panza más grande que nunca, con puntas y crestas por doquier —parece una estrella—. "No aguanto más", se queja con nosotros, "Ya tiene que nacer, estoy desesperada". Antonio no puede creerlo —y pienso que, en cualquier momento, va a empezar a reírse—. "¿Cómo vas a caminar así?", le pregunta Luz Bella. "Tú no estás en condiciones". Madrecita le dice: "Necesito moverme, eso es bueno para mí". La ayudamos a cruzar la calle.

En la obra, Luz Bella felicita a los obreros. "Buen trabajo", les dice. "Van muy bien". Desde el puente de madera, Guaro también la saluda —y agrega, como ella ha dicho antes—: "Me va a hacer falta la novela". Mi amiga le dice: "Tranquilo, mañana empieza otra", y seguimos caminando al mercado. En la ruta del arroyo, sin embargo, a orillas del agua negra, Madrecita dice —las manos en la panza—: "Aquí fue, no puedo más", y se acuesta en el cemento. "¡Rompí fuente!".

Poco a poco, Madrecita se desabrocha el camisón. Con cada botón que se arranca, algo va asomándose —algo va saliendo de su inmensidad—. Mi amiga y yo la asistimos en el parto.

"¡Es un tapete!" —al recibirlo, Luz Bella se emociona—. "¡Es un tapete de flores amarillas!".

"¡Pero hay más!", dice Antonio. "¡Hay más!".

"Una almohada", digo yo. "Y dos almohadas más: son tres almohadas sin su funda".

"¡Y hay más! Miren eso, ¡hay más!".

"Dos cojines", dice mi amiga. "Son dos cojines chiquiticos".

"¡Y hay más!".

"Sí, hay más: una cobija vieja, es muy ancha y calientica".

Entonces Próspero llega corriendo. "¿Qué es?", nos pregunta. "¿Qué tuvo?".

Madrecita se pone de pie; desenrolla el tapete en la acera y luego nos ofrece las almohadas y cojines —con cariño recibimos sus regalos—. "Acérquense", nos pide, y cuando ya estamos sobre el tapete, cuidadosa nos arropa con la cobija.

En el abrazo decimos: "Es una casa".

Para mi madre,
Nora Cepeda,
siempre a mi lado,

y en memoria de
Margarita De La Peña,
que no se fue nunca
(15 de agosto de 1950 - 20 de diciembre de 2014)

MAPA DE LAS LENGUAS UN MAPA SIN FRONTERAS 2021

LITERATURA RANDOM HOUSE / ARGENTINA
No es un río
Selva Almada

ALFAGUARA / MÉXICO
Brujas
Brenda Lozano

LITERATURA RANDOM HOUSE / ESPAÑA
Todo esto existe
Íñigo Redondo

LITERATURA RANDOM HOUSE / URUGUAY
Mugre rosa
Fernanda Trías

ALFAGUARA / COLOMBIA
El sonido de las olas
Margarita García Robayo

LITERATURA RANDOM HOUSE / COLOMBIA
Estrella madre
Giuseppe Caputo

LITERATURA RANDOM HOUSE / PERÚ
Mejor el fuego
José Carlos Yrigoyen

ALFAGUARA / ARGENTINA
Todos nosotros
Kike Ferrari

ALFAGUARA / CHILE
Mala lengua
Álvaro Bisama

LITERATURA RANDOM HOUSE / MÉXICO
Tejer la oscuridad
Emiliano Monge

ALFAGUARA / ESPAÑA
La piel
Sergio del Molino

LITERATURA RANDOM HOUSE / CHILE
La revolución a dedo
Cynthia Rimsky

LITERATURA RANDOM HOUSE / PERÚ
Lxs niñxs de oro de la alquimia sexual
Tilsa Otta